W0396731

# LE PORTEUR DE DESTINS

## DU MÊME AUTEUR
*CHEZ POCKET*

L'ANGÉLUS DE MINUIT
LES CHASSEURS DE PAPILLONS
LE CHAT DERRIÈRE LA VITRE
LA NUIT DES HULOTTES
LE ROI EN SON MOULIN
CE SOIR, IL FERA JOUR
UN CHEVAL SOUS LA LUNE

GILBERT BORDES

# LE PORTEUR DE DESTINS

SEGHERS

*Nous remercions le musée de la Poste*
*pour son aimable collaboration*

Le Code de la propriété intellectuelle n'autorisant, aux termes de l'article L. 122-5, 2° et 3° a), d'une part, que les « copies ou reproductions strictement réservées à l'usage privé du copiste et non destinées à une utilisation collective » et, d'autre part, que les analyses et les courtes citations dans un but d'exemple et d'illustration, « toute représentation ou reproduction intégrale ou partielle faite sans le consentement de l'auteur ou de ses ayants droit ou ayants cause est illicite » (art. L. 122-4).
Cette représentation ou reproduction, par quelque procédé que ce soit, constituerait donc une contrefaçon sanctionnée par les articles L. 335-2 et suivants du Code de la propriété intellectuelle.

© Éditions Seghers,1992

ISBN : 2-266-05437-6

*Antonin Chèze a été facteur à pied de 1920 à 1950 en Corrèze. Chaque jour, été comme hiver, il parcourait les dix-huit kilomètres de sa tournée, distribuant des lettres, quelques grammes de papier, des mots d'espoir ou de haine, de vie ou de mort. Ainsi, Antonin a-t-il été le porteur du destin des autres. Ce n'est pas pour cela qu'il a échappé au sien...*

*Bien que très ancienne, son histoire a parfois des prolongements actuels. J'ai donc changé les noms des familles et même des villages. Ne cherchez pas à la replacer dans un cadre réel ; j'ai tout embrouillé de telle sorte que ce ne soit pas possible. Antonin n'avait accepté de me raconter sa vie qu'à la condition que je n'en parle pas. D'ailleurs, je ne l'écoutais pas dans l'intention d'écrire un livre, mais avec le temps, il m'a semblé que la leçon de simplicité et d'espoir qu'il m'a donnée pouvait être utile à tous.*

# 1

La naissance est le premier acte du destin. Il vous place à l'époque qu'il a choisie et vous êtes bien obligé de la subir. J'aurais pu naître au Moyen Age, au temps des mammouths, dans dix mille ans ou bien en Inde dans une paillote pourrie. D'ailleurs, on ne m'attendait pas ou, plutôt, on ne m'espérait plus. Chez nous, aux Rivières-Hautes, le manque d'enfants était un souci de chaque génération à cause d'une malédiction vieille de plus d'un siècle et toujours aussi forte qu'aux premiers jours. La maison était immense ; elle faisait penser à un épais bateau posé au sommet d'une colline. Y vivaient mon père, ma mère, ma sœur, mon grand-père, Antonin, ma grand-mère, Léontine, la tante Agathe qui ne s'était pas mariée et les trois domestiques, deux chiens et une multitude de chats qui encombraient le plancher. Il était bien difficile de faire deux pas dans la grande cuisine sans heurter quelqu'un. L'hiver, quand nous nous tassions près du feu, il fallait se contenter d'un petit coin de banc, mais nous étions bien, ainsi, serrés les uns près des autres ! Il nous semblait que rien de mal ne pouvait arriver. Les hommes s'occupaient les mains à peler des châtaignes pour les cochons. Le vent du nord hurlait dehors. Mon grand-père se lissait la moustache et lançait un défi à mon père. Pour « peler », Antonin était imbattable. Je ne voyais pas ses doigts tellement ils allaient vite. Deux éclairs de la lame de son couteau et le fruit dur, blanc et pelucheux tombait dans le panier, tandis qu'entre ses pieds s'amoncelait un tas d'épluchures luisantes. C'était la corvée de toutes les soirées d'automne et d'hiver.

On ne m'attendait plus parce qu'une voisine, la Camille Lespout, qui avait des secrets et aidait les femmes à accoucher, avait dit à ma mère, juste après la naissance de ma sœur :

— Ma pauvre Louise, tes hommes vont pas être contents : c'est une fille et j'ai bien vu que c'est la dernière. Tu n'auras plus d'enfant !

— Et pourquoi, Camille ? La malédiction ?

— Je saurais pas te dire, ma Louise, mais la lune n'y est pas !

Elle avait un air mystérieux de ceux qui ont la connaissance des secrets de l'univers.

Ma mère s'était sentie soulagée et en même temps cruellement déçue. Soulagée parce que faire des enfants à cette époque comportait de gros risques. Sa propre mère était morte dans d'atroces souffrances des suites d'un accouchement. Malgré cela, ne devait-elle pas donner un héritier mâle aux Chèze, des Rivières-Hautes, qui habitaient là depuis des siècles ?

Mon grand-père fut tracassé, comme le sont les vieux par des choses sans importance et souvent fausses. Un an et demi plus tard, je venais au monde, contredisant ainsi Camille qui se contenta d'opiner :

— Et pourtant, la lune n'y était pas ! Cet enfant ne vivra pas ou il lui arrivera de grands malheurs dans sa vie !

Pour les malheurs, elle n'avait pas tort, mais lune ou pas, je ne fus pas le dernier : mon frère naquit neuf ans plus tard. Ce fut d'ailleurs un accouchement terrible, ma mère étant âgée et de santé fragile.

Venu au monde le 15 octobre 1891, ma mère s'empressa de me faire baptiser. Mon père, qui parlait peu et cachait ses sentiments, fronça les sourcils et se montra soucieux : en plus de cette maudite lune, la saison n'était pas favorable aux nourrissons. L'hiver approchant, mes parents auraient bien du mal à me garder en vie jusqu'aux beaux jours ! D'ailleurs, dans les campagnes, tout le monde savait que les enfants du printemps étaient toujours plus robustes que les autres.

Dès lors, mon grand-père s'employa à me protéger. A cette époque, les hommes ne s'occupaient pas plus des enfants de la maison que des poules ou des lapins. C'était le travail des femmes, et personne n'aurait osé faire le moindre projet pour un fils avant qu'il ait dépassé dix ou onze ans. Les croûtes de lait, le croup, la rougeole, les diarrhées, le mal de ventre et toutes sortes de maladies ne manquaient pas pour vider les maisons souvent trop pleines.

Mon grand-père avait une haute idée de sa personne et de son nom qui ne pouvait survivre que par moi. Je m'appellerais donc Antonin, comme lui. Il oubliait les champs pour surveiller le berceau de vieux noyer où je dormais. Il alla lui-même acheter deux chèvres pour me fournir le lait qui manquait tant à ma mère, refusant de me mettre en nourrice afin de ne pas se séparer de moi. Comme il connaissait la malédiction qui planait sur le domaine et la terrible force des esprits diaboliques, il cloua un corbeau sur la porte de la grange, emprisonna un crapaud vivant sous une marmite à l'entrée de notre maison, acheta un très vieux bouc qui sentait affreusement mauvais et l'enferma dans une petite étable à côté du poulailler. Il me portait lui-même près de l'animal, les boucs ayant la vertu d'absorber les venins et les mauvais sorts.

Toutes ces précautions furent efficaces puisque je n'eus aucune maladie, pas même la coqueluche qui pourtant, pendant l'hiver 1892, fit de grands ravages dans la commune de Lignac.

J'eus une enfance heureuse au milieu de ces gens qui m'aimaient. Mon grand-père ne me lâchait pas. Il était plus grand que la moyenne. A une époque où l'on dépassait rarement un mètre soixante, il toisait les autres du haut de son mètre soixante-douze. Il était brun, avait la tête large et portait une fière moustache blanche. Aux foires, il marchait très digne en compagnie de mon père qui lui ressemblait un peu, mais avec moins de prestance. Il ne laissait personne prendre la moindre décision concernant la marche du domaine. Lorsque Antonin était là, les autres n'existaient pas. Il les éclipsait de sa voix puissante, son regard perçant qui ne se baissait pas, sa majesté naturelle. Il était partout à l'aise, ne se pressait jamais comme ceux qui ont de l'argent d'avance et n'attendent rien d'une vente bâclée.

Antonin me passait tous les caprices. Il avait fait la guerre de 1870 et avait été décoré par l'empereur Napoléon III. C'était sa grande fierté ; lui, qui ne connaissait rien en politique, me parlait avec émotion de ce temps et se disait bonapartiste.

Il avait pourtant une faiblesse. Cet homme, qui avait étripé les Prussiens sur les champs de bataille, qui ne baissait jamais les yeux devant personne, tremblait à l'idée que sa vie et sa mort étaient écrites dans le livre d'or du destin depuis le jour de sa naissance par le diable, maître du monde sensible et père de ces esprits sournois qui peuplent l'ombre des grands bois, les nuits d'hiver. Au service du mal, ils passent leur temps à haïr les hommes et ne savent pas quoi inventer pour les tourmenter :

— Quand l'heure arrive, disait Antonin, tu ne peux pas t'échapper !

Il savait lire et recevait un journal. Aussi, les gens venaient-ils le voir pour lui demander conseil et connaître les nouvelles du monde. Sa conclusion était toujours la même :

— Bah, il s'en passe plus de mauvais que de bon et on n'y peut rien. Il ne se passe que ce qui doit se passer !

Heureusement, le diable n'était pas toujours le plus fort. Pour échapper à cette maudite fatalité, Antonin ne connaissait qu'une solution : être bon et généreux. Ces deux vertus rapprochaient de Dieu, maître du monde spirituel, qui, lui, voulait notre bien. Les saints et les âmes des justes multipliaient les signes pour annoncer aux vivants ce qui allait leur arriver. Mon grand-père en voyait partout. La chute d'une feuille au vent l'avertissait des pires catastrophes. Un chat noir aperçu au crépuscule le plongeait dans l'angoisse. Je ne parle pas des chouettes, oiseaux maudits, dont il détruisait les nids et clouait les oisillons sur les portes de ses étables...

Il connaissait les signes du zodiaque et leur influence sur chacun d'entre nous. Il n'allait jamais retourner la terre de ses champs sans avoir consulté l'almanach et la position de la lune. Telle couvée de canetons était condamnée parce que Jupiter était mal positionné. Il savait aussi quand les astres m'étaient défavorables et, ces jours-là, je n'avais pas le droit de sortir.

A six ans, il me mit à l'école. Il m'y emmenait le matin et revenait me chercher le soir, avec interdiction au maître de me laisser sortir à midi. C'était ainsi : Antonin n'oubliait jamais que « la lune n'y était pas » et ne voulait pas qu'un accident donnât raison à Camille qui connaissait les roueries des forces infernales aussi bien que lui. J'appris donc à lire, à écrire, les dates de l'histoire de France, la géographie, l'arithmétique, ce qui me plaçait au-dessus des paysans pauvres dont beaucoup n'allaient à l'école que l'hiver ou pas du tout. Dès cinq ans, les garçons étaient « loués » dans les fermes pour travailler, labourer, ramasser les châtaignes et les noix, les filles s'occupaient des moutons et des chèvres.

Les voisins disaient : « Le pauvre Antonin a tourné la tête. Regardez-le suivre cet enfant ! S'il pouvait, il l'attacherait comme un jeune taurillon ! » Mais Antonin laissait parler. Il me surveillait et m'apprenait à me méfier de tout. Nous regardions les oiseaux, leur manière de voler :

— Tu peux tout savoir de ce qui se passe dans le vol des oiseaux ! disait-il. Ils sont près du ciel et écoutent les anges qui parlent entre eux.

Était-il capable de prévoir l'avenir ou s'en était-il simplement persuadé ? Je ne sais pas, mais rien ne l'étonnait. Lui annonçait-on la mort d'une voisine ou d'un parent, il l'avait apprise dans le chant d'une alouette ou le cri aigu du crapaud.

Je n'aurais jamais eu l'idée de mettre ses paroles en doute. Il était tout mon univers. Ce que je savais du monde et des hommes venait de lui. Antonin ne faisait confiance à personne pour former le futur patron des Rivières-Hautes, ce grand domaine prospère où se passerait ma vie, car tel était mon destin.

Que pouvait-il m'arriver d'autre ? Il m'arriva, d'abord, à l'âge de neuf ans, un petit frère. Antonin opina de nouveau : la lune n'y était toujours pas et il décréta que cet enfant ne vivrait pas. Cela devait l'arranger puisqu'il ne s'en occupa pas. Ce retardataire fut appelé Alfonse, du nom de mon arrière-grand-père maternel, preuve qu'il dérangeait et qu'on avait autre chose à faire qu'à lui trouver un prénom digne d'un Chèze.

— S'il vit, il restera vieux garçon ou sera curé. Pas question de partager le domaine ! décréta Antonin.

Il n'avait pas lu dans les augures, qui, pourtant, se multipliaient autour de lui, que ce bébé rongé par les croûtes de lait était venu au monde pour le sauver, son cher domaine, et que je ne serais jamais le patron des Rivières ! Si Antonin avait pu découvrir mon avenir dans le vol d'une buse ou le chant d'une grenouille, il n'en aurait pas survécu, raison pour laquelle, je pense, les anges et les morts lui avaient caché la vérité.

J'étais à mon grand-père, Alfonse serait à mon père qui, avec cet enfant venu tard, découvrait enfin la tendresse. Alfonse eut toutes les maladies : la rougeole qui faillit l'étouffer, la coqueluche — et Antonin le vit mort dans les trois jours — , l'angine « couenneuse », que son corps maigre réussit à vaincre. La mort ne voulait pas de lui. Camille s'était certainement trompée : la lune devait être de son côté !

Antonin mourut le 23 mars 1902. Brutalement. Le matin, après avoir bu son café, il porta la main à sa tête et tomba de tout son long dans la cuisine. Ma grand-mère se précipita pour le relever ; mon père lui tapota les joues, une servante apporta un linge humide et le posa sur son front. Rien n'y fit, il était mort. Encore une fois, les oiseaux avaient été muets sur cet événement capital. Pour moi, le monde venait de s'écrouler d'un seul coup. Cet homme si fort, qui n'acceptait pas la réplique d'un domestique, assez riche pour être appelé « monsieur Chèze » par l'instituteur, n'était plus qu'un corps sans vie qu'on habillait à la hâte de son plus beau costume sur lequel mon père accrocha la décoration de l'empereur. Moi, j'aurais voulu mourir à mon tour, et peut-être cela aurait-il été une bonne chose, tant il me restait de misères et de drames à surmonter pour en arriver à aujourd'hui, vieux mais apaisé, même si les plaies du cœur ne se referment jamais.

Je me rappellerai toujours l'enterrement au bourg de Lignac, la commune des Rivières-Hautes. Il y avait beaucoup de monde : Antonin était estimé. Combien de pauvres bougres avait-il dépannés un jour ou l'autre ? Car il était bon, et c'est de cette bonté que j'aurais voulu hériter pour mieux surmonter les misères de la vie. Je sais, maintenant, que c'est la seule manière d'échapper aux pires des tourments : la jalousie, l'envie, la haine. Vivre avec ces serpents au fond du cœur est un supplice quotidien.

J'entends encore les sabots des gens sur le gravillon du cimetière... Mais à la campagne, la mort n'est qu'un recommencement. Sitôt la cérémonie terminée, toute la parenté, oncles, tantes, cousins, se réunit aux Rivières-Hautes pour un banquet auquel assistait le curé qui ne se déplaçait que pour les bonnes familles. Le repas dura tout l'après-midi. Les hommes buvaient beaucoup et fumaient. C'était une manière de conjurer la mort, de la vaincre en l'oubliant. Cette coutume s'est perdue et je le regrette. Je voudrais que, après mon enterrement, ceux qui m'ont aimé se retrouvent autour d'une table, qu'ils boivent, qu'ils mangent et qu'ils rient. La mort n'est pas triste quand on a fini son ouvrage sur la terre.

# 2

J'avais presque onze ans à la mort de mon grand-père et, pourtant, il me semble que je l'ai connu beaucoup plus longtemps, qu'il m'a suivi tout au long de ma vie, que son esprit est resté en moi pour m'aider et me conseiller dans les moments difficiles. Son départ des Rivières-Hautes laissa une grande place vide. Mon père n'avait pas pleuré et, pourtant, je le vis pendant longtemps chaque soir, le regard sur l'horizon, comme s'il attendait quelqu'un qui ne venait pas. Moi, j'étais perdu, et ce grand besoin de compagnie que j'ai eu tout au long de ma vie me rapprocha de mon père et de mon frère. Avec les femmes, c'était différent. Il y avait un fossé entre nous. Elles restaient à la maison, s'occupaient de la basse-cour, de la cuisine ; nous, les hommes, allions aux champs, et ne revenions que pour les repas qui ne se prenaient pas comme de nos jours. Même dans une maison riche comme la nôtre, on se levait avant le soleil, à quatre heures en été et six heures en hiver. On buvait à la hâte un peu de lait ; vers onze heures, on mangeait une soupe composée d'épaisses tranches de pain, carottes, choux, navets, et lard. Celle-ci permettait de tenir jusqu'au « dîner », à trois heures de l'après-midi. C'était le repas principal de la journée. A dix heures du soir, avant d'aller se coucher, on prenait une dernière soupe, beaucoup plus légère que celle du matin. C'était immuable de saison en saison, d'année en année, toute une vie.

Mon grand-père disparu, je participai activement aux

travaux de la ferme. Contrairement à Antonin, mon père était peu bavard, mais je découvris vite qu'il savait se faire respecter des domestiques et connaissait le bon travail. Moins soucieux à mon égard, il ne m'épargnait pas et commença à me confier des tâches subalternes qui ne flattaient pas mon orgueil de futur patron. Quand je n'allais pas à l'école, je gardais les vaches en été et les porcs en hiver. Tandis que les bêtes broutaient ou cherchaient les glands sous les feuilles sèches, j'appris à trouver les nids, à pêcher les écrevisses dans le ruisseau. Mon petit frère m'accompagnait et, malgré la différence d'âge, nous nous amusions à construire des charrettes en baguettes de noisetier, des vaches faites d'un morceau de bois avec deux cornes. Nos billets de banque étaient des feuilles de châtaignier pour les gros et de charme pour les petits. Je découvrais avec un peu de retard l'enfance dont Antonin m'avait privé.

Nos jeux consistaient souvent à imiter les grands dans ce qu'ils avaient de pire. Nous fumions en cachette des tiges de « guidaube », sorte de vigne sauvage qui pousse chez nous. Les tiges sèches sont percées d'une multitude de trous qui permettent d'aspirer la fumée, comme de véritables cigarettes.

L'automne était la saison des récoltes. Il fallait cueillir les pommes, les poires grises mises sur de la paille pour l'hiver, les noix que l'on faisait sécher dans la grange pour l'huile, et les châtaignes. Les châtaigneraies étaient nettoyées à la fin de l'été. Il ne restait pas une feuille, pas une fougère, pas une ronce sous ces arbres immenses au tronc creux et sonore comme un tambour. Le sol était un tapis de mousse verte sur lequel ne se perdait pas un fruit, précieuse manne à laquelle des générations d'hommes avaient dû de ne pas mourir de faim. On les faisait sécher au soleil ou au four. Ces « jacques » se conservaient alors tout l'hiver jusqu'au mois de juin suivant. Elles constituaient la nourriture de base des gens de la campagne, même pour nous qui étions riches.

Comme tous les paysans, j'ai appris à labourer très tôt. Antonin ne voulait pas que je risque de me casser une jambe en suivant l'araire, ou que j'attrape un chaud et froid qui aurait pu me tuer. Après sa mort, j'ai fait tout ce qu'il y avait à faire et j'y ai même trouvé du plaisir. On travaillait tout le temps, mais au rythme des saisons, en prenant le loisir de mettre un pied devant l'autre.

Il fallait labourer, semer, herser, désherber, s'occuper des bêtes, ramasser les récoltes, le foin, le blé, le sarrasin, les fruits et les noix. Nous produisions tout ce qui était nécessaire, même le chanvre et la laine pour tisser les habits. Et c'était ça notre bonheur : le bénéfice de notre travail était à nous. Nous nous sentions responsables de notre devenir. Tout avait un sens ; chaque geste, chaque pas nous appartenait. Le pain qu'on posait sur la table était notre pain, celui qui venait de notre blé poussé par nos soins et cuit dans notre four. Je ne sais pas bien exprimer ce bonheur de ne dépendre de personne, je ne suis pas un de ces hommes qui vous raconteraient des histoires à n'en pas finir, mais je le sens au fond de moi parce que, par la suite, j'en ai été privé. J'ai trouvé le pain du boulanger quelconque, anonyme, la viande du boucher n'a pas le goût de la viande des Rivières-Hautes et mon estomac a moins de contentement à manger ces produits qui viennent d'ailleurs. C'est peut-être parce que les Chèze sont paysans depuis de nombreuses générations que je parle comme ça, il y a entre nous et la terre un accord profond qu'on ne peut pas trahir.

Durant ces quelques années, j'ai aussi appris à aimer ma mère. Les femmes restaient à la maison ou, quand elles avaient le temps, allaient garder les troupeaux, mais ne se mélangeaient que rarement aux hommes que je suivais. C'était une brune assez grande, avec un chignon haut sur la tête. Des yeux noirs, un peu tristes, un front large et lisse. Elle venait d'une commune voisine, Marsac, et d'une bonne maison aussi, car en ce temps-là on se mariait entre gens de même condition. Elle faisait son travail avec agilité, se contentait d'un seul mot pour les servantes à qui elle montrait l'exemple. Elle était douce et m'aimait autant qu'Antonin qui m'avait accaparé. Elle avait des attentions pour moi et mon frère, plus que pour ma sœur déjà grande. Elle nous tendait notre béret lorsque nous voulions sortir ou disait en regardant le ciel :

— Couvrez-vous. Vous serez pas arrivés à la pointe de la côte de Noriac qu'il pleuvra.

C'est elle aussi qui remplissait notre assiette et nous obligeait à manger du fromage que je n'aime pas, elle qui courait dans le chemin pour nous apporter une cape quand la pluie nous surprenait au champ. Parfois, la nuit, elle se penchait sur mon lit et me regardait longuement tandis qu'elle me croyait endormi. Je me gardais bien du moindre mouvement de cils.

Ma grand-mère ne s'était pas consolée de la mort d'Antonin. Elle avait un peu perdu la raison et passait des heures, des journées à regarder le feu, à parler à d'invisibles personnes. Seule ma tante Agathe, une sœur de mon père restée vieille fille, osait la réprimander et lui disait vertement de se tirer des jambes de tout le monde. Je n'aimais pas Agathe ; elle était maigre, anguleuse, avait les cheveux secs et se querellait tout le temps avec quelqu'un. Elle ne baissait les yeux que devant mon père qui l'avait plusieurs fois menacée d'une paire de gifles.

J'eus mon certificat d'études à douze ans, et fus même le premier du canton. Mon père ne me dit rien, même pas un mot de félicitations, mais je vis à ses yeux qu'il était fier de moi. Ma mère pleura en se cachant dans le coin sombre de la cheminée. Le maître d'école nous rendit visite et dit que je devrais aller au collège. Mon père ne se décidait jamais au hasard, et je le vois encore réfléchir, les yeux baissés, les coudes sur la table. Il accepta en disant qu'on n'était jamais assez savant pour conduire le domaine, ce qui montrait son esprit ouvert à une époque où on se méfiait de l'instruction. Ma mère ne dit rien, mais tante Agathe se fâcha. Pour elle, ma voie était toute tracée : aîné mâle des Rivières-Hautes, j'en serais le patron. Comme moi, mon père n'aimait pas Agathe, et je crois qu'il s'obstina dans sa décision uniquement pour la contrarier. Il ne savait pas lire l'avenir dans le vol des oiseaux et, en cette année 1903, il ne pouvait pas se douter que rien de ce qu'il avait prévu ne se réaliserait et que ces trois années passées au collège privé de Saint-Marcel me seraient d'un plus grand secours que le domaine tout entier.

A quinze ans, j'eus mon brevet élémentaire. Mon père estima que c'était suffisant et qu'il était temps pour moi de prendre ma place aux Rivières-Hautes. Les études ne m'avaient pas ôté le goût du travail de la terre. Chaque jour, je mesurais la chance que j'avais, moi, fils de propriétaire, à côté des autres paysans, des domestiques qui travaillaient chez nous, des métayers. J'étais l'aboutissement de plusieurs générations de Chèze qui avaient modelé les champs, les prairies et les chemins des Rivières-Hautes, qui avaient conservé ces châtaigneraies intactes, ces noyeraies où chaque arbre valait plus cher qu'une paire de bœufs. J'existais.

# 3

Le domaine des Rivières-Hautes couvrait cent trois hectares, ce qui était considérable dans notre région où une propriété moyenne ne dépassait pas vingt hectares. Nous possédions aussi une autre ferme, les Rivières-Basses, dépendance de la première qui comptait une dizaine d'hectares de bonnes terres et de châtaigneraies. Du temps de mon grand-père, des métayers, les Romanet, la cultivaient. Quand Charles Romanet fut trop vieux pour travailler, mon père lui laissa la maison, un peu de terre pour son potager, et cultiva le reste. A la mort de Charles, qui survint quelques années après celle de mon grand-père, sa femme se retira dans une maisonnette qui lui venait d'une tante du côté de Gravat. Comme les bâtiments inhabités se détérioraient, mon père décida de louer de nouveau la ferme, et c'est ainsi que Josepha entra dans ma vie. Pour toujours.

J'avais dix-sept ans. Je me croyais adulte et aussi fort qu'un homme. J'avais la haute stature de mon grand-père et ses épaules. Une fine moustache brune que je taillais soigneusement me donnait l'air d'un monsieur de la ville, et je n'étais pas mécontent de moi quand je me regardais dans la glace. Les dimanches après-midi, j'allais voir mon ami, Lucien Guilhoux, le fils du forgeron de Lachaud. Je prenais mon col amidonné, ma cravate et mon veston noir. Fiers comme des messieurs, Lucien et moi allions danser. Dans tous les villages, il y avait quelqu'un qui savait jouer quelques notes d'accordéon ou de violon. On nettoyait le plancher d'une grange et, entre les meules de foin, on tournait la valse et la bourrée. La jeunesse se contentait de peu et c'était bien ainsi.

Pour la danse, je n'étais pas trop maladroit et ma situation d'héritier des Rivières-Hautes, même si personne n'en parlait, me valait les regards tendres des filles. Mes trois années de collège me plaçaient au-dessus de ma condition de paysan aisé et il n'y avait pas une de ces bergères qui ne rougît de plaisir quand je m'approchais d'elle pour l'inviter. Il ne fallait pas voir de mal dans ces jeux innocents du dimanche après-midi. Avec Josepha, ce fut différent. Un orage qui ne s'est jamais arrêté, même si nos vies n'ont pas suivi le même chemin.

Les Brugeaud n'étaient pas du pays. Ils étaient arrivés d'on ne sait où après la guerre de 1870. Ils étaient fermiers à Chameyrat ; personne ne s'en plaignait, mais ils restaient des étrangers. Mon père avait cependant de l'estime pour Paul Brugeaud, un homme peu bavard comme lui, au front haut, aux cheveux broussailleux. Que se passa-t-il avec le propriétaire, M. de Grivelle ? Mon père devait le savoir, mais il n'en dit jamais rien à personne. Un soir, au retour de la foire, il annonça :

— C'est fait, j'ai loué les Rivières-Basses à Paul Brugeaud.

Ma mère leva les yeux sur lui. Elle ne dit pas un mot, mais son regard soutenu montrait qu'elle n'approuvait pas cette décision. Le lendemain, Paul arrivait.

Les déménagements avaient quelque chose de sinistre ; c'était un cortège d'enterrement, une fuite, un échec. Personne ne quittait de gaieté de cœur des terres qu'il avait travaillées pendant des années, même si elles ne lui appartenaient pas.

Valentine Brugeaud, une petite femme tout en noir qui boitait d'une hanche, poussait les quatre vaches dans le chemin blanc des Rivières-Basses. Venait ensuite un premier attelage conduit par le fils aîné de Paul, Alfred. Sa charrette était pleine jusqu'au-dessus des ridelles : cages contenant les poules et les lapins, canards ligotés entassés dans des caisses. A l'avant, il avait disposé les précieux sacs de farine de seigle et de sarrasin. Des ustensiles de cuisine, casseroles de cuivre, des poêles à longue queue, marmites et chaudrons sombres pendaient à l'extérieur, ficelés aux ridelles. Quatre cochons suivaient, et les deux jeunes frères de Josepha, à force de cris et de coups de bâton, tentaient de les retenir dans le chemin. Une chèvre hargneuse laissée libre montrait les cornes à un vieux chien efflanqué. La deuxième charrette conduite par Paul Brugeaud contenait pêle-mêle les meubles, les coffres, des bancs et deux chaises, luxe pour les paysans pauvres. Les paillasses avaient été attachées par-dessus avec des cordes à foin. Le temps était gris : un léger vent d'ouest apportait des lames d'air humide. Il pleuvrait avant la nuit qui tombait tôt en cette fin d'automne.

Le convoi s'arrêta devant la maison des Rivières-Basses. Mon père et Paul visitèrent les lieux, puis le déchargement commença. Bien qu'arrivé jeune, Paul ne parlait pas le patois et avait un accent pointu, différent du nôtre qui rappelle le Midi tout proche. Les vieux qui n'étaient jamais allés à l'école comprenaient mal le français. A l'église, jusqu'à la Grande Guerre, le curé ne prêchait pas en français ; tout se discutait ou se marchandait dans la langue du pays, ce qui ne simplifiait pas les transactions. Le jeune notaire de Maigut qui avait racheté l'étude de Me Renaut, originaire de la Vienne, avait dû, à plusieurs reprises, appeler mon père pour servir d'interprète.

Une fois les quatre vaches et les deux bœufs attachés dans l'étable, les porcs enfermés, Josepha et sa mère emportèrent les poules dans le poulailler où elles resteraient quelques jours sans sortir pour s'habituer aux lieux. Mon petit frère qui était arrivé en courant fut chargé de détacher les canards et de les porter à côté de l'étable des cochons où se trouvait un baquet qu'il remplirait d'eau. Mon père, Paul et moi déchargions la grande table, les bancs, le placard et une armoire en noyer aux pieds vermoulus. Josepha passa à côté de moi. Nos regards se croisèrent, s'accrochèrent l'un à l'autre. Ses yeux étaient tout en longueur, d'une couleur de ce ciel d'automne, gris et en même temps lumineux. Ses cheveux étaient très noirs, luisants de la lumière blafarde du jour finissant. Elle marchait avec légèreté et ses sabots s'entendaient à peine sur le gravier, comme si elle ne touchait pas terre. Son grand tablier serré à la taille faisait ressortir son buste, ses seins qui pointaient, moulait ses hanches. Elle me sourit et baissa les yeux comme honteuse de cette audace. J'en ressentis une joie profonde qui me réchauffa la poitrine. Mon père me cria :

— Antonin, attrape ce coffre !

Paul Brugeaud s'excusa de ne pas nous payer un verre de vin ; ses tonneaux étaient restés chez son ancien patron. Il fallait qu'il en trouve de nouveaux et plante une petite vigne. Mon père lui tendit la main en souriant :

— Tu m'en parleras à la saison. Je te trouverai du plant chez un parent. En attendant, tu as une dizaine de pommiers au Pré-Haut. Les pommes n'ont pas été ramassées. Tu peux les prendre pour ton cidre.

Ces petites pommes grises n'étaient jamais mûres avant la mi-octobre. On les mettait en tas sur de la paille, en plein vent, jusqu'aux gelées. Il ne fallait pas les presser avant que n'apparaissent les premières taches ocre de la pourriture.

Le lendemain, Paul repartit chercher ses ruches. A cette époque le miel était le seul sucre disponible. Les abeilles étaient si précieuses qu'on les faisait bénir par le curé en fin d'automne pour éloigner les maladies. Ceux qui savaient s'en occuper trouvaient toujours un toit pour dormir. Mon grand-père entretenait plus de soixante ruches qui donnaient chaque année des centaines de pots de miel qu'il vendait à la Toussaint. Antonin m'avait appris l'art d'approcher les abeilles sans se faire piquer. Il ne se protégeait jamais, portant seulement un chapeau pour qu'elles ne se prennent pas dans ses cheveux. Il disait que ces insectes, comme les chiens, ont leurs têtes et reconnaissent ceux qui les aiment. Un certain Bardaut, homme sournois, au front bas, avait profité d'une nuit sombre pour nous voler plusieurs « mères », car rien ne sert de prendre la ruche tout entière, la reine suffit pour emmener toutes les autres. Il les mit dans son « benou ». Au jour, les ouvrières arrivèrent. Notre homme était si content qu'il s'assit au milieu de son rucher quand les essaims se retournèrent contre lui et que je te pique à la joue et sur le front et dans le cou ! Tant et si bien que, les jours suivants, Bardaut avait une tête aussi grosse qu'un bœuf. Personne ne le reprit jamais à voler des ruches !

Depuis l'arrivée des métayers je n'étais plus le même. Malgré moi, mon regard se tournait en direction de la petite maison des Rivières-Basses. Je tendais l'oreille pour entendre la voix de Josepha qui emmenait ses moutons au pré. J'avais envie d'aller la voir, mais quelque chose me retenait, comme une peur, la honte de ce qui me poussait vers elle. Je pensais tout le temps à son regard gris et profond, à ses lèvres un peu épaisses qui me souriaient, à sa manière de baisser la tête. Elle avait des cheveux très longs rassemblés en un gros chignon, car il n'était pas honnête pour une fille de métayer de se promener les cheveux libres sur les épaules.

Un après-midi, comme j'avais terminé mon labour, je profitai du jour qui restait pour aller chercher des cèpes dans la châtaigneraie près de l'endroit où Josepha gardait les moutons. Mes bœufs étaient bien dressés ; je les laissai au bout de la raie en posant mon bâton sur le joug. Ils savaient que le bâton ne devait pas tomber et je crois que ces gros animaux qui pesaient chacun près d'une tonne se seraient laissés mourir de faim à cet endroit plutôt que de désobéir. Le chien ne m'avait pas suivi et, du bois où je marchais, je voyais la bergère assise contre le talus. Josepha portait une cape noire qui l'enveloppait. Elle tricotait sans quitter ses moutons des yeux. Je ne bougeais pas. Quelque chose d'étrange m'envahissait, comme une ivresse douce, légère, pas celle que donne le vin, mais celle du cidre, à peine sensible et pourtant qui met le cœur en gaieté. Le ciel était bas. Le soleil avait disparu du monde. Une nuit éternelle semblait tomber sur la terre, prête à étouffer tous les êtres vivants. Au bout d'un moment, le chien de Josepha dressa les oreilles dans ma direction et se mit à aboyer. La jeune fille se tourna brusquement et m'aperçut. Je m'approchai et bredouillai :

— J'étais venu voir s'il restait un champignon ou deux pour l'omelette de ce soir...

Elle sourit, son visage s'éclaira. Le sang me tapait aux tempes ; je n'osai pas lever les yeux.

— J'en ai ramassé quelques-uns tout à l'heure, sous les chênes au bout du pré avant que les moutons ne passent ! dit-elle. Je vous les donne.

Un merle partit de la haie et traversa d'un vol rapide le pré en cuvette pour se poser, très visible sur une haute branche d'un noyer. Mon grand-père m'avait appris que le merle qui ne se cache pas est signe de bonheur. Il faut surtout se méfier de celui qui rase les fossés pour s'y enfoncer aussitôt. Il a honte de ce qu'il apporte ! Josepha me tendit son panier.

— Vous pouvez le garder ! dit-elle. Vous me le rendrez un autre jour !

Je partis sans rien ajouter. Je m'en voulus une partie de la soirée de ne pas être resté plus longtemps près d'elle. Que lui aurais-je dit ? Je ne sais pas, mais j'aurais pu lui montrer que j'étais un garçon solide et non pas un enfant timide qui rougit et baisse les yeux. Je m'emportai contre mon petit frère qui ne cessait de me harceler pour que je l'aide à tresser une corbeille en éclisses de châtaignier. Mon père et Alfred, le vieux domestique qui logeait chez nous, pelaient les châtaignes. Je prétextais le mal aux épaules pour échapper à la corvée de chaque soir.

Le dimanche suivant, Lucien arriva aux Rivières-Basses en tête des garçons de Lachaud qui réclamaient à boire à grands cris. En effet, le nouveau métayer devait régaler tout le monde sous peine de voir son troupeau dépérir et ses champs ne donner que du mauvais blé. Ces croyances étaient très ancrées dans l'esprit des gens et, pour cette raison, la veille, mon père avait prêté un tonneau de vin à Paul en disant qu'il le lui rendrait plus tard. Comme dans toutes les réunions de jeunes, il se trouvait toujours un « chabretaire » qui savait un peu jouer du violon et donner le tempo de la bourrée ou de la valse en frappant en cadence ses sabots sur une planche de sapin. J'étais resté aux Rivières-Hautes ; Lucien vint me chercher et m'entraîna jusqu'à la grange où il y avait beaucoup de bruit. J'étais de très mauvaise humeur de voir Josepha danser avec Pierre Barbichet, un gringalet au nez démesuré qui n'avait même pas un poil au menton (pour la barbe, j'avais été assez gâté puisqu'elle avait poussé dans ma seizième année). J'avais envie de m'en aller, de courir dans les bois cacher ma fureur. Josepha, probablement en reconnaissance de la dette de sa famille envers la mienne, vint au-devant de moi.

— Vous en faites une tête, Antonin ! me dit-elle en riant. Le vin vous a fait mal ?

Elle avait aussi une façon de parler qui n'était pas celle des paysannes ordinaires. Plus tard, je saurai qu'elle avait appris à lire et à écrire presque seule en suivant son troupeau de moutons. L'instituteur de Merpillat, qui lui avait enseigné un peu d'histoire et de géographie durant les rares jours d'hiver où elle était allée à l'école, vantait son application et son désir d'apprendre.

— Vous ne voulez pas danser avec moi ? demanda-t-elle.

C'était une grande audace de la part d'une jeune fille et, pourtant, je ne fus pas choqué. Ces mots, comme des étincelles, venaient d'allumer en moi un brasier qui ne s'éteindrait jamais complètement.

# 4

L'hiver fut rude. La neige arriva en décembre et resta jusqu'en mars. La vie dans la ferme était ralentie. Les domestiques s'occupaient à l'intérieur, réparaient les outils, aménageaient les étables. Alfred, qui faisait la menuiserie, allait repêcher dans le ruisseau les troncs de hêtres qu'il avait immergés cinq années auparavant. Ce long séjour dans l'eau de source donnait au bois une dureté de corne et il en fabriquait des socs de petite araire qui tenaient presque aussi longtemps que les socs de fer. Moi, je tournais en rond. Tout m'agaçait. Je faisais des balades dans la neige sur la piste des lièvres et mes pas me ramenaient toujours au même endroit, du côté des Rivières-Basses. Quand j'apercevais Josepha qui cassait du bois ou portait de l'eau de la fontaine, mon cœur s'emballait. Tout se contredisait en moi : j'avais envie de la voir, de lui dire combien je pensais à elle, et je m'arrangeais toujours pour ne pas la croiser dans les chemins. Son regard me paralysait, j'avais le sentiment d'être repoussant et maladroit. Alfonse qui passait ses journées à m'épier avait compris mon manège. Pour me faire enrager, il me disait que Josepha ne me trouvait pas beau, qu'elle racontait à tout le monde que je ne savais pas danser. Je le menaçais, il partait en riant... J'allais chercher du réconfort auprès de Lucien qui travaillait à la forge avec son père. Il était devenu un bel homme robuste. Très brun, costaud, les cheveux épais, le front large, il riait tout le temps en frappant sur le métal rougi. Aux bals, aux fêtes votives des alentours, nous ne manquions pas une occasion de nous battre contre les jeunes des autres villages. Tout était sujet à bagarre, une voix trop forte qui ne nous plaisait pas, un danseur qui nous avait involontairement bousculés, un simple regard de travers. Lucien, si doux, se transformait en bête furieuse. Après quelques coups de poing, vainqueurs et vaincus allaient boire ensemble. C'était une gymnastique, un sport naturel pour ces jeunes pleins de vie que nous étions.

Mais cela ne me faisait pas oublier Josepha. Au contraire, plus je m'éloignais d'elle, plus j'y pensais, et j'en avais l'estomac retourné. Je m'en voulais de ma bêtise. Lucien se moquait de moi : les filles ne manquaient pas, alors pourquoi me charger la tête avec cette brune au visage un peu long et qui n'avait rien de plus que les autres. Pour moi, elle avait du mystère, et me semblait inaccessible, ce qui la rendait plus désirable encore.

Mon père descendait souvent aux Rivières-Basses. Il avait de l'amitié pour Paul Brugeaud et connaissait ses difficultés. Le métayer travaillait dur pour remettre en état la petite propriété que nous avions un peu laissée tomber. Il profitait de l'hiver pour tailler les châtaigniers qui étaient à l'abandon depuis quelques années. Peut-être parce qu'il venait d'ailleurs et qu'il n'avait pas vu faire ces travaux tout enfant comme nous, il n'en avait pas le sens et perdait beaucoup de temps.

Même en hiver, nous sortions les moutons. Ils grattaient la neige avec leurs sabots et réussissaient toujours à trouver quelque chose à manger : des pointes de bruyère, des grandes herbes, des genêts que le vent dégageait. Chaque après-midi, Josepha conduisait son petit troupeau au Riou Tort, colline sauvage semée d'ajoncs et de grandes herbes grasses, que mon père avait laissée au métayer.

Je rôdais dans les parages pour l'épier de loin. Enroulée dans sa cape noire, la jeune fille marchait derrière ses bêtes. En me mettant contre le vent pour ne pas attirer l'attention de son chien, je pouvais l'approcher d'assez près. Peut-être, aussi, s'était-elle aperçue de mon jeu et s'en amusait.

Nous étions à la mi-février. La neige sale faisait mal aux yeux. Le vent était vif, un mince vent d'est qui passait sous les habits. Le ciel était clair, immense et léger. J'avais mon fusil en bandoulière, espérant quelque lapin poussé hors de son gîte par la faim. Josepha devait être malade. Ses pieds butaient dans la neige. Elle trébuchait à chaque pas. Elle avait maigri. Ses joues creuses, ses pommettes saillantes augmentaient la largeur de son front. Sa peau de porcelaine était comme transparente. Je vis un sanglot soulever ses épaules frêles. Elle renifla, sortit son mouchoir et s'essuya les yeux. Alors j'eus la force de m'approcher, feignant la surprise en tournant la tête vers elle. Son sourire au milieu des larmes me fit bondir le cœur.

— Vous êtes malade ?

Je venais de lui parler d'une voix qui n'était pas la mienne. Je dus en rougir ; elle baissa les yeux :

— Non, c'est rien ! dit-elle. Un peu fatiguée par ce long hiver et cette neige sale. Tout va s'arranger !

Je ne sus quoi dire. Devant elle, j'étais un enfant maladroit, honteux de ce sentiment que je trouvais stupide et que je ne savais pas cacher.

— C'est rien ! dit-elle de nouveau, et, appelant son chien, elle se dirigea lentement vers le troupeau. Sa démarche hésitante était celle d'une vieille.

La vérité, j'allais l'apprendre le dimanche suivant. Nous nous rendions à la messe, parfois à pied, généralement avec la jument et un énorme char à bancs sur lequel toute la famille s'entassait. Mon père se serait passé de cette corvée, mais ma mère, très pieuse, insistait pour que nous tenions notre rang. Comme toutes les familles aisées de la commune, nous avions nos chaises gravées à nos noms. Les châtelains de Magnac, les de Grivelle avaient un banc entier entouré d'une barrière de bois sculpté, fermée par une petite porte dont même le curé ne possédait pas la clef. Mme de Grivelle, une longue femme pâle, était constamment malade, une maladie de langueur. Agée d'une trentaine d'années, cette fille de gros négociants de vins de Bordeaux était devenue vicomtesse en épousant M. de Grivelle, descendant d'une antique famille totalement ruinée. M. le vicomte administrait les biens immobiliers et les propriétés de son épouse qui passait ses journées à se lamenter dans sa chambre. Hautain, distant avec les paysans, on le disait âpre au gain et pas toujours honnête. Tout le monde posait son chapeau pour lui parler, à l'exception de mon grand-père qui, bien que n'étant pas son égal, avait su acquérir ce privilège.

Le hasard voulut que ce dimanche je rentre à l'église en retard en compagnie de Lucien. Il faisait un temps désagréable. Les aiguilles du vent humide piquaient le visage. M. de Grivelle et un homme très bien vêtu que je ne connaissais pas marchaient devant nous. Nous pouvions entendre ce qu'ils se disaient. L'homme s'étonnait :

— Une guérison aussi soudaine, c'est un miracle !

— Je vous l'accorde ! Un miracle dont nous nous réjouissons tous ! répondit M. de Grivelle. Mais provoqué, mon cher ! Devant l'impuissance des médecins, et Dieu sait combien nous en avons consulté, Irma a fait un vœu à Marie. Si elle guérissait, elle observerait une semaine de jeûne complet !

— Veut-elle se tuer à jeûner dans l'état de fatigue où elle se trouve ?

— Justement, je n'ai pas voulu ! Alors nous avons acheté une pauvresse pour qu'elle jeûne à sa place. Vous savez, la fille de notre ancien métayer. Le père me devait dix sacs de blé...

— Vieux bouc ! murmura Lucien.

— Vous savez, il n'y a pas à avoir de scrupules ! continua M. de Grivelle. La jeunesse résiste à tout et, bientôt, ce ne sera qu'un mauvais souvenir pour cette enfant qui aura, en plus, accompli une bonne action

Une envie de violence me durcissait les poings. Je ne sais ce qui me retint de prendre cet homme arrogant par la cravate et de le frapper, de lui écraser la figure comme un fruit pourri. Je dus respirer très fort plusieurs fois pour retrouver un peu de calme. Était-ce possible ? Josepha était en train de jeûner pour la santé retrouvée de cette Irma qui ne lui avait jamais adressé la parole.

— Attends qu'il m'amène son cheval à ferrer, me dit Lucien à voix basse. Je te garantis qu'un clou va se planter dans la viande et que la bête n'a pas fini de le foutre par terre.

Le temps changea l'après-midi. Le vent tourna à l'ouest, de gros nuages se mirent à courir sur les collines. La neige fondante salissait tout. Des ruisseaux d'eau noire coulaient dans les chemins. La campagne était muette. Pas un aboiement de chien, pas une voix de bergère qui appelle ses bêtes. Les maisons se fermaient ; les hommes restaient au coin du feu. Josepha, qui n'avait pas pu se rendre à l'église distante de deux kilomètres, avait conduit son troupeau dans la lande de bruyère communale qui surplombe la profonde vallée de la Solane. Ses joues étaient d'une pâleur que sa capuche noire amplifiait. Ses yeux profonds semblaient plus grands que d'habitude. Des veines bleues se voyaient à travers sa peau qui se fripait. Ses lèvres n'avaient plus de couleur. Elle voulut faire un pas vers moi, trébucha. Elle s'appuyait sur son bâton, voûtée, le menton tremblant.

La colère me donna de l'audace :

— Suivre les moutons alors que vous ne pouvez pas faire deux pas... Et si vous tombez ?

Elle parut surprise. J'osai soutenir son regard qui brûlait d'une lumière profonde. Elle sourit :

— Qui les garderait à ma place ?

— Je sais tout ! dis-je. Le jeûne pour la dame de Grivelle ! Pourquoi ne pas en avoir parlé à mon père ?

J'avais l'assurance du propriétaire qui n'est pas à quelques sacs de blé près. Je me déplus. Josepha baissa la tête, honteuse de sa pauvreté. Un sanglot lui nouait la gorge. Des rideaux de brume marchaient sur la lande à grandes enjambées. Au loin, un chien aboyait.

— Ce n'est pas si terrible ! murmura-t-elle. Je bois de l'eau, ça remplit l'estomac.

Elle chancela, s'appuya des deux mains sur son bâton. Je vis une souche qui sortait de la bruyère mouillée.

— Venez, il faut vous asseoir.

Je la pris par l'épaule pour la soutenir. Elle se laissa faire. Son corps pesait, lourd de fatigue et de privations.

— Plus que deux jours ! souffla-t-elle.

Elle n'avait donc pas mangé depuis cinq jours, se contentant de quelques verres d'eau tout en continuant son travail habituel. Je me jurai de le faire payer aux châtelains. Ce soir, j'irais voir Lucien qui n'était jamais à court d'idées.

— J'ai froid aux mains ! dit-elle résignée en levant vers moi ses yeux gris pleins du ciel d'hiver.

Je m'assis à côté d'elle et pris ses mains dans les miennes qui brûlaient. Elle eut un léger sourire qui rida les coins de ses lèvres pâles. Une buse tournait en sifflant au-dessus de nous. Mon grand-père n'aurait pas manqué d'y voir un mauvais présage, mais à cette heure je ne pensais qu'au bonheur de serrer ces mains glacées et de sentir cette épaule qui s'appuyait contre la mienne. Nous nous taisions. Au bout d'un moment, elle dit :

— Au début, c'est difficile. L'estomac fait mal à crier, comme si on le coupait à coups de couteau, puis il s'habitue. Tout le corps s'habitue ; on n'a plus faim.

— Pourquoi ne pas avoir parlé à mon père ? repétai-je. On se serait arrangés !

— C'est presque fini ! Il faut avoir connu la misère pour comprendre.

Je ne trouvai rien à répondre. Josepha venait de me dire que la seule chose qu'on ne pouvait pas prendre à un pauvre, c'était sa dignité, qui l'empêchait de sombrer dans la mendicité et lui donnait la force de rester un être humain.

— Mon père va venir m'aider à ramener les moutons, ajouta-t-elle, parce que je ne peux pas courir. Je reviendrai demain si je ne suis pas trop fatiguée.

Je m'éloignai. La campagne grise sombrait dans la nuit. Aux Rivières-Hautes, mon père et Alfred sortaient les vaches pour les emmener boire à la mare. Les chiens tournaient autour du troupeau en aboyant. De la maison venait une odeur de soupe. Quelle torture cela devait être pour Josepha de sentir cette odeur !

Il faisait nuit ; à l'horizon, une bande lumineuse courait le long d'une épaisse chape de nuages. Je me disais que ce Dieu d'espoir dont on m'avait tant parlé n'existait pas, sinon il n'aurait pas laissé mourir les enfants et jeûner Josepha à la place d'une femme riche et égoïste. Le mal était partout souverain. Le diable régnait en maître sur ce monde, comme le croyait mon grand-père.

C'était lui le plus fort ! Cette espérance stupide que je sentais au fond de moi, ce besoin de me raccrocher à quelque chose, la certitude que le monde n'existait pas pour rien et que notre vie avait un sens n'étaient qu'une marque de faiblesse devant le néant de l'univers. Déjà, je me sentais inutile.

Mon père criait aux vaches et leur promettait le bâton. Il ne s'était jamais posé autant de questions, lui. Cette manie de tout vouloir expliquer, je la tenais d'Antonin qui se préoccupait fort peu des autres. Mon père n'était pas aussi tracassier, mais Paul Brugeaud avait eu raison de lui faire confiance, car il était généreux. Il ne perdait pas son temps à surveiller la récolte. Le métayer donnait ce qu'il voulait et je l'ai souvent entendu dire lorsque l'homme arrivait avec sa charrette de gerbes :

— Bah, t'as qu'à la décharger dans ta grange. Ici, c'est plein comme l'œuf !

Brugeaud repartait avec les gerbes et mon père oubliait toujours de les réclamer. Cet oubli, qui était une façon de donner sans froisser l'amour-propre de l'autre, rendait inutiles toutes les questions que je me posais.

Le lendemain, je ne vis pas Josepha qui devait être trop faible pour sortir les moutons. J'attendis avec le mauvais sentiment de ne rien faire pour elle. Je fus assez lâche pour laisser passer les deux jours du supplice avant de trouver un prétexte pour descendre chez les métayers. La maison des Rivières-Basses était minuscule et sombre, mais saine. Sa toiture de bonne ardoise de Lubersac protégeait bien la charpente qui ne prenait pas l'humidité, contrairement aux toitures de chaume qui ne manquaient pas dans le pays. Josepha était au coin du feu, grelottant malgré son gilet noir. Ses cheveux qu'elle n'avait pas attachés tombaient en vagues de suie sur son dos. Elle me regardait, les lèvres tremblantes. Sa mère apporta un bol de soupe que la jeune fille n'avait pas la force de tenir. Sa cuiller tremblait dans sa main.

Le surlendemain, elle suivait de nouveau son troupeau sur la lande. Elle était pâle, mais je la trouvai plus belle encore. Les pommettes un peu saillantes, ses joues creuses accentuaient l'éclat de ses yeux qui reflétaient le ciel, clairs quand il était bleu et profond, sombres quand il attendait la pluie. Elle me sourit :

— Ce n'est qu'un mauvais souvenir ! dit-elle.

Je m'assis à côté d'elle. Je la sentis frissonner :

— Ce qui est curieux, c'est que je n'arrive plus à me réchauffer les mains !

Je les glissai sous mon gilet et les serrai contre ma poitrine. Elle devait sentir mon cœur qui battait très fort. Nous restâmes ainsi longtemps, parlant de ces questions sans réponse qui m'embrumaient l'esprit. Pour Josepha, tout était simple :

— Moi, j'ai confiance. Dieu m'envoie ma part de peine. Il m'enverra aussi ma part de bonheur ! Ça ne peut pas être autrement !

Je la quittai, le cœur léger.

# 5

Le printemps fut superbe, cette année-là. Après l'hiver neigeux que nous venions de supporter, dès la mi-mars, le temps se mit au beau, un temps fait pour travailler la terre. Ce n'était pas ce soleil pur et froid qu'apporte le vent du nord, mais un air doux, avec des averses tièdes. Dans les prés, l'herbe poussait à pleine haie. Les blés couvraient la terre rouge. Tout vivait : les hommes labouraient, préparaient la place pour les sarrasins. Les enfants gardaient les moutons dans les jachères ou le long des bordures de pâturages. La campagne entière résonnait de tous ces bruits, appels de bêtes, chants, aboiements de chiens. Du sol montait une forte odeur de fumier, de mousse pourrie et d'herbe tendre qui pousse.

Je voyais Josepha tous les jours. Nous trouvions toujours un moment pour échapper à notre travail. Mon père nous avait surpris, mais n'en parla à personne. Il se contenta de sourire d'un air entendu. Je redoutais surtout ma grand-mère qui n'aurait pas manqué de dire devant tout le monde que l'héritier des Rivières ne fréquente pas la fille de son métayer. Près de Josepha, j'étais fort. Tout devenait facile. Notre entente n'avait pas besoin de mots. Nous nous asseyions dans l'herbe. Je lui réchauffais les mains et, l'un près de l'autre, nous nous laissions pénétrer par la rumeur de la campagne. Le joli temps ! Je croyais que l'univers était fait pour le bonheur, que la vie ne pouvait être que simple. L'avenir nous appartenait : avec un peu de chance, j'échapperais au service militaire, sinon je partirais pour deux ans. A mon retour, nous nous marierions. Une longue vie de bonheur nous attendait aux Rivières-Hautes. En y pensant, je me sentais invincible et Josepha oubliait sa pauvreté.

Le 20 avril, c'était la foire de la Saint-Basile à Merpillat, une bourgade voisine de Lignac. Une grande foire de printemps qui rassemblait tous les hommes des alentours. Les journaliers, manœuvriers de toutes sortes qui ne possédaient pas de terres, louaient leurs services pour la saison. Ils se tenaient sur la place, devant l'église. Les bergers, généralement des enfants de moins de douze ans, se reconnaissaient à un brin de laine fixé sur leur paletot. Les laboureurs portaient leur long bâton ou « aiguillade » qui servait à faire avancer les bêtes ; les faucheurs, une touffe d'herbe ; les moissonneurs, un épi de blé. Les propriétaires qui avaient besoin de main-d'œuvre passaient entre les rangs et examinaient les hommes d'un œil critique. Ils discutaient les prix, criaient, se fâchaient. Lorsqu'ils étaient d'accord, patrons et futurs domestiques se tapaient fort dans les mains. Ce geste rituel scellait le marché aussi bien qu'un contrat écrit.

Au milieu des baraques, d'une multitude de bancs, l'arracheur de dents officiait entre quatre panneaux de bois. Son aide, un gitan sale, criait à la foule que, grâce à une pommade de son invention, il arrachait les dents sans la moindre douleur. « Menteur comme un arracheur de dents » n'était pas une expression vaine à cette époque. Des paysans crédules attendaient leur tour pour se faire opérer par cet homme musclé comme un forgeron qui maniait avec habileté une énorme pince. La pommade ne faisait pas plus d'effet que de l'eau, et l'on entendait souvent monter des paravents des cris de douleur vite couverts par la voix stridente de l'aide.

La foire était l'occasion, pour ceux qui avaient besoin d'argent, de vendre à un juif quelque bijou, héritage de famille, une bague de perles fines, une montre en or, des pièces. Les prix se discutaient à l'intérieur d'une tente.

L'entrée discrète, près du mur de l'église, permettait d'échapper aux regards curieux.

Josepha ne m'avait pas dit qu'elle se rendrait à Merpillat et, pourtant, je la vis de loin avec son père à côté de l'échoppe du marchand de cheveux. Jean Brugeaud parlait très fort avec l'homme, un petit brun ventru qui, ironie du sort, était complètement chauve. Par moments, de sa main potelée, il soulevait les anglaises de la jeune fille, tâtait la qualité de la marchandise. Je contournai un banc où un camelot incitait les gens à s'approcher de sa voix aiguë. Josepha s'était assise derrière le paravent. Mon cœur se mit à battre très fort quand l'homme, après avoir tapé dans la main de notre métayer, prit ses ciseaux. Je serrai les poings et m'éloignai, la tête basse, jusqu'au foirail où l'odeur de purin serrait la gorge. Je jurai que Josepha prendrait sa revanche. Les jours suivants, elle portait un foulard d'où dépassait la minuscule mèche laissée par le tondeur...

L'été vint avec les travaux les plus durs de l'année sous un soleil de plomb, les fenaisons en juin, la moisson en juillet et août. Nous moissonnions d'abord l'orge destinée aux animaux, puis le sarrasin (« fais-le tôt, fais-le tard, tu le récolteras trois mois plus tard »). Le seigle et le froment étaient coupés très secs, début août. Levés une heure avant le soleil, nous n'arrêtions qu'à la nuit tombée, quand l'humidité alourdissait les gerbes. Fourbu, le soir, je n'avais plus la force de manger. Je tombais dans le sommeil comme dans un trou sans fond, les membres lourds et brûlés de soleil. Les orages nous donnaient un peu de répit. Après la course pour mettre à l'abri la récolte sèche, on se reposait en regardant tomber la pluie. La fraîcheur faisait du bien aux membres. La sieste durait alors tout l'après-midi.

Malgré la chaleur et la fatigue, nous étions heureux. Une année de travail trouvait son aboutissement dans ces gerbes qui s'entassaient dans les granges. Je n'aimais pas moissonner l'orge à cause des barbes longues et piquantes qui provoquaient des démangeaisons. Je préférais l'avoine, la fameuse « sivade ». Une plante toute en finesse, avec un épi en bouquet délicat. Et cette paille lisse, douce au toucher, légère.

On cultivait du seigle, bien que cette céréale soit réservée aux terres pauvres de la montagne. Chez nous, il faisait beaucoup de paille et peu de grain. C'était ce qu'on voulait. Le grain allait aux cochons et mon père vendait la paille pour le chaume. Il fallait le couper avec précaution et le faire sécher debout. On ne le battait pas au fléau, mais simplement en tapant les épis contre une barre de bois. Les grains giclaient, durs comme du sable.

De cette époque, j'ai gardé le goût du plein été avec ses odeurs de poussière, de terre, ses chemins secs, ses feuilles molles de chaleur. Les branches des pommiers plient, chargées de fruits verts et durs. L'air est sirupeux, la lumière suffocante. Il fait bon suivre les ombres, se pencher sur la source qui coule encore entre les joncs verts. Il y a du bruit partout. Dès le matin, la campagne devient un vaste chantier... Le souvenir des étés de ma jeunesse a toujours la couleur lumineuse de cette paille d'or que nous entassions dans les granges.

Malgré les travaux harassants, les gens chantaient en moissonnant, se parlaient d'un pré à l'autre. A la fin de la fauchaison (les prés proches des rivières étaient toujours fauchés en dernier), les jeunes détournaient le ruisseau et attrapaient un panier de truites... Tout était occasion de petites fêtes, de réjouissances. Après les moissons, des bals improvisés dans les granges rassemblaient jeunes et vieux. Nous n'allions pas chercher le bonheur aux quatre coins du monde, nous le prenions sur place, dans l'instant. Tant qu'il y aurait du soleil, de la pluie et de la terre à cultiver, rien ne pourrait nous arriver et nous mangerions à notre faim.

Je secondais mon père à la tête du domaine. Nous fûmes les premiers à acheter une machine à vapeur et une batteuse. Les gens vinrent de très loin assister au prodige : la gerbe entrait par la gueule béante du monstre de fer qui crachait la paille d'un côté et le grain de l'autre. En une matinée, elle faisait le travail de dix bons batteurs au fléau. Les gens dirent que ce blé ne pourrait pas donner de bonne farine. Et s'il lui arrivait de ne pas germer ? Mon père laissait parler : le vendeur lui avait appris que dans la Beauce de telles machines étaient utilisées depuis plusieurs années et que tout le monde s'en trouvait bien.

Je ne voyais pas le temps passer. Quand je pouvais, je rejoignais Josepha en suivant le chemin creux et frais qui longeait le ruisseau. Avec le soleil, son visage s'était hâlé. Elle cachait sous un châle la brosse de ses cheveux qui repoussaient. Lucien ne me comprenait pas :

— Pour cette fille, tu te prives de toutes les autres !

C'était un beau parleur qui avait beaucoup de succès et en profitait. Les petites amies défilaient :

— Je les veux toutes ! disait-il en riant. La première qui m'attrapera n'est pas encore née !

Il butinait, de l'une à l'autre, riant tout le temps, il était si beau garçon avec ses épaules larges, son abondante chevelure noire, ses yeux bleus pleins de malice ! La bonne nature que c'était ! Nous étions tellement différents et en même temps identiques ! Il m'en voulait un peu de le délaisser pour Josepha.

Je la voyais surtout les après-midi. Nous nous asseyions l'un près de l'autre, je lui parlais de notre avenir, elle m'écoutait, les lèvres entrouvertes :

— Au pis, je reviendrai du régiment en 1914. On se mariera un jour d'avril plein de lumière et de chants d'oiseaux.

Josepha soupirait. Un nuage passait dans ses yeux :

— Je le voudrais tant, Antonin, mais la fille d'un fermier n'épouse pas le propriétaire des Rivières !

Je protestai. Elle me laissait faire puisque cela ne coûtait rien de croire, l'espace d'un instant, à ce beau rêve.

Chaque saison apportait ses occupations. L'automne, c'était le temps des châtaignes. Rien n'était plus rassurant que de retrouver les gestes et les saveurs de l'année passée. Nous en rêvions plusieurs jours à l'avance en guettant sous les arbres précoces les bogues qui s'ouvraient lentement. Une pluie suffisait alors pour faire tomber les premiers fruits, luisants, cirés, superbes. Ceux-là, nous les mangions, même si ce n'étaient pas les meilleurs : les espèces hâtives manquaient toujours de sucre. Ma mère les faisait cuire dans de l'eau. La chair à l'intérieur se transformait en une crème blanche...

En automne aussi passaient les demandeurs de pain qu'on ne voyait pas en été. Ces vagabonds qui m'intriguaient ont jalonné mon enfance. Démunis de tout, souvent estropiés et ne pouvant pas travailler, dès les premières feuilles mortes, ils prenaient la route et, de maison en maison, quémandaient un morceau de pain pour survivre, un fenil pour échapper au froid de la nuit. Le soir, mon père fouillait leurs poches pour qu'ils laissent sur la table allumettes et couteaux. Il donnait toujours quelque chose, et, si c'était l'heure de manger, il installait le mendiant à côté de lui. Il disait que refuser du pain apportait le malheur et il pensait toujours à cette antique malédiction qui planait sur le domaine : « Les Rivières périront par manque d'enfant. » Beaucoup en profitaient un peu, mais ce n'était pas grave : les greniers des Rivières étaient pleins à craquer. Notre surplus de châtaignes était donné à « moitié » à des gens de la montagne qui venaient les ramasser... Chez nous, l'abondance était naturelle.

Avec l'automne revenaient des matinées fraîches et mouillées. Les journées plus courtes faisaient penser au grand feu que tante Agathe allumait les soirs et autour duquel toute la famille se pressait. Parfois, mon père racontait une histoire, mais il n'avait pas la façon d'Antonin qui savait, lui, trouver les mots qui faisaient frémir. Mon grand-père ne laissait pas passer une semaine sans parler de cette louve avec ses trois petits qui n'avaient pas pu être tués. Elle vivait encore dans la vallée, il certifiait l'avoir vue plusieurs fois ; ses louveteaux étaient devenus d'énormes loups capables de renverser un âne. Ces soirs-là, je n'arrivais pas à m'endormir. Alfonse demandait à ma mère de lui donner la main.

Nos habitudes suivaient le cours régulier des saisons. Les châtaignes ramassées, pelées ou séchées, il fallait s'occuper des pommes pour le cidre. Nous n'avions pas de vigne. Le vin que l'on faisait à Lignac n'était pas de très bonne qualité et, une fois notre ancienne vigne détruite par le phylloxéra, en 1903, mon père décida de ne pas la replanter. Il faisait venir le vin du bas pays qui était bien meilleur et ne donnait pas la peine d'avoir à labourer entre les rangs, tailler, vendanger, presser, décuver... Il se contentait de faire du cidre que buvaient les domestiques.

L'hiver était consacré au bois. A cette époque, rien ne se perdait : sur les châtaigniers et les noyers, les vieilles branches qui ne donnaient plus de fruits allaient au feu. Il fallait aussi élaguer les chênes des bordures. Tout ce bois était débité en bûches et en fagots. Les buissons qui poussaient dans les jachères de trois ans servaient à chauffer le four. Les charmes étaient vendus en « bois d'usine » destiné à la fabrication du papier. Le tout-venant partait en cordes pour le chauffage. Pour nourrir tout le monde, il fallait tirer le meilleur parti de ces collines accidentées et surpeuplées. Chaque parcelle, chaque recoin était exploité. Dans les pentes trop raides pour labourer, mais avec de la bonne terre, se trouvaient les châtaigniers et les noyers. Dans les haies poussaient pommiers, poiriers, pruniers qui gelaient moins à ces endroits qu'en plein vent. La terre entretenue était généreuse et nous n'en demandions pas plus. Pouvait-on penser qu'elle avait soif de sang et allait être bientôt abreuvée au-delà de tout ce qui s'était passé depuis le début de l'humanité ?

# 6

Les années qui précédèrent mon départ pour le service militaire furent pleines d'insouciance et de bonheur. J'avais Josepha et Lucien qui m'entraînait avec lui les dimanches, j'étais comblé. Comme rien ne pouvait se cacher longtemps dans ces collines surpeuplées, les mauvaises langues se mirent à raconter que la jeune étrangère savait y faire avec l'héritier des Rivières-Hautes. Ces ragots me laissaient indifférent. Lorsqu'elle levait sur moi ses yeux gris, j'y voyais une telle franchise, une telle confiance que je la savais incapable de tels calculs.

Ce qui se passait dans le monde en ces années 1912 ne comptait pas. Comment aurais-je pu comprendre, dans notre beau domaine, que l'humiliation subie au temps d'Antonin avec la perte de l'Alsace et de la Lorraine, il faudrait la venger un jour ? Je me contentais d'être jeune et heureux.

Je partis au service militaire dans la Somme, près d'Amiens. C'était ainsi à l'époque : les paysans servaient dans l'infanterie, ceux du Sud montaient souvent au Nord.

Ces deux années loin de mon cher domaine, je les acceptais comme une épreuve incontournable. Il me tardait qu'elles fussent passées pour me marier. Le dernier soir, je me rendis pour le souper chez Lucien qui partait lui aussi, mais quelques jours plus tard. Vers minuit, je rejoignis Josepha. Elle m'attendait, comme nous étions convenus, dans la grange des Rivières-Basses. J'avais un peu bu, ce qui me donnait des audaces que je n'aurais pas eues en temps normal. Je la pris dans mes bras et elle s'abandonna. Je la sentais frémissante, tendue. Elle arrêta ma main d'un geste plein de douceur et me dit :

— On a plus de joie d'avoir attendu ce qu'on désire que de l'avoir tout de suite. A ton retour...

Nous nous couchâmes dans le foin, blottis l'un contre l'autre, et, malgré l'envie de nos corps en feu, restâmes ainsi toute la nuit sans bouger. Je ne dormis pas. Josepha s'assoupit sur le matin et je regardais son visage calme, ses yeux clos, ses lèvres entrouvertes. Une lumière pâle tombait de l'ouverture en haut du pignon. C'était au mois d'août ; le foin frais craquait de soleil. Les oiseaux commençaient à chanter dans le prunier voisin. Josepha ouvrit les yeux, me sourit. Elle s'en voulait d'avoir dormi et d'avoir été privée de ces quelques instants de bonheur.

— Faut y aller ! dit-elle doucement. Mon père va se lever.

Elle brossa les morceaux de foin accrochés à ses vêtements. Nous sortîmes sans bruit par la petite porte qui donnait sur les prés. Trois corbeaux ramaient au-dessus de la vallée et se dirigeaient vers les Rivières-Hautes.

— Je t'écrirai, Josepha ! Tous les jours !

Elle s'éloigna, la main devant la figure pour ne pas me montrer qu'elle pleurait. J'avais aussi les larmes au bord des yeux. Elle avait su m'expliquer que cette séparation était comme un gage qui nous rendrait dignes de notre bonheur futur. Josepha, mieux que quiconque, savait que tout se mérite et que, d'une manière ou d'une autre, toutes les joies se paient. Nous donnions deux années de notre jeunesse pour acheter le reste de notre vie. Nous payions d'avance pour conjurer le mauvais sort.

Je rentrai chez nous le cœur gros. Mon père était devant la porte, grave. J'allai dans ma chambre chercher la valise que ma mère était en train de boucler. La jument attelée à la carriole attendait au bord du chemin.

Tout le monde s'était levé pour me dire au revoir. Je

n'éprouvais aucun sentiment et me déplaçais comme dans un nuage. J'embrassai ma grand-mère, ma mère, ma sœur et mon petit frère qui se mit à pleurer. Lui, qui me disputait tout le temps, s'accrochait à moi, comme s'il avait le sentiment que je ne reviendrais jamais.

Je m'installai avec mon père sur le banc de bois et la jument partit au trot. La maison des Rivières-Hautes disparut derrière les noyers. Mon père se taisait. Avait-il un pressentiment, lui qui lisait le journal tous les soirs ? Silencieux, il regardait la route. Son menton assez fort était bleu d'une barbe épaisse qu'il rasait soigneusement tous les matins, chose rare chez les paysans. Même Antonin, qui se permettait d'appeler M. de Grivelle par son prénom, ne se rasait que le dimanche pour aller à la messe...

Nous passâmes près des Rivières-Basses. J'aperçus la cheminée de la petite maison entre les branches. Le chemin de terre qui descendait vers la ferme était désert. Une pie posée sur une pierre tourna vers nous sa tête noire. Je reniflai ; des larmes me montaient aux yeux. Mon père n'eut pas le moindre mouvement quand il sentit, contre la sienne, mon épaule soulevée par un sanglot. Ce jour-là, je compris qu'il était fort.

Il me laissa à Saint-Marcel où je devais prendre le train pour Brive et, de là, rejoindre Paris et Amiens. L'idée de passer à Paris m'avait enchanté pendant quelque temps, mais je n'y pensai pas à cet instant. Je pris ma valise et sautai à terre. Mon père m'embrassa sur les deux joues :

— Va vite maintenant, le train ne t'attendra pas ! dit-il d'une voix à peine audible.

Je franchis la porte sans me retourner. Une page, la plus courte et la plus belle de ma vie, venait de se tourner. Le cordon ombilical qui me reliait aux Rivières se coupait. Définitivement. Le temps des épreuves était venu.

Je marchai comme un automate. D'autres appelés attendaient sur le quai. Certains parlaient fort et riaient pour tromper leur angoisse. Je me mêlai à eux et montai dans le train. Il faisait beau, mais je ne voyais plus le ciel bleu au-dessus des arbres. L'air vibrait sur l'horizon. C'était une de ces journées d'août où la paille coupée craque dans les champs, où les bœufs, après avoir tiré à plein collier la lourde charrette, jettent la langue comme des chiens. L'image de Josepha me voilait tout cela. Finalement, je ne pensai qu'à elle ; j'avais déjà oublié la peine muette de mon père, les larmes du petit Alfonse. Autour de moi, les autres fumaient et parlaient. Quand le train s'arracha lourdement à son inertie, je me dis qu'Antonin n'aurait pas manqué de commenter longuement les conséquences de ce monstre mécanique crachant le feu et la fumée sur la société future.

C'était la première fois que je prenais le train. La ligne de Toulouse qui passait par Brive était en service depuis plusieurs années quand on construisit les lignes secondaires qui desservaient les petites villes.

A Brive, notre groupe se joignit à d'autres. Les conscrits étaient facilement reconnaissables : des jeunes aux yeux rougis par le manque de sommeil, maladroits dans leurs mouvements. Nous nous interpellions, nous nous réconfortions en fanfaronnant : à Amiens, à Lens, à Reims, ils allaient voir ! Des femmes nous attendaient dans ces villes qui n'étaient pour nous que des mots. Un gringalet aux cheveux raides comme des bâtons parla de son frère aîné qui avait été l'amant de la femme de son capitaine. L'instant de quelques minutes, nous fûmes tous l'amant d'une belle qui s'ennuyait dans une caserne austère aux côtés de son vieux mari de capitaine. Il fallait bien occuper nos pensées !

Je passai ma première nuit à la gare du Nord à Paris et n'eus pas le courage d'aller faire un tour en ville. Je restai dans la salle d'attente, laissant couler les heures dans une demi-somnolence. Je fermai les yeux pour me retrouver dans les bras de Josepha. Mon cœur s'emballait. Une vague d'ivresse me submergeait ; ces deux années n'étaient qu'une pause, une simple interruption dans ma vie. Quand je reviendrais aux Rivières-Hautes, en août 1914, il y aurait du soleil, les récoltes seraient belles. Mon père m'attendrait à la gare, avec la jument qui me reconnaîtrait. Je trouverais Josepha au bout du petit chemin des Rivières-Basses. J'irais aussitôt demander sa main à Paul Brugeaud. Le repas des fiançailles serait le dimanche suivant après la messe où Josepha viendrait s'asseoir sur une chaise de notre famille. Comme je serais fier de lui donner le bras à la sortie de l'église ! Lucien, toujours aussi gai, raconterait mille histoires drôles. Bien sûr, certains ne manqueraient pas de remarquer que la petite Brugeaud était bien pauvre pour entrer dans une des meilleures familles de la commune, mais mon père saurait faire taire les mauvaises langues : « Il vaut mieux une fille sans dot qui a du courage et ne s'économise pas à la tâche qu'une autre avec des titres et un panier percé ! »

J'arrivai à la caserne à Amiens le lendemain soir. Nous étions commandés par le caporal Lajulie, un petit homme rondouillard, grossier et gueulard. J'eus beaucoup de mal à me plier à cette obéissance aveugle qu'il exigeait de moi. Fils de patron, j'avais l'habitude d'occuper mon temps comme je voulais et n'appréciais pas la manière dont il me parlait. Les mois de classe furent les plus difficiles. J'appris le maniement du fusil, le salut, la marche au pas. J'appris surtout à me taire, à être docile, à ne pas penser.

Les jours puis les semaines passèrent. A force d'entendre tout le temps la même chose, l'esprit guerrier de ces militaires ne me choquait plus. L'ennemi, c'était les Allemands qui nous avaient battus en 70 ; nous ne devions penser qu'à la revanche, à venger l'honneur de la France et reprendre les provinces perdues... La tension montait entre les deux pays. Si aux Rivières les événements du monde n'arrivaient que quelques jours après qu'ils s'étaient produits, uniquement imprimés sur le journal comme s'ils venaient d'une autre planète, ici, le moindre incident diplomatique prenait un tour tragique. Les gradés parlaient du *Panther,* ce bateau allemand qui était entré dans le port d'Agadir, c'était un affront de plus, une provocation. Mon sentiment national se développait et j'étais conscient qu'il ne fallait pas laisser l'impérialisme germanique poursuivre ses avancées un peu partout, isolant la France et continuant d'asservir l'Alsace et la Lorraine.

Je réagissais aux discours de propagande en paysan,

en propriétaire terrien à qui on a volé un champ. Jusque-là, j'aimais la France comme on aime Dieu, une vague entité autour des Rivières et nécessaire au fonctionnement du domaine. Maintenant qu'il me fallait la protéger, la laver des affronts subis, je l'imaginais comme une femme violée dont le visage désespéré aurait été celui de ma mère. Au bout de quelques mois de caserne, j'étais prêt à lever le fusil.

# 7

On se fait à tout, même à la vie militaire, et l'homme sauvage que j'étais apprit aussi à s'accommoder des chambrées de douze et de la promiscuité générale. J'étais devenu aussi grossier que le caporal Lajulie et, un fusil entre les mains, aussi fanatique que ce petit homme obtus. Ma mère m'écrivait et me donnait des nouvelles du pays. Ses lettres ne me touchaient pas. J'oubliais le sens des saisons. L'automne passa sans que je m'inquiète de savoir si les châtaignes étaient bonnes. Ces préoccupations de paysan libre n'existaient plus pour moi : la mauvaise pitance de la caserne suffisait à me nourrir, pourquoi se soucier de sa provenance ? Lors des sorties en ville, ceux qui avaient de l'argent, dont je faisais partie, se payaient un bon repas dans une auberge en parlant fort et tapant sur la table pour être servis au plus vite. Nous n'hésitions pas à caresser les fesses d'une serveuse qui nous plaisait. C'était ainsi, tout nous était dû.

Quand nous avions bien mangé, nous allions au bordel. Je me sentais un peu honteux d'acheter du plaisir. Je comprenais mal qu'on puisse faire l'amour sans amour. Il me semblait qu'avec mon argent je salissais quelque chose d'unique au monde, qui ne pouvait s'acheter, un don de Dieu aux hommes, un bijou brillant que la moindre tache ternissait à jamais... Après de telles pensées, je me jurai de ne jamais retourner chez les filles, pourtant je suivais mes camarades à la première occasion. J'étais quelqu'un d'autre. L'habit militaire m'avait transformé.

Je ne pouvais rentrer chez moi que durant les permissions de plus de dix jours. J'en eus quatre en deux ans. Chaque fois, ce fut la fête aux Rivières. Ma mère avait pour moi beaucoup d'attentions. Alfonse me harcelait de questions. A mesure qu'il grandissait, il ressemblait de plus en plus à mon père... Dès que j'avais embrassé tout le monde, je courais aux Rivières-Basses où Josepha m'attendait. Elle devait me trouver beau dans mon uniforme de fantassin et rougissait quand j'entrais dans la maison. Je la rejoignais tous les après-midi et nous allions nous promener dans les chemins. Elle commençait à croire que la chance était de son côté, aussi ne voulait-elle pas la compromettre. J'étais devenu téméraire, mais elle repoussait mes audaces avec le même sourire résigné :

— Il faut attendre le bonheur pour l'apprécier, sinon, on ne le découvre qu'une fois qu'il est parti !

Je n'insistais pas : le mois d'août 1914 serait vite arrivé ! Je repartais serein à la caserne, le goût des lèvres de Josepha sur les miennes.

Mes copains de chambre étaient devenus mes frères. Nous nous prêtions secours quand éclatait une bagarre en ville. Je ne les ai pas oubliés, et ils ont encore pour moi leur visage de vingt ans. Il y avait Albert Leroy, Bébert pour nous, un Bordelais maigre dont les pantalons étaient toujours trop courts, Paul Lemercier, Savoyard solide et renfrogné, Jacques Duchemin, dit la Bidette, et Émile Sourrot, de Roanne, qui fumait et somnolait à longueur de journée...

Le temps inerte et vide passait assez vite et je commençais à compter les jours avant ma libération. Nous avions nos habitudes en ville, nos bistrots et nos bordels. J'avais appris à ne rien faire : je passais mes journées à jouer aux cartes et boire du vin. Je m'engraissais.

L'été 1913 céda la place à l'automne. Malgré la haine des Allemands que nos officiers entretenaient en nous, personne ne pensait que la guerre était proche, même si on parlait en ville de la révolution russe et de l'intense entraînement auquel se livraient les troupes d'outre-Rhin. Vinrent l'hiver puis le printemps 1914. L'attente de la libération nous rendait sourds aux événements qui commençaient à peser sérieusement sur la paix du monde. Chaque jour qui passait me semblait plus long. L'impatience me rendait irritable. J'écrivais de longues lettres à Josepha que, une fois terminées, je relisais avant de les jeter au panier. Le mois de mai passa ; autour d'Amiens les immenses terres se couvraient du vert foncé des blés drus. C'était de la bonne terre, grasse, épaisse, généreuse, bien différente de celle des Rivières.

Arriva le mois de juin. J'avais eu une permission de deux semaines en mai, la dernière avant d'être libéré en août. Le monde semblait près d'éclater comme une soupière sous pression. Ce n'était pas mon affaire ; j'avais presque fini mon temps.

Le 28 juin 1914, l'assassinat de l'archiduc François-Ferdinand à Sarajevo ne fut pour nous qu'un lointain fait divers. Quand nous apprîmes que l'Autriche menaçait la Serbie, nos officiers reçurent l'ordre de supprimer toutes les permissions. Je ne me doutais pas un instant que les choses iraient plus loin. Nous jouions d'interminables parties de cartes.

Et puis les événements se précipitèrent. Terribles. L'engrenage vers l'irréparable. Le 23 juillet, l'ultimatum de l'Autriche à la Serbie commença à nous inquiéter. Le 25, on respira : la Serbie acceptait une partie des conditions de l'ultimatum. L'Autriche, insatisfaite, lui déclara la guerre. Premier août. Il nous restait huit jours de caserne. Huit longs jours quand nous apprîmes la mobilisation générale. Ce n'était pas la guerre, mais nous savions que nous ne rentrerions pas chez nous à la date prévue.

Après avoir tant attendu la liberté, se la voir supprimer ainsi aurait dû me plonger dans une rage désespérée. Eh bien, non, je réagis assez bien. Mon départ était repoussé de quelques jours. J'attendais ce moment depuis deux ans. Il avait toujours été si loin que j'avais fini par ne pas y croire. Je m'étais englué dans une vie passive. En sortir aurait demandé un miracle. Le miracle ne se produisait pas, c'était presque normal.

Le 2 août au soir, l'armée allemande envahit le Luxembourg. Nos officiers nous bourraient le crâne à longueur de journée et nous étions prêts pour cette guerre désormais inévitable. La revanche enfin ! Nous n'allions en faire qu'une bouchée de ces Allemands qui se permettaient de bafouer le droit international ! Ils allaient voir que l'armée française était la meilleure du monde !

Le lendemain, la déclaration de guerre ne surprit personne. Mon régiment fut envoyé à Reims, puis de là en Alsace où nous prîmes la ville de Mulhouse sans rencontrer de résistance. Cette victoire, qui n'en était pas vraiment une puisque les Allemands concentraient leurs forces en Belgique, nous donna le fol espoir que la guerre serait finie avant les premiers froids.

Sitôt Mulhouse délivrée, nous repartîmes sur les routes, à raison de cinquante kilomètres par jour. J'avais de bons pieds et ne souffris pas de ces longues marches. Les Allemands campaient à Senlis à quarante kilomètres de Paris. Quand mon régiment arriva, la fameuse bataille de la Marne avait eu lieu et l'ennemi avait reculé jusqu'en Champagne. A part quelques escarmouches, je ne savais pas encore ce qu'était la guerre. L'automne resplendissait et l'errance continuait. Les paysans labouraient les chaumes, fauchaient les regains. Ces détails de ma vie d'autrefois me touchaient à peine. Je n'existais plus par moi-même, j'étais une partie de ce grand corps d'armée qui s'étirait sur la route avec ses camions, ses chevaux, ses fusils. Je ne pensais plus. L'indifférence me rendait insensible aux douleurs des autres. J'avais vu des morts joncher la route, j'entendais les cris dans l'infirmerie de fortune lorsque le chirurgien, après avoir saoulé le blessé, coupait une jambe gangrenée, des cris que ne parvenait pas à couvrir un puissant roulement de tambour. Je n'avais plus peur, vaguement conscient que c'était la pire manière de ne pas avoir d'âme.

Mon baptême du feu allait se passer plus au nord, dans les Flandres. La plaine s'allongeait sous de lourds nuages. Il n'y avait pas d'horizon. Au bout de ce monde froid, la terre et le ciel se mélangeaient en un liquide gris. De grosses fermes somnolaient entre des saules. Le vent régnait sur ce pays rayé de canaux si droits que l'œil en était choqué. La bataille se déclencha en octobre. Ce fut à notre tour d'entrer dans la tourmente. Mon cœur battait très fort, d'une espèce d'excitation qui n'était pas de moi. Je respirai vite et bus d'un trait le quart de gnole qu'on nous donnait avant l'assaut. Et je partis en courant. De tous mes copains de chambrée, il ne restait que Duchemin qui hurlait comme un chien de chasse. Je hurlais peut-être aussi, mais je ne m'entendais pas. Les balles sifflaient autour de nous. Parfois un cri aigu perçait le tumulte. Un homme roulait à terre. Personne ne se préoccupait de lui. Nous courûmes nous mettre à l'abri dans un boqueteau où nous pûmes installer nos lourdes mitrailleuses. Le bruit était infernal, un grondement sourd et persistant, une montagne qui s'écroulait. Je m'étais plaqué contre un tronc, attendant là, sans pensées, sans le moindre sentiment.

A la nuit, quand la bataille cessa, je m'étonnai d'être vivant. Duchemin n'était plus là. Je parcourus tout le bois sans le trouver. Peut-être était-il dans un autre groupe, à moins que...

Comme les morts ne pourraient être rendus à leurs familles, nos officiers nous ordonnèrent de les enterrer sur place. Pour eux, la guerre était finie. Au tout début, et durant de brefs instants de lucidité, je me demandais pourquoi ils avaient donné leur vie, mais avec le temps je ne me posais plus de questions. Les jours passaient avec leurs attaques, les hurlements des blessés et les corvées d'enterrement tous les deux soirs. Je ne pensais plus aux miens. L'horreur permanente, la bestialité, la mort m'avaient formé une carapace d'insensibilité. J'étais un loup et je n'avais en tête qu'une seule pensée, tuer, tuer encore pour que cela finisse vite. Parfois, pourtant, le visage un peu long d'une fille brune avec des yeux gris pleins de tendresse me revenait à l'esprit, et alors je me sentais les jambes lourdes et le cœur de plomb. J'avais envie de pleurer.

L'hiver arrivait, et la guerre dont nos généraux avaient prédit qu'elle ne durerait pas plus de deux mois continuait sans que personne réussisse à prendre l'avantage. Il nous fallait une semaine et des centaines de morts pour gagner quelques mètres que nous perdions la semaine suivante. Il commençait à faire froid. Le ciel touchait la terre et un vent puissant courait dans la plaine. Le vent ! Ce fut notre pire ennemi durant ces quelques mois. Incessant, rageur, il fouettait la figure, gonflait notre capote raide de boue sèche et lourde de sueur.

Un fol espoir apparut le 17 novembre par un temps bas qui attendait la neige. Le brouillard noyait la campagne silencieuse. Les Allemands s'étaient retirés dans la nuit. Ce jour-là, j'eus le cœur si léger que je pensai aux miens. Savaient-ils que j'étais vivant ? Et Josepha ? Une vague de chaleur me monta à travers le corps. Le besoin de la revoir et de m'asseoir près de la cheminée des Rivières-Hautes, de peler des châtaignes en regardant le feu était si vif que je fus tenté de m'enfuir. Je n'aurais pas été le premier, mais on avait su nous en dissuader : quelques déserteurs repris furent fusillés devant tout le monde. Mieux valait attendre. Et puis, j'avais la certitude que la guerre était presque finie, que j'allais bientôt rentrer.

Pourtant, l'enfer ne faisait que commencer.

# 8

Oui, l'enfer. Avec le temps, j'ai oublié comment tout s'est passé en détail, mais je me souviens toujours de la boue, des poux, des rats. Aucune bête n'aurait supporté ce que nous avons vécu pendant plus de deux ans.

Mon régiment fut envoyé à l'Est, dans la région de Verdun. Nous reçûmes l'ordre de creuser des tranchées sous la mitraille ennemie. Parfois, l'un d'entre nous s'écroulait sans un mot, frappé au cœur. Des blessés criaient en se roulant par terre. Nous ne devions pas leur porter secours. Il pleuvait. Je n'avais plus peur. Côtoyer la mort rend insensible. J'étais résigné, vide de pensées. Une balle pouvait me frapper, je pouvais dans l'instant sombrer sous un déluge de feu, cela n'avait pas d'importance. Je ne redoutais que la boue, la pluie qui détrempait ma vareuse et les poux qui me rongeaient. Les poux, pas ceux de la tête, qui sont des petits poux pour enfants, mais les gros poux noirs qui se plantent entre les cuisses, sous les bras, partout où il y a du poil. La mort est moins redoutable que ces parasites durs que nous écrasions entre les ongles. Et plus nous en écrasions, plus il y en avait. La démangeaison était telle que nous n'arrivions plus à trouver le sommeil ; pourtant, depuis le début de la guerre nous nous étions habitués à dormir partout, sur la terre nue, sous la pluie froide et même debout, appuyés contre un arbre.

Les tranchées creusées, nous nous y terrions, comme des taupes, comme des bêtes puantes, des salamandres. De la boue, toujours de la boue ! On en avait jusqu'aux cuisses. On s'y enlisait, on s'y vautrait comme des porcs. Elle formait des écailles sèches sur la peau que nous raclions au couteau. Le pain en était couvert. Les biscuits avaient goût de terre et de pourriture. Les morts abandonnés gonflaient comme des outres. La puanteur rendait l'air visqueux. Nous nous traînions dans d'immenses latrines. Je pensais que je n'entendrais plus jamais le coucou, que je ne verrais plus la belle terre des Rivières-Hautes et le blé qui lève. Je n'étais qu'une charogne hirsute et dégoûtante. Mourir et vite ! Dormir, enfin ! En finir avec cette vie qu'aucun animal n'aurait supportée. Nous allions sous le feu ennemi comme à une délivrance...

Les jours se suivaient, identiques. Faut croire que j'étais robuste puisque j'ai tout supporté, la dysenterie qui nous brûlait les entrailles, les poux, la gale et les rats, des multitudes de rats qui s'en prenaient aux blessés et aux morts que nous n'enterrions plus. Depuis, j'ai une répulsion tenace pour ces animaux. Je les piège chez moi jusqu'au dernier avec une haine qui date de ce temps. Sournois, ils surgissaient de partout à la fois, marchaient sur les hommes sans la moindre peur. Dès qu'il y avait un mort, un blessé, ils étaient là, leurs bataillons rangés, prêts à faire le ménage, nous défiant de leurs yeux noirs. Je me souviens de cet homme terrassé par une balle à côté de moi. Il n'était pas tombé. Il s'était simplement affalé sur le rebord de la tranchée sans un cri, comme s'il se reposait. Le lendemain, les rats avaient mangé ses jambes dont il ne restait que les os sous le pantalon.

En janvier 1916, mon régiment s'approcha de Verdun où les Allemands concentraient leurs troupes. Une grande joie m'attendait. Nous avions rejoint d'autres bataillons dans une tranchée avancée et je me trouvai nez à nez avec Lucien Guilhoux. Il n'avait pas une belle tête, mon ami. Maigre, les joues creuses, les yeux qui sortaient de leurs orbites, le beau forgeron ressemblait à un vagabond. Je n'étais pas mieux. Nous nous embrassâmes en pleurant. Nous restâmes ensemble un mois entier, un mois de bonheur, puis mon régiment partit vers d'autres batailles.

En février, l'attaque s'intensifia. Les bombes et les

obus pleuvaient ; terre, eau et air se mélangeaient en un perpétuel tonnerre de feu. Des bataillons entiers étaient projetés dans les airs. Les hommes tournoyaient comme des feuilles mortes, disloqués, puis tombaient en un mortier de pierraille, de chair et de sang. Tout était brûlé et mort dans cet enfer... Il n'y avait plus d'arbres, plus de maisons, que des amas de boue putride et des rats. Cela dura des jours et des jours. D'un côté comme de l'autre, nous allions à la boucherie à tour de rôle, compagnie après compagnie, comme des veaux qu'on pousse à l'abattoir. Nous nous faisions tuer dans un état d'hébétude.

Nous étions revenus aux premiers temps de l'humanité. Cette envie de mort qui nous donnait la force de pointer la baïonnette vers l'ennemi nous empêchait de sentir la douleur. Français et Allemands tombaient, mêlés, enlacés dans une étreinte de haine qui ressemblait à un élan d'amitié. Il régnait une horrible odeur de feu, de corps grillés, de pourriture. A quoi pensais-je en courant hors de la tranchée entre les cadavres mutilés ? A rien, justement, l'esprit bloqué sur le besoin de plonger la lame dans cette poitrine qui surgissait devant moi. Je ne me demandais même pas pourquoi j'étais épargné par ces balles qui, parfois, passaient si près de ma figure que j'en sentais le frôlement sur ma joue, aussi doux qu'une caresse. Mon tour arrivait, je le savais, mais quand ? A l'instant ? Dans quelques minutes, demain ? Cela n'avait pas d'importance. La vie qui me restait n'avait qu'une raison, un but, tuer le plus possible d'Allemands, et j'avais un rire de satisfaction en ouvrant d'un coup de baïonnette l'abdomen de cet homme dont les intestins libérés s'étalaient sur le sol.

L'offensive ennemie avait réussi en partie puisque nous avions reculé de quelques centaines de mètres. Au prix d'immenses sacrifices, nous réussîmes à limiter sa progression tout l'été 1916, puis à l'automne nous reprîmes nos positions de l'hiver précédent.

Les troupes se relayaient au front. Nous bénéficiions de permissions régulières. Je rentrais aux Rivières. Ma mère me faisait déshabiller dans la cour. En été je me lavais dans le bac où nous faisions boire les vaches, en hiver dans une lessiveuse d'eau chaude près du feu. Je retrouvais alors l'apparence d'un être humain. Je me rasais, me lavais soigneusement et prenais des vêtements propres, un luxe inestimable après lequel je retournais en enfer, le souvenir de Josepha plein la tête.

En trois années, je n'eus aucune blessure grave. Quelques éclats d'obus dans l'épaule gauche, une estafilade sur les côtes très superficielle. C'était une chance dont j'avais à peine conscience. Le 12 octobre 1917, par un temps glacial, un vent sibérien, je remontai au front après deux jours de repos sur les lignes arrière. Les Allemands avaient reculé. Dès que j'arrivais dans la tranchée, le bruit incessant, les cris, l'odeur de pourriture et de mort faisaient de moi la bête à tuer qui allait s'élancer contre la rangée ennemie.

Je garde de cette journée un souvenir précis, minute par minute, comme si j'avais eu conscience de vivre les derniers instants d'un état antérieur. Notre bataillon se préparait à l'assaut. Je ne saurais dire les noms de mes camarades : à trépigner dans la boue, devenus des animaux, nous nous appelions par cris. Nous bûmes le quart de gnole qui brûlait l'estomac. L'ennemi avait tenté une sortie sur l'aile droite et avait été repoussé. Nous allions prendre l'offensive pour gagner quelques mètres qui seraient probablement perdus le lendemain. Quelques gars firent le signe de croix et nous nous élançâmes en poussant des cris furieux. Je n'avais pas fait dix pas à découvert quand s'alluma dans ma tête comme un superbe feu d'artifice, avec des étincelles de couleurs. La dernière image que j'emportais de ce monde fut le visage tranquille de mon grand-père, très loin, perdu dans le brouillard, puis la nuit. Je n'avais rien senti. Si c'était ça mourir, il n'y avait pas de quoi avoir peur. Mais non, mon heure n'était pas encore arrivée. Il était dit que je ne mourrais pas à cette guerre, ni à la prochaine. Le destin tenait à ma vie pour m'infliger une épreuve pire que la mort. Je me réveillai sur une paillasse posée à même le sol. Ma première pensée, en sortant du coma, fut pour le chêne des Rivières-Hautes sous lequel nous nous couchions en été pour faire la sieste. Je ne sais pourquoi, dans mon esprit, l'arbre avait été frappé par la foudre et fendu en deux. Je regardai autour de moi. Les voûtes d'un haut plafond, des colonnes de pierre, un autel massif, des statues de saints m'indiquèrent que j'étais dans une église. Des sœurs en voiles blancs s'affairaient auprès des blessés. L'une d'elles se tourna vers moi et me vit bouger la tête dans sa direction. Elle ouvrit de grands yeux et resta comme figée sur place. Sa voix était un peu fluette :

— Mon Dieu, c'est un miracle !

Elle se mit à genoux et murmura une prière. J'avais terriblement mal à mon bras gauche. J'y portai la main droite et ne le trouvai pas. Il me fallut un moment pour comprendre qu'il avait été coupé au coude. Je n'avais plus de main gauche et pourtant je sentais un fourmillement désagréable dans les doigts. La sœur s'approcha de moi. Elle avait un beau visage très blanc et des yeux pleins de bonté.

— Vous m'entendez ? demanda-t-elle.

Je lui fis signe de la tête.

— C'est un miracle ! répéta-t-elle.

J'appris par la suite ce qui s'était passé. Sur le champ de bataille, j'avais été laissé pour mort quand, le soir, tandis que les tirs et les bombardements diminuaient, un camarade de combat dont j'ignore le nom crut me voir bouger. Il me traîna à l'abri. Comme mon cœur battait encore, il chercha des brancardiers qui m'emportèrent à l'arrière des lignes. Mon bras gauche pendait déchiqueté au bout d'une lanière de peau sanglante. J'avais une autre blessure à la tête. Un médecin m'examina et estima que le coma dépassé dans lequel je me trouvais était irréversible. Il me fit évacuer, avec d'autres, dans une église transformée en mouroir où des sœurs carmélites assistaient les agonisants.

Je restai dans le coma trois semaines entières. Un prêtre m'avait administré l'extrême-onction, et voilà que je venais de renaître à la lumière, dans cette église habitée par Dieu dont je sentais la présence à mes côtés. Je n'ai jamais plus éprouvé cette impression qu'une force supérieure soutenait ma vie, mais j'en garde le souvenir radieux, pareil à la lumière d'un soleil matinal à travers la fenêtre quand on se réveille après une bonne nuit.

En plus de la douleur lancinante de ce bras manquant, j'avais le feu dans le corps, la fièvre me rongeait. Je voulus demander à boire ; la sœur me vit ouvrir la bouche et comprit. Elle me souleva la tête avec beaucoup de douceur et me porta un verre aux lèvres. L'eau fraîche me fit un bien immense. Je bus le verre entier et fis un signe pour en réclamer un autre :

— Tout à l'heure, dit-elle avec cette douceur dans la voix qui ne pouvait être qu'une marque divine.

Mon esprit aussi revivait. Mes pensées s'organisaient. Je reprenais possession de moi-même. Pendant un bon moment, j'eus la certitude que je devais cette résurrection à mon grand-père, comme s'il avait intercédé auprès de Dieu pour que je vive. Je revenais d'un immense chaos, d'une nuit opaque qui ne m'avait pas duré plus qu'une nuit de sommeil et qui avait pourtant la profondeur d'un gouffre éternel. Les images de la boucherie défilaient devant mes yeux, mais c'était ailleurs, dans un autre monde. Ici, j'étais de nouveau chez les hommes. La jeune sœur me souriait avec une réelle tendresse. Elle était très mince, d'apparence fragile. Des cernes entouraient ses yeux. Qu'est-ce qui la poussait à passer ses journées dans cette puanteur de gangrène, de souffrance, de mort ? Où trouvait-elle la force de prendre la main tendue avec cette humilité, cette confiance qui se lisaient sur son visage fatigué ?

Mon état s'améliorait. Je recommençai à manger ; on me portait une bouillie d'avoine et de miel dont je garde encore le goût sucré sur la langue. J'eus bientôt la force de m'asseoir sur mon lit. Une vieille sœur, probablement un peu folle, faisait le signe de croix chaque fois qu'elle s'approchait de moi, tant ma guérison tenait du miracle.

Dès que je pus marcher, mon rétablissement fut rapide. A part ce bras manquant qui me faisait atrocement mal, je me sentais bien. Au bout d'un mois, je partis en convalescence dans un hôpital de Brest où je restai deux mois et demi avant d'être libéré.

Même si j'avais hâte de rentrer chez moi, je ne me plaignais pas en pensant aux copains restés au front. J'eus des nouvelles des Rivières. Une lettre que ma mère m'avait écrite trois mois plus tôt, juste avant ma blessure. Elle me disait que tout allait bien : l'été avait été chaud et les châtaignes seraient excellentes. La récolte de blé avait été moins abondante que l'année précédente à cause des gelées tardives. Le père Brugeaud des Rivières-Basses était gravement malade, le docteur ne savait pas s'il pourrait retravailler... Pas un mot sur Josepha. J'écrivis deux fois en donnant ma nouvelle adresse et fus étonné de ne pas recevoir de réponse.

# 9

Je fus libéré en janvier 1918 avec une dizaine d'autres éclopés. Nous n'avions pas retrouvé nos vêtements civils. J'étais sous les drapeaux depuis cinq années. Comme il faisait froid, je gardai ma vieille capote usée, un calot encore raide de boue. Je traversai un pays ruiné, les champs étaient en friche. De Brive, je pris un car qui me conduisit à Tulle et je continuai à pied. Les gens sortaient des maisons pour me regarder passer, me dévisageaient comme si j'avais été une bête curieuse, me questionnaient. A mesure que je m'approchais des Rivières-Hautes, je prenais conscience que j'avais laissé avec mon bras tout espoir d'être le patron du beau domaine. J'étais un infirme. Ce retour tant attendu me coûtait. Je n'étais plus le fier Antonin Chèze parti en août 1912 ; j'étais un homme brisé, un vieux de vingt-sept ans. Le tumulte des batailles grondait toujours en moi. La mort coulait dans ma tête en flots gras et nauséabonds. J'avais envie de m'asseoir dans le fossé et d'attendre. Vivre ? Pourquoi ? Pour marcher chaque jour dans les chemins des Rivières, inutile, et regarder travailler les autres ? Pour m'asseoir à table et demander qu'on coupe mon pain. Regarder pousser le blé sans avoir participé aux labours et aux semailles gâte le plaisir des moissons. Vivre sans se sentir lié par son travail au morceau de pain que l'on mange enlève l'appétit. Ces pensées noires me faisaient ralentir le pas.

Un crachin gelé tombait d'un ciel lourd. Je marchais, la tête basse, cachant le moignon de mon bras gauche sous une manche vide. Je ne m'étais pas rasé depuis plusieurs jours et j'évitais le regard des curieux qui me dévisageaient. Je ne répondais pas à leurs questions angoissées.

D'étranges sentiments grouillaient en moi. J'avais envie de voir les miens et pourtant je ne me pressais pas. La guerre finirait un jour, Alfonse serait le patron des Rivières. Qu'allais-je devenir ? Et Josepha ? Voudrait-elle d'un infirme ? Par moments, je regrettais de ne pas être mort.

A mesure que je m'approchais, que je reconnaissais les champs et les chemins, le soldat vagabond cédait un peu de place au paysan. Je m'assis sur une souche dans un petit vallon gris où coulait un ruisseau. Une cascade formait une queue d'eau blanche qui butait contre un tronc d'arbre. Tout à coup, je vis surgir une truite de cette écume, s'élancer dans les airs pour retomber au-dessus de la cascade. Le poisson se reposa un moment puis continua sa migration vers sa frayère natale. Un peu plus loin, j'en vis un deuxième qui suivait la veine d'eau. La vie n'avait pas déserté la terre. Seuls les hommes avaient créé l'enfer. Les animaux continuaient leur route, celle de leurs instincts. Un lièvre détala à quelques pas de moi...

Je repris mon chemin en évitant de passer près des Rivières-Basses. Je fis un détour par les champs des Pradines, un des meilleurs des Rivières-Hautes. Il était labouré, hersé. Le blé pointait ses petites langues vertes entre les mottes. Là, du moins, les hommes n'avaient pas perdu leur temps.

J'arrivai enfin devant la maison des Rivières-Hautes. Le chien me reconnut et vint à mes devants. Je l'avais laissé jeune et plein de fougue, il était vieux, mais toujours aussi gentil. Il se mit à tourner autour de moi en gémissant, puis il courut annoncer la bonne nouvelle à la maison.

Mon père apparut sur le perron. Quand il vit arriver cet homme hirsute, sale, qui traînait ses chaussures râpées sur les cailloux du chemin, il eut un mouvement de recul. Ma mère le rejoignit et dit, les épaules basses : « Mon Dieu ! » tandis que des larmes se formaient au coin de ses yeux. Tante Agathe eut un malaise et s'écroula sur les marches. Mon père, blême, balbutia d'une voix tremblante :

— Toi, Antonin ?

Ma mère s'essuya les yeux. Elle pleurait et riait à la fois :

— Comme tu fais bien de revenir ! dit-elle entre deux sanglots. C'est le Bon Dieu qui nous donne cette grande joie ! On a eu si peur !

Alfonse arriva. Il marqua sa surprise puis m'embrassa avec beaucoup d'émotion. C'était un jeune homme aux fortes épaules qui avait le visage carré de mon grand-père, ses petits yeux pleins de malice. Il me dit :

— On te croyait mort ! C'est un gars de Saint-Marcel qui est venu en permission l'été dernier qui l'avait dit. Il a raconté partout qu'il t'avait vu mort !

— C'est vrai que j'ai passé bien près ! dis-je.

La tante Agathe, qui s'était remise, me poussa à l'intérieur de la maison. Ma mère enfouit son mouchoir dans la poche de son tablier :

— Tu es là, c'est le principal ! Tu vas te laver et changer d'habits. Allons, Henri, ajoute du bois ; tu vois bien qu'il tremble.

Elle alla chercher des habits propres qu'elle posa sur le lit dans ma chambre.

— Tu vas te laver ! dit-elle en portant un chaudron d'eau sur les flammes.

J'étais si las, tout d'un coup, si fatigué que j'avais à peine la force de bouger. Elle me tira par l'épaule, m'obligea à me lever. Elle s'immobilisa, sans un mot, les lèvres bougeant à peine, les yeux fixés sur ma manche vide. Je baissai la tête.

Mon père s'approcha à son tour. Le feu flambait, éclairant la grande cheminée d'une lumière jaune très agréable. Alfonse était de marbre.

— A Verdun. C'est pour ça qu'ils m'ont libéré !

Ma mère eut encore de la force de caractère :

— Tu vas pas rester là planté comme un noyer ! Va me poser cette vermine ! Ce gars de Saint-Marcel ne cherchait pas le mal. Il t'avait vu étendu, alors il a cru que tu étais mort !

— J'ai écrit deux fois pendant que j'étais en convalescence à Brest...

— On n'a rien reçu depuis ta dernière permission qui remonte à l'été !

Elle ordonna ensuite à mon frère d'apporter une bassine d'eau chaude dans ma chambre.

— Déshabille-toi ! dit-elle. Tu as vu comme tu es fagoté ! Ils n'avaient pas d'autres vêtements à te donner à Brest ?

Quand elle aperçut le moignon de mon bras gauche, elle eut un geste de recul, bloqua sa respiration puis, comme si elle n'avait rien vu, se mit à rouspéter contre le mauvais temps qui avait gêné la récolte des châtaignes.

— Ton père a été obligé de chauffer le four toute la semaine dernière pour les sécher ! Elles pourrissaient dans le bois.

Il fallut plusieurs jours à tout le monde pour réaliser que j'étais un handicapé. Tout se passait comme si mon bras allait repousser d'un moment à l'autre. Les jours suivants, j'allai rôder du côté des Rivières-Basses. En me voyant, Paul Brugeaud ouvrit de grands yeux blancs. Il tourna autour de moi comme si j'étais un fantôme, puis poussa une série de jurons :

— Mais pourquoi qu'ils ont dit que tu étais mort ? Hein, pourquoi ?

Il se fâchait et tapait la table de son poing :

— Nom de Dieu de nom de Dieu, si je pouvais savoir, moi...

— Et Josepha ?

Il me regarda avec ses yeux blancs. Son béret enfoncé sur sa tête lui couvrait le front. Il leva les bras en l'air :

— Tu étais mort, alors... Elle était plus toute jeune, alors...

Un liquide gelé coulait en moi. J'avais mal partout.

— Alors quoi ?

— Alors, je l'ai mariée au Jean Bachellerie, de Roumillac-la-Montagne. Un beau parti pour elle qui n'avait pas de dot ! Ah, nom de Dieu de nom de Dieu !

Je reçus une gifle. Une lame me tailladait l'estomac. Je serrai les dents. Mon cœur s'emballait. Voilà pourquoi j'avais été épargné par les balles, par la dysenterie pendant ces longues années ! La terre se dérobait sous mes pieds. J'avais envie de mourir !

Le temps était bas. La neige se tassait dans les nuages de plomb qui pesaient sur les collines. Il y avait ce silence des choses qui précède l'averse, cette attente qui monte de la terre comme une prière apaisante. Je laissai Paul qui continuait de frapper la table de son gros poing. Mon père m'attendait au bout du chemin. Il était sombre :

— Il t'a dit, le Paul ?

Je fis oui de la tête. Mon père fit un pas vers la maison, puis se tourna :

— Et puis avec ton bras, tu ne vas pas pouvoir prendre le domaine.

Ça, je le savais. Mon handicap me vaudrait certainement une pension, mais me privait de tout ce que j'avais de plus cher, le domaine des Rivières-Hautes.

— Tu devrais demander une place réservée aux blessés de guerre.

J'avais compris : mon père me mettait dehors. Après avoir perdu Josepha, je perdais aussi mon rang d'aîné. J'étais devenu pauvre d'un coup ; la mort sur le champ de bataille aurait laissé de moi le souvenir d'un fils de bonne maison emporté par la tourmente, la perte de mon bras me privait de mes racines. J'allais devenir employé dans un quelconque bureau pour un travail sans soleil, sans orages, sans terres à labourer ni mauvaises herbes à arracher.

Je m'en allai dans les bois. Le silence des arbres nus laissait le champ libre à ma révolte. Josepha, mon seul amour, dormait dans les bras d'un autre, se donnait à lui, gémissait de plaisir sous ses caresses. J'eus la tentation de me rendre à Roumillac-la-Montagne, un petit hameau fixé à la cime d'une colline plus haute que les autres. Je partis dans le chemin en marchant d'un bon pas. Je m'arrêtai au pont qui enjambe la Solane. A quoi bon aller plus loin ? Josepha, comme toutes les filles de ce temps, n'avait pas eu à choisir. C'était la guerre, la responsable, cette chienne de guerre, dévoreuse de chair jeune et de beaux sentiments.

Je restai jusqu'à la nuit assis au bord de l'eau, à tourner dans ma tête des idées sans suite. Quelques flocons très légers commençaient à tourbillonner. L'eau faisait un bruit aérien à travers lequel j'entendais comme des voix, les voix de ces femmes adultères mortes sans oser avouer leur faute et qui viennent demander aux vivants de prier pour elles. Par moments, une langue de vent furetait entre les chênes et soulevait les feuilles sèches. L'hiver était là, avec sa lourdeur et ses heures plus courtes. Entre les branches de la haie, j'apercevais la vieille Mariette de la Gane, qui balayait les feuilles dans son pré. Elle parlait seule et j'entendais sa grosse voix se fâcher. C'était une brave femme, un peu dérangée, mais courageuse et forte comme un homme.

La nuit tomba d'un coup, comme toujours à cette époque. Un peu de cendre se forma au creux des vallons et sauta à la figure du ciel. Les arbres engloutis, rien ne bougeait ; la campagne était morte.

Quand j'arrivai à la maison, mon père lisait son journal au coin du feu, ma mère mettait la table. Alfonse taillait des baguettes de châtaignier pour fabriquer un panier. Mon père se tourna vers moi :

— Le père Erasme est mort. Hier matin, comme il commençait sa tournée, il a fait quelques pas dans le chemin à côté de l'église et il est tombé là, au milieu de ses lettres. Avec ton instruction, tu devrais demander la place de facteur auxiliaire.

## 10

Facteur. J'allais être facteur auxiliaire, porteur de lettres, de bonnes et de mauvaises nouvelles. J'allais marcher dans les chemins sur les traces du vieil Erasme que j'avais toujours connu avec son gros sac carré, son bâton, sa chique au coin de la bouche. Cette idée ne me déplaisait pas. J'avais toujours aimé la marche.

A cette époque, la poste n'était pas organisée comme de nos jours. A Lignac, le facteur brigadier, Maurice Legal, allait chaque matin chercher le courrier à Saint-Marcel avec sa bicyclette et faisait la petite tournée, celle du bas de la commune. J'aurais donc celle du haut, le Verdiet, Roumillac-la-Montagne, Saillat, les Rivières... En tout six hameaux, le château de Magnac et des fermes isolées qui prenaient beaucoup de temps puisqu'il fallait parfois faire un grand détour pour porter un journal ou une lettre sans importance. Cela représentait en moyenne une promenade de dix-huit kilomètres chaque jour, à pied, puisque je ne pouvais pas monter à vélo. Je fus d'abord convoqué à Tulle par un gros homme très brun qui me dévisagea, appuyé sur son bureau de mauvais bois. Avec l'importance qu'il semblait avoir, il devait commander tous les facteurs auxiliaires de France. Il avait une voix grave et puissante qui donnait à ses mots un poids écrasant. Il m'expliqua que le métier de facteur n'était pas un métier comme les autres. J'allais entrer dans toutes les maisons, je saurais tout de tout le monde. Je ne devrais jamais répondre aux questions indiscrètes que les gens ne manqueraient pas de me poser par envie ou par jalousie. Je devais avoir une moralité sans faille et ne céder à aucune pression...

Il leva l'index et poursuivit, les yeux fixes au-dessus de mon regard :

— Vous allez être l'homme le plus important de votre commune, beaucoup plus important que le maire ou le garde champêtre. Les gens se confesseront à vous mieux qu'au curé qui distribue des pénitences. C'est au soldat que je m'adresse, au héros de Verdun, à celui qui a payé d'un bras son dévouement au pays. Les secrets, les misères, les injustices que vous verrez pèseront très lourd sur votre conscience. Mais vous ne devrez jamais intervenir. Vous allez en faire le serment !

Je fus un peu décontenancé par ces paroles dites sur un ton d'une solennité qui me rappelait les discours de nos officiers pour exalter notre courage avant les batailles. Je me demandais, devant cet homme imposant, si je serais à la hauteur d'une tâche aussi grande. J'hésitais tandis que l'autre continuait, emphatique :

— De toute votre vie vous ne devrez céder aux sentiments, bons ou mauvais, vous devrez accomplir votre tâche avec la froideur d'une machine. Les pleurs des uns, les rires de joie des autres ne devront jamais vous toucher. La lettre, monsieur Chèze, la lettre, c'est terrible de mystère et d'imprévu. Vous la portez dans votre sac, au milieu de tant d'autres sans importance. Mais celle-là, ce petit morceau de papier qui ne pèse pas deux grammes, est pleine de vie ou de mort. Vous n'avez pas le droit de vous poser la moindre question. C'est par vous que le destin s'accomplira. Et vous n'y pourrez rien !

L'après-midi même, je me rendis au tribunal pour prêter serment. J'étais mal à l'aise dans ces couloirs immenses, ces salles qui résonnaient comme des églises et devant ces hommes vêtus de noir au regard froid. Je jurai de ne jamais ouvrir une lettre, de ne jamais révéler ce que mon métier pourrait m'apprendre sur la vie privée des gens. Je baissai la tête comme si j'étais coupable par avance.

En sortant du tribunal, je me sentais un autre homme. J'étais assermenté ! Je ne pouvais plus mentir ; ma parole avait valeur d'écrit. J'avais le droit de relever une infraction, de faire un procès-verbal qui ne serait mis en doute par personne. Je pouvais certifier l'exactitude d'un propos ou d'un document. Cela me plaçait au-dessus des paysans ordinaires, même des riches, comme mon père. Je devenais un personnage officiel dont tout le monde rechercherait l'amitié au même titre que le garde champêtre. Même l'instituteur, M. Germain, n'avait pas mon pouvoir.

J'allais vite découvrir que facteur n'était pas seulement un métier, mais un état. Ce serait ma véritable nature, comme si j'étais né pour elle et que la guerre n'ait eu lieu que pour me priver d'un bras et m'arracher des Rivières. Je pense souvent à cela et je me dis qu'il faut chasser de l'esprit une telle vanité : une guerre, un événement aussi important pour le monde entier qui fait des millions de morts et de malheureux, ne peut être voulue uniquement pour servir un seul destin. Pourtant cela se passe souvent comme ça, comme si vous étiez la personne la plus importante de l'univers.

Un gars prit mes mesures pour trouver un uniforme à ma taille. Le gros homme me dit de sa voix ronflante :

— N'oubliez pas que les chaussures sont les outils de travail des facteurs de campagne. En ville, c'est différent ; les auxiliaires font peu de chemin, mais marcher plus de vingt kilomètres tous les jours, c'est pas la même chose ! Et croyez-moi, c'est mieux que leurs bicyclettes qui ne cessent de tomber en panne[1].

Il prit un air entendu et me dit sur le ton de la confidence :

— Il faut de bonnes chaussures en cuir, souples et pas trop molles. Je vous conseille de les prendre un peu grandes, deux pointures au-dessus, le pied y est plus à l'aise.

Il m'expliqua qu'il avait été facteur auxiliaire, lui aussi. Il semblait en garder une grande nostalgie dans son bureau à Tulle :

— Moi qui vous parle, dit-il, je faisais mes vingt-deux

1. L'emploi de la bicyclette pour distribuer le courrier a été adopté en 1920. Cependant, beaucoup de facteurs qui ne savaient pas monter à vélo continuèrent leur tournée à pied.

kilomètres tous les jours, et vous auriez vu comme ça avançait. Souvent, la tournée était finie à trois heures de l'après-midi ! Et puis l'ambition... J'ai pris du galon !

Il me fit un bon pour aller chercher mes chaussures au magasin, rangea son carnet de commandes dans un tiroir :

— Un bien beau métier que vous allez faire ! Je vous envie. Quand on a goûté à ça, quand on a pris l'habitude du grand air et de la liberté, on s'en passe difficilement. C'est qu'on en voit des choses dans les chemins et derrière les haies !

Je remontai à la nuit complète aux Rivières avec mon uniforme dans un grand carton, mes chaussures (on m'en enverrait une deuxième paire dès que possible) et mon képi sur la tête. Quand j'arrivai, ma mère inspecta la veste et la trouva mal repassée :

— Je me doutais bien qu'il y avait des plis partout !

Elle posa ses fers devant les braises. Je crois qu'elle était très heureuse et fière d'avoir un fils facteur, mais comme elle n'aimait pas montrer le fond de son cœur, elle s'agitait dans tous les sens. Mon père dit en souriant qu'il n'avait jamais vu Erasme sans son képi, et, quand il faisait chaud et qu'il le soulevait quelques secondes pour s'essuyer le front, on voyait une marque rouge imprimée dans sa peau claire.

Cette nuit-là, j'eus beaucoup de mal à trouver le sommeil. Maurice Legal m'avait dit que je devais être chez lui à sept heures. Il m'apprendrait à trier le courrier, à le mettre en ordre dans le sac. Maurice était grand et filiforme. Sa tête chauve semblait trop lourde pour son cou étroit. Il portait des petites lunettes rondes qui glissaient sur son nez sec.

J'étais surtout tracassé par le fait que j'allais passer tous les jours à Roumillac-la-Montagne et que je verrais Josepha. Si elle avait toujours pour moi ce sentiment que je sentais au fond de mon cœur, serait-elle capable d'y résister, elle qui était mariée et mère de famille ? Et moi, n'allais-je pas commettre quelque bêtise irréparable ? J'avais peur de ne pas avoir la force de me vaincre.

Je m'endormis très tard et fis un horrible cauchemar. J'étais de nouveau dans les tranchées et je buvais le quart de gnole avant de me lancer à l'attaque. Un homme au visage hideux transperçait Josepha avec une baïonnette. Je voulais courir pour la protéger, mais j'étais enlisé dans de la boue et mes jambes sans force ne pouvaient se dégager.

Réveillé en sursaut, j'entendis sonner six heures à la pendule. Je passai rapidement l'uniforme que ma mère avait posé sur le dossier d'une chaise. Mon père était levé et attisait le feu qui avait couvé toute la nuit sous les cendres. Ma mère moulait le café, le moulin de bois coincé entre les genoux. Nous achetions aussi du sucre en morceaux alors que les paysans ordinaires ne connaissaient que le miel. Et si nous avions l'électricité aux Rivières, quelques hameaux isolés s'éclairaient encore à la chandelle. Une multitude de projets de barrages était à l'étude un peu partout. Nos belles rivières allaient payer très cher cette course au confort.

Je pris mon képi. Aussitôt, je me sentis plus confiant. J'avais un peu la même impression qu'en arrivant à l'armée. L'habit ne faisait pas l'homme, mais avait une grosse influence sur son comportement, et, si l'uniforme militaire avait laissé le champ libre à la bête sanguinaire qui dormait en moi, celui de facteur, au contraire, me rendait généreux. J'avais le sentiment de mon importance et je me voulais magnanime.

Je partis à pied au bourg de Lignac situé à cinq kilomètres des Rivières. La nuit épaisse et humide laissait prévoir une journée triste et pluvieuse. Un serpent me rongeait l'estomac. J'étais comme un enfant avant son premier jour d'école. Quand j'arrivai, Maurice Legal était déjà revenu de Saint-Marcel et disposait les lettres par tas pour les deux tournées. Il me dit que l'idéal pour moi serait de commencer par le Verdiet, ce qui me permettrait en me dépêchant d'arriver aux Rivières-Hautes vers une heure et manger chez moi. Il ne me resterait pour l'après-midi que deux villages et quelques fermes isolées qui n'avaient généralement pas de courrier. Il me conseilla d'être très ponctuel avec les de Grivelle qui ne plaisantaient pas avec le service public :

— Le vicomte reçoit des journaux de Paris et beaucoup de courrier. Ne vous avisez pas d'oublier une lettre dans votre sac, il serait capable d'aller se plaindre à Tulle et même au ministère !

Pour le reste, c'était assez simple. M. Legal me mit cependant en garde :

— Soyez particulièrement vigilant avec ceux qui ne savent pas lire. Pour les mandats, les paiements de pensions. Comptez deux fois plutôt qu'une. S'il y a une erreur, vous en serez de votre poche.

Le travail était facile pour moi. Je connaissais toutes les maisons et je mis les lettres dans l'ordre de ma tournée. Tout à coup, j'eus un pincement de cœur : il y avait un journal pour Honoré Bachellerie, le beau-père de Josepha. J'allais donc être obligé de rentrer chez elle. Le destin jouait avec moi. Il me rappelait que, si j'étais son exécuteur, il ne voulait surtout pas me laisser en dehors de son jeu, de ses coups de griffe successifs.

# 11

Les lettres et les journaux rangés dans le grand sac, je me levai de ma chaise et boutonnai ma veste. Maurice Legal se tourna vers moi :

— Vous auriez dû prendre une canadienne, c'est qu'il ne fait pas très chaud !

J'y avais pensé, ce matin, à la canadienne, mais je n'avais pas voulu cacher ma veste d'auxiliaire des postes. Tant pis pour le froid ! J'endossai l'énorme sac carré et je sortis. Le jour commençait à se lever. A l'est, des nuages épais se fendaient de larges craquelures lumineuses. Le temps était très calme, sans la moindre brise. L'humidité imprégnait tout. Il pleuvrait avant midi. Dans les maisons, les lumières s'allumaient. Une odeur de fumée de bois flottait dans l'air.

Je pris la route du Verdiet, un gros hameau situé à moins d'un kilomètre du bourg. J'étais facteur ; je faisais mes premiers pas dans ce nouveau métier que j'allais aimer et haïr à la fois.

A mesure que j'avançais, le jour devenait plus clair. Je distinguais nettement le gros noyer au tronc creux à l'entrée du village, la masse sombre des sapins qui entouraient la ferme du père Vialle.

Je passai dans la route principale, laissant le chemin sur ma droite. Les gens parlaient dans les étables ; des vaches meuglaient. Un chien aboyait au Verdiet. Les bruits de la campagne se réveillaient et je me sentais léger, presque heureux. Il y avait bien la pensée de Josepha qui alourdissait mes chaussures neuves que j'avais graissées la veille pour les assouplir, mais je repoussai tout cela à plus tard. Avant d'arriver au Verdiet, je croisai le vieux Moncet avec son attelage. Il transportait le bois pour le compte d'une fabrique de meubles de Tulle. C'était un petit homme aux jambes tordues qui portait un large chapeau noir. Il me serra la main, me parla du temps qui, après la pluie, allait certainement se remettre au froid. Il caressa le front de ses bœufs et me demanda :

— Au fait, tu as rien pour nous ?

Je fouillai dans mon sac, l'air très important :

— Eh bien, non, père Moncet !

— Tant mieux ! dit-il en reprenant sa marche.

Comme tous les paysans, il se méfiait des lettres, de l'écrit en général. Sachant à peine lire, il n'avait, jusque-là, reçu du courrier que pour le tracasser : des papiers de l'administration auxquels il ne comprenait rien, des annonces de décès, des départs pour la guerre.

La première maison du Verdiet était au sommet de la côte. Par la porte ouverte, je vis Françoise Rigout en train de préparer la baquée de ses cochons. Elle plongeait ses bras rouges dans l'eau fumante pour écraser les pommes de terre. Son visage marqua la surprise.

— Eh, l'Antonin ! Te voilà auxiliaire, maintenant ? me dit-elle. Tu as pris la place du pauvre Erasme !

— Il faut bien faire quelque chose ! Avec mon bras, je pourrais pas faire grand-chose aux Rivières.

— Entre donc, tu vas bien boire quelque chose ! me dit Jules qui revenait de l'étable et secouait son large béret plein de toiles d'araignée.

Cette phrase, je l'entendrais des milliers de fois dans ma carrière et comment dire non, comment refuser ce verre d'amitié à ceux qui allaient devenir ma grande famille ? Le facteur, c'était un peu l'ange gardien de tous ces paysans qui l'attendaient et le redoutaient à la fois. Combien de regards anxieux et en même temps curieux j'ai vus se poser sur mon sac ? Une énorme boîte à malice d'où sortaient joies et pleurs.

Je devais entrer dans toutes les maisons et même dans celles qui n'avaient pas de courrier. Passer sans dire bonjour me valait ce genre de réflexion :

— Eh bien, l'Antonin, tu es brouillé ? On t'a pas vu hier ! C'est-y qu'on t'a fait du déplaisir ?

La première lettre que je distribuai venait de Jean Rigout qui était à la guerre. Je la tendis à la femme dont le visage s'éclaira. Elle riait à pleine bouche en s'essuyant les mains :

— C'est bien du bonheur que tu nous apportes, Antonin !

J'étais heureux, moi aussi. Je regardai cette femme glisser la lame du couteau sous le pli de l'enveloppe et cet homme au regard radieux. Quel beau métier je faisais ! Hélas, j'apprendrais vite que le porteur de joie était aussi celui de la mort !

Un enfant entra. En me voyant, il se réfugia sous la table avec le chien :

— Alors, le Pierrot, voilà que tu fais le timide avec l'auxiliaire, maintenant !

Je bus mon demi-verre de vin et je partis en m'excusant de ne pas pouvoir rester plus longtemps. Quand j'eus fini ma distribution au Verdiet, je repris la route de Roumillac-la-Montagne : j'étais passé dans six maisons et avais bu une dizaine de demi-verres de vin qui m'avaient mis de bonne humeur. Pourtant, un violent pincement au cœur me gênait pour respirer. J'avançai plus lentement. Josepha ! Pourvu qu'elle soit partie garder les moutons ! Il pleuvotait. Des moineaux qui picoraient les prunes sauvages tombées sur le chemin s'enfuirent à mon approche. Antonin aurait pu y lire l'avenir et déjouer les mauvais tours du destin. Moi, je ne comprenais rien aux signes de l'au-delà, pas plus au cri strident de ce merle qu'à ce petit coup de vent qui soulevait des feuilles sèches en un curieux tourbillon près de la haie.

Je laissai sur la droite la maisonnette des Louisot. C'était des gens bizarres et sauvages qui vivaient à l'écart. On les disait voleurs et médisants. Personne ne les aimait. Le père Louisot cultivait ses trois hectares de mauvaise terre qui suffisaient à peine à nourrir ses six enfants trop jeunes pour travailler, à part l'aîné qui se « louait » pendant l'été pour garder les vaches. La femme était maigre et grande avec des mamelles qui lui tombaient sur la ceinture. Elle avait été surprise plusieurs fois sous les pommiers des autres ou glanant les épis dans les champs du Verdiet.

La route de Roumillac-la-Montagne avait été taillée à flanc de coteau et suivait un mur rocheux. D'une faille dans la pierre pourrie sortait une source qui tombait en cascade dans un bac où les femmes venaient chercher l'eau. J'arrivai au hameau sur les onze heures. L'air embaumait les crêpes de sarrasin. Le temps s'était un peu levé et, par moments, une langue de soleil colorait les collines. Roumillac était situé dans la partie la plus élevée de la commune. La terre y était beaucoup moins riche qu'aux Rivières. Seuls les fruits étaient bons dans cette rocaille. Les prunes de Roumillac étaient réputées. Les pommes et les poires se vendaient plus cher que celles des Rivières ou de Lignac. On faisait, sur les pentes exposées au sud-est, un vin beaucoup plus léger que partout ailleurs.

Il y avait une vieille chapelle où le curé de Lignac venait chaque année, le 8 septembre, dire une messe consacrée à une Vierge noire trouvée autrefois dans un champ. Un taureau rendu furieux par la morsure d'un chien enragé, en grattant le sol avec ses cornes, l'avait déterrée. La petite statue sortie de terre se trouva par on ne sait quel sortilège posée debout sur un rocher plat. Le taureau resta immobile devant, puis, brusquement guéri, revint à l'étable et se laissa attacher. Ce miracle est encore conté par les vieilles gens qui se souviennent de ces choses qu'on n'a jamais voulu écrire et qui se disaient autrefois aux veillées.

Les Bachellerie avaient une assez grosse ferme à l'entrée du village. Ils possédaient sur cette colline de rocaille de très belles noyeraies. Le père Bachellerie avait la réputation d'être un homme avisé. Il fut un des premiers, pendant la guerre, à acheter des moutons. Comprenant que ces animaux ont beaucoup plus de facilité pour vivre dans les friches que les vaches, il réussit de fort bonnes affaires à une époque où le cours du mouton ne cessait d'augmenter. Malgré cela, les Bachellerie n'étaient pas aussi riches que nous aux Rivières.

Le fils, Jean, désormais le mari de Josepha, n'était pas parti à la guerre à cause de ses crises d'étouffement qui le laissaient au bord de l'asphyxie. C'était un bon garçon, plus jeune que moi et qui devait être un bon mari.

Quand j'arrivai, un grand chien hargneux se précipita sur moi. A cette époque, les chiens étaient plus méchants que de nos jours : nourris de soupe claire et de pain rassis, efflanqués, ils mordaient les bêtes et les gens. J'avais la gorge nouée ; j'avalai ma salive et, en me disant que je ne devais rien montrer de ce qui m'agitait, poussai la porte entrebâillée.

— Bonjour tout le monde ! dis-je d'un air dégagé.

C'était une grande maison sombre. Un parquet de châtaignier sur lequel sonnaient les sabots la différenciait des maisons des paysans pauvres. Pour le reste, c'était identique : les murs noirs couverts de suie, la grande cheminée avec ses bancs en bois et le feu qui flambait à cette heure, l'heure des crêpes de sarrasin.

Honoré Bachellerie et Jean étaient à table et mangeaient de la soupe. L'odeur des crêpes en train de griller me mettait l'eau à la bouche. Josepha surveillait la cuisson. Elle enleva le poêlon des flammes et posa, d'un geste rapide, la crêpe cuite sur la pile qu'elle couvrit d'un tissu épais. Je crus comprendre à sa taille épaisse qu'elle était enceinte. Je me tournai vers les hommes.

— Eh bien, l'Antonin, me dit Jean. Assieds-toi, tu vas bien manger un tourtou[1]...

Josepha vida une louche de pâte grise dans le poêlon. Les grandes flammes allumaient son visage. Pas une fois, elle n'avait tourné les yeux dans ma direction.

— C'est que j'ai pas bien de temps ! dis-je.

— Bah, tu as toujours le temps de prendre quelque chose. Tiens, Josepha, donne un verre à l'Antonin.

La jeune femme alla au placard. Elle évita mon regard en posant le verre sur la table.

Je m'assis un instant pour manger ma crêpe avec un morceau de lard salé. Je bus un verre de vin et refusai le deuxième que me proposait Jean. Je donnai le journal et je repartis, léger, presque heureux sans savoir pourquoi.

A midi, j'avais passé Roumillac-la-Montagne et me

1. Nom donné aux crêpes de sarrasin en basse Corrèze.

dirigeais vers Terrioux, au bord de la Solane qui traverse aussi les Rivières. En bas du pont se trouvait le moulin de la Gane. Le meunier, le père Jandillet, l'œil droit presque toujours fermé, travaillait avec son domestique, un Italien qui chantait tout le temps. Les gens ne l'aimaient pas parce qu'il était sicilien et qu'il savait jouer du couteau. Jandillet s'en accommodait fort bien. On disait même qu'il lui avait donné le moulin puisqu'il était sans héritier... Les gens apportaient leur blé ou leur sarrasin à moudre avec l'âne, la mule, rarement un cheval. Sur cette rivière, il y avait des moulins tous les kilomètres, mais le grain leur manquait depuis que la guerre avait transformé en friches la plupart des bonnes terres.

Je n'avais pas de courrier pour le meunier, mais je ne pouvais pas passer devant sa porte sans lui dire bonjour. Il m'accueillit, l'œil droit clos, et commença par se lamenter sur les temps difficiles. Je savais qu'il était riche, mais il aimait se plaindre. Je ne pus m'en aller sans boire un demi-verre de vin. Des bouffées de chaleur me montaient à la tête. Il me faudrait apprendre à refuser sous peine de rentrer tous les soirs ivre. Le danger de ce métier, je le découvris dès le premier jour : ce n'était pas le mal aux pieds, c'était ces petits verres qu'il me fallait boire pour ne pas vexer.

Je pensais à Josepha. J'étais sûr qu'elle m'aimait toujours ; je l'avais compris à sa façon de ne pas me regarder, à ses gestes mécaniques, à son visage de plâtre. Je me jurai de la voir, de profiter d'un jour où elle irait garder les moutons pour lui dire que... Non, je n'irais pas la voir. A quoi bon ressusciter le passé ?

Je dus faire un détour et m'enfoncer à travers bois dans un mauvais chemin pour aller à Saillat. Trois maisons isolées, au bout du monde entre la forêt et la vallée encaissée de la Solane qui se forme de trois ruisseaux. Avant d'arriver à un endroit que les gens appelaient « Le Chemin perdu », sur une table rocheuse curieusement entaillée de cuvettes était plantée la croix de Saillat couverte de lichens blancs. L'endroit était dégagé et laissait voir un grand ciel lumineux. Combien de fois, pendant mes trente années de tournées, je me suis assis sur ce gros rocher pour réfléchir ou bien écouter le vent !...

La première maison était couverte de chaume. Baptiste Ruaud et sa femme, Berthe, vivaient là de quelques champs pelés, rabotés par le vent du nord. En plus de sa petite propriété, Baptiste exerçait le métier de « chaumeur ». Il couvrait ou réparait les toits de chaume, et comme il y en avait de moins en moins, il faisait aussi des toitures en ardoise. C'était plus solide et n'avait pas l'inconvénient de prendre feu au moindre coup de tonnerre. Le chaume avait aussi le défaut de pourrir en moins de dix ans, pourtant il gardait la chaleur en hiver et la fraîcheur en été. Dans les maisons couvertes d'ardoise, Baptiste disait qu'on y gelait ou qu'on y rôtissait selon la saison.

C'était un petit homme sec, un peu bossu et très jovial. Fier de son métier, il en parlait avec éloquence. Quand il avait bu un verre de trop, il employait des mots français dont il ne comprenait pas le sens. Il avait une superbe voix qui portait loin et on l'invitait souvent aux banquets pour le faire chanter.

Je faillis ne pas le reconnaître. Il avait vieilli et marchait lentement, cassé en deux, s'appuyant sur sa canne. Il m'accueillit avec un sourire noir d'édenté. Sa voix était devenue aigre.

— Alors, l'Antonin, toi, tu en es revenu, mais pas tout entier, mon pauvre ami !

La guerre avait lourdement frappé cette petite maison. Berthe vint me saluer sur le pas de la porte. Elle était très maigre et voûtée. Son visage taillé de profondes rides avait une pâleur de mort comme si le sang avait déserté son corps sec. Ses cheveux blancs étaient rassemblés en boule sous un peigne. Son regard avait une fixité étrange et une profondeur où luisait une étincelle imprécise.

— Entre donc prendre quelque chose, Antonin, me dit l'homme.

Je ne sus pas refuser. Ils avaient besoin de me parler, de me conter leurs malheurs à moi qui revenais de là-bas, de cette terrible guerre qui leur avait tout pris, jusqu'au goût de la vie.

— Notre Émile était bien de ton âge ? demanda Baptiste en prenant la bouteille de vin tandis que Berthe sortait les verres.

— Il était un peu plus jeune... Il a dû partir au mois de novembre !

— Il est tombé à Verdun ! Et son frère, le Paul qui avait onze mois de moins, aussi. Mes deux fils, l'Antonin !

Baptiste avait parlé d'une voix profonde et hachée. Un soupir de Berthe ponctua cette affirmation. Je baissai la tête, comme coupable d'avoir échappé à la tuerie devant ces deux vieux écrasés de malheur. La gaieté de Baptiste et ses chansons étaient aussi restées dans la guerre. Il ne montait plus sur les toits ; la tête lui tournait dès qu'il grimpait deux barreaux d'une échelle. Il passait ses journées là, terré dans cette petite ferme à mâcher son malheur, sa détresse de père mutilé de la vie de ses deux garçons.

— Et l'Henri ? demandai-je pour changer de conversation.

Henri était le troisième fils Ruaud. Un peu plus jeune, il n'avait dû partir qu'après le déclenchement des hostilités. Je me souvenais bien de cet adolescent qui suivait déjà ses frères au bal et s'entraînait précocement à fumer et à boire.

— Il est parti en 1916 et, depuis, plus de nouvelles.

Berthe tourna vers moi ses yeux de souris et me dit, un accent de défi dans la voix :

— Lui, au moins, il est vivant ! On le sait !

Baptiste voulut me verser un deuxième verre de vin. Je ne sus toujours pas refuser.

— Oui, continua Berthe. C'est le Romain, du Verdiet, tu sais, le fils du Gervais Ardent, qui nous en a donné des nouvelles. Il va bien.

— Ça, c'est une bonne nouvelle ! dis-je.

— Pour ça oui, c'est une bonne nouvelle !

Je me levai pour partir. Baptiste m'accompagna jusqu'à la porte. L'évocation de son dernier fils vivant avait mis un peu de gaieté sur son maigre visage de vieillard.

J'arrivai chez nous vers deux heures de l'après-midi,

pour me mettre à table. Ma mère me regardait avec fierté. Mon père me demanda si tout allait bien, puis se mit à parler avec Alfonse d'une coupe de bois entreprise ces jours derniers. Je compris, à ce détail, que je n'étais plus des Rivières-Hautes. Je mangeai rapidement et repris mon sac. Il me restait encore le village de Lachaud de l'autre côté de la Solane, puis Terrioux tout en longueur sur la route de Merpillat. En cette saison, la nuit tombait tôt, je ne serais pas revenu avant six ou sept heures, mais cela ne me gênait pas. Cette marche dans la campagne, de maison en maison, me plaisait.

A Lachaud, je m'arrêtai à la forge de Léon Guilhoux qui tapait à grands coups de marteau sur un soc rougi au feu. Quand il m'aperçut, son visage s'éclaira :

— Ah ! l'Antonin ! Te voilà facteur !

Je lui demandai des nouvelles de mon ami Lucien. Son visage s'assombrit :

— On n'a pas de nouvelles depuis un bon moment. Je me dis que, s'il lui était arrivé quelque chose, on le saurait ! Regarde, toi, on te croyait mort, et ton père, je me rappelle, un dimanche matin qu'il m'avait amené ses bœufs à ferrer, m'avait dit : « Tu sais, le Léon, tant que j'aurai pas reçu une lettre pour me dire qu'il est mort, moi, je le croirai vivant ! » Tu vois qu'il avait raison. Alors, je me dis la même chose !

Je ne pus m'en aller sans boire un verre de vin. La nuit tombait. Des oiseaux traversaient le ciel sombre. Les maisons s'allumaient, petites étoiles de vie semées dans les collines.

# 12

Le printemps fut précoce cette année-là. Après les premières giboulées de mars, le vent du sud chaud et sec se mit à souffler sur la campagne. Chaque jour, en marchant le long des chemins, j'apercevais de nouvelles fleurs. Les aubépines étaient couvertes de points blancs. Les oiseaux faisaient un bruit infernal dans les haies.

Je partais des Rivières-Hautes avant le jour. La marche apaisait ma révolte ; pourtant, avant d'arriver à Roumillac-la-Montagne, une bouffée de chaleur me montait à travers le corps. Je pensais au ventre de Josepha qui s'arrondissait. Josepha qui était à un autre, qui portait un enfant de lui ! Tout ça pour une rumeur... Alors je serrais les dents et les poings.

Aux Rivières-Basses, Paul Brugeaud s'en voulait d'avoir agi si vite et sans consulter mon père. Il me le répétait tous les jours et m'agaçait à remuer sans cesse le couteau dans la plaie. Mon père le vexa en lui disant :

— De toute façon, tu as bien fait. Ta fille n'était pas pour l'Antonin. Si je l'avais pensé autrement, je te l'aurais dit au bon moment !

Il accourait chaque fois qu'il me voyait arriver, me proposait de porter mon sac jusqu'aux Rivières-Hautes. Tant de sollicitude m'énervait et, durant tout le printemps, j'évitai de passer devant chez lui. Mon père me dit qu'il ne fallait pas faire attention : Paul avait été gravement malade l'année précédente et en avait conservé un esprit faible, et surtout une espèce de peur du lendemain qui l'avait fait caser sa fille au plus vite avec un des rares garçons disponibles dans la commune, Jean Bachellerie. Josepha n'avait pas voulu, elle voulait attendre la preuve de ma mort, mais Paul était pressé ; l'occasion était trop belle pour la laisser filer, et elle dut, comme les filles de ce temps, se soumettre à la volonté d'un père gâteux avant l'âge.

Un matin, en triant le courrier, je trouvai une lettre bleue à en-tête du ministère des Armées. Maurice Legal leva ses yeux globuleux par-dessus ses lunettes :

— Mort pour la France ! dit-il.

La lettre s'adressait à Martial Larret, du Terrioux. Son fils, Aimé, était un peu plus jeune que moi. Il était parti le premier jour de la mobilisation en 1914 et, depuis, je ne savais pas ce qu'il était devenu.

Je découvrais l'autre côté de la guerre. C'était donc avec ces petites enveloppes bleues qu'on annonçait aux parents la terrible nouvelle ! Je pensais au gros homme de Tulle, sa voix résonnait encore en moi. La mort était là, dans cette minuscule lettre que je glissai dans mon sac, la mort d'un jeune homme dont la famille espérait le retour. J'étais le fossoyeur de l'espoir.

A mesure que je m'approchais du Terrioux, j'avais les jambes lourdes, mes chaussures butaient contre les cailloux. Je me souviens encore qu'en ouvrant la porte Martial Larret, qui était en train de manger, me fit un grand sourire et m'invita à m'asseoir à côté de lui. Sa femme était debout près de la cuisinière. En voyant ma tête, elle eut un pressentiment et joignit les mains. J'ouvris le sac :

— J'ai quelque chose pour vous ! dis-je, la tête basse.

En voyant l'enveloppe, elle poussa un cri. Martial arrêta son geste, le couteau levé, un morceau de pain entre les doigts. Le regard fixe, il n'osait pas prendre la lettre que je lui tendais. Pour eux, c'était la fin ; je venais, par un geste banal de facteur, de couper d'un grand coup de faux tous les projets, tous les rêves de cette maison. Enfin, Martial prit la lettre, l'ouvrit et les larmes se mirent à couler de ses yeux toujours immobiles. Je partis sans rien ajouter, lâchement. Je fuyais le malheur que j'avais apporté.

Durant l'été et l'automne 1918, je portai cinq de ces lettres, cinq annonces de mort. La tentation de les jeter dans le fossé, de les faire brûler me venait chaque fois à l'esprit. Mais que gagneraient ceux à qui elles étaient destinées ? Quelques jours d'espoir en plus puisque la vérité finirait toujours par éclater ! Alors, je me faisais une raison. Les jours qui passaient effaçaient les remords... Je m'abritais dans le tronc creux du noyer du Verdiet, je m'asseyais sur la table rocheuse de la croix du Chemin perdu, j'écoutais le vent, j'écoutais le murmure cristallin des étoiles, le matin en allant à Lignac. Je bavardais avec les gens, buvais un verre de vin ici et là, entièrement libre dans ces chemins qui étaient aussi ma prison. Le temps gommait tout, sauf le regret de Josepha.

L'entrée dans la guerre des Américains allait-elle arrêter cette boucherie ? Le journal de mon père relata, à l'automne 1918, la brillante victoire du général Foch sur la Marne. Je ressentis une joie profonde en apprenant que les troupes ennemies reculaient sur tous les fronts, et, lorsque j'appris le 12 novembre que l'Allemagne venait de signer l'armistice dans un wagon en forêt de Compiègne, je poussai un cri de joie et tapai sur l'épaule de Maurice Legal. Je l'invitai à prendre un verre au bistrot voisin.

Durant tout l'hiver, le flot des soldats libérés sembla sans fin. Ils passaient par groupes ou seuls, épaves au hasard des chemins, comme s'ils n'avaient pas de but. Des hommes aux épaules basses que l'enfer avait détachés de tout. Même les grosses gueules se taisaient : on leur avait si bien cassé les reins qu'ils s'étaient soumis, comme un vieil âne que l'on tient par la faim et par les coups.

Lucien Guilhoux arriva le 23 novembre. Une barbe de trois semaines lui couvrait le visage. Il avait eu de la chance et revenait amaigri, rongé par les poux, mais entier. Dès qu'il fut lavé et changé, il courut aux Rivières-Hautes. J'avais autant de joie de le revoir lui que tous les miens. Ce fut la fête à la forge Guilhoux : le fils unique était là alors que Léon et Louise n'avaient pas eu de ses nouvelles depuis trois mois.

Je m'arrêtais chaque soir à la forge et Lucien m'emmenait boire un verre chez lui. Sa mère nous recevait avec un grand sourire ; il y avait tellement de lumière dans cette maison heureuse ! Lucien, le fils unique, avait été épargné et sa mère, très pieuse, ne cessait de remercier Dieu de cette grande chance. Mais comme elle était aussi généreuse, elle priait pour les autres, ceux qui n'avaient pas eu ce bonheur.

En creusant ses joues, la guerre avait mûri Lucien. Quelques rides apparaissaient sur son front large, mais ne faisaient qu'augmenter son charme. Ce n'était pas étonnant qu'il plaise tant aux femmes ! Depuis son retour, il avait repris sa vie d'avant et allait de conquête en conquête. Au bal, il me prenait sous sa protection. Mon état de blessé de guerre m'empêchait de me faire respecter avec la fermeté qui s'imposait dans ces réunions de jeunes turbulents et bagarreurs. Lucien était devenu mon grand frère.

Quelques jours avant Noël, il me parla d'une fille de Merpillat, une Marie Lescure qui était sa passion du moment :

— La fille aînée du maçon... Sa mère tient le bistrot sur la place...

Cette Marie Lescure était une enfant quand je partis à l'armée. Je n'en gardais aucun souvenir. Lucien baissa la voix :

— Je crois bien que tu vas bientôt faire noce !

Je pris un air étonné :

— Toi ? Laisse-moi rire ! Je serai peut-être marié avant toi !

— Peut-être pas ! Cette fois, c'est sérieux. Depuis une semaine j'arrête pas de penser à elle !

— Une semaine, tu me rassures !

Il se mit à rire et je ris avec lui. Je repris mon sac pour finir la tournée. Il faisait sombre. Dans le ciel encore clair à l'occident, des nuages épais se dressaient, immenses, leurs grands bras noirs tendus vers l'infini.

## 13

La neige arriva comme je l'avais prévu depuis plusieurs jours. A marcher dans les chemins, je surprenais tous les secrets des taillis et des animaux qui, d'ordinaire, restent cachés aux hommes. J'avais remarqué l'arrivée des grives de montagne que nous appelions les « tchia-tchia ». Elles pillaient les houx à grands cris gourmands. Il y avait eu aussi des mouvements de corbeaux et les poules ne s'éloignaient pas des fermes. Une attente passive s'installait sur la campagne. Le silence était souverain et je retenais mes chaussures sur les cailloux. Quand les premiers flocons commencèrent à tomber, je me mis à siffler. Comme j'arrivais au Verdiet, je m'abritai dans le tronc creux du gros noyer. Là, au cœur de cet arbre antique, j'avais l'impression d'être au paradis. La neige effleurait l'écorce claire craquelée. Elle n'avait rien de commun avec la neige de Verdun qui devenait vite boue et avivait la douleur. C'était une neige de chez nous, tranquille et nécessaire.

Je parcourais le même itinéraire tous les jours. Les dimanches, les routes se remplissaient de groupes, de carrioles qui se rendaient à la messe. Je croisais les gens, faisais quelques pas avec eux. Pour gagner du temps, je laissais tout le courrier d'un hameau à la même personne. Cela me valut une réflexion de M. de Grivelle que je trouvai à Lignac. Comme je lui tendais sa lettre et son journal qu'il recevait de Paris, le vicomte me dit d'un air méprisant :

— Chez moi, mon courrier, monsieur Chèze, chez moi s'il vous plaît, je n'en ai que faire à la messe.

Je me tus. Il aurait son courrier chez lui, je savais que l'occasion se présenterait de lui resservir son impolitesse et je n'eus pas longtemps à attendre. Le jeudi suivant, comme je sortais de la poste avec mon sac, M. de Grivelle arriva, monté sur sa superbe jument blanche. Il arrêta l'animal à ma hauteur :

— Monsieur Chèze, pouvez-vous me donner mon courrier ? J'attends une lettre importante de Paris.

Je ne baissai pas les yeux. Je n'avais pas oublié le sacrifice de Josepha et le mépris hautain avec lequel il en avait parlé un dimanche en entrant à l'église. Je dis avec une pointe de défi :

— Non, monsieur de Grivelle. Je l'apporte chez vous comme vous me l'avez demandé.

Il comprit et n'insista pas. Les lèvres pincées, il fit demi-tour.

La neige dura presque un mois entier. A cette époque les hivers étaient plus rigoureux que de nos jours. Les ruisseaux coulaient à pleines berges. La Solane était large et profonde, alors que depuis quelques années elle n'est plus qu'un ruisselet entre ses cailloux. Les jeunes venaient braconner les truites dans le ruisseau de Fraichefond. Tous les dimanches, une équipe coupait l'eau et ramassait un plein seau de poissons qu'ils allaient manger à l'auberge de la Jeanne. Comment se fait-il que cette richesse de la nature ait disparu ? Et la source à l'entrée de Roumillac-la-Montagne ? Au plus pesant du mois d'août, elle coulait grosse comme la jambe entre ses rochers roux. Son eau était la meilleure de toute la commune. En hiver, elle fumait et s'entourait d'une dentelle de glace que je ne brisais jamais, tellement je trouvais cela joli. Maintenant, la source de Roumillac se perd entre les joncs. Quelque chose est cassé dans la mécanique de la nature. Ou bien c'est moi qui ne sais plus regarder le bon côté des choses. Il est vrai que mes rhumatismes aux jambes m'empêchent de courir la campagne comme je l'ai fait tout au long de ma vie.

Les gens étaient très pieux et, chaque dimanche, l'église de Lignac se remplissait de fidèles. Après l'office, les hommes allaient au bistrot et buvaient du vin en parlant très fort. Les femmes profitaient de cette sortie pour se raconter les derniers ragots d'une voix criarde. A côté de la poste, Maryse Charpentier tenait une boutique où l'on trouvait de tout : des clous, des outils, des harengs salés dans un baril, des poudres pour empoisonner les vers de terre destinés aux taupes, du papier à lettres, des enveloppes, des crayons, du café... C'était une superbe veuve que beaucoup d'hommes regardaient avec convoitise. Les femmes, jalouses de son corps resté jeune et ferme, ne l'aimaient pas et racontaient les histoires les plus invraisemblables à son sujet :

— Ma pauvre, vous savez pas que le monsieur du château vient la voir ? Oui, je vous l'assure ; il laisse tous les matins sa jument devant le bistrot ! Comme ça, sans se cacher, tout près de la maison du Bon Dieu !

Notre curé était un solide gaillard au visage rouge, aux joues pleines. Il marchait fièrement et ne mâchait pas ses mots. Vedrenne avait la passion de la chasse. C'était un des meilleurs fusils de la commune. Comme il n'avait jamais osé troquer sa soutane contre un pantalon et de bonnes bottes, il se contentait de suivre les chemins, mais gare au lièvre qui partait devant lui ! Il avait un chien dressé pour rabattre le gibier... Après les vêpres, on le voyait souvent au bistrot discuter avec des chasseurs devant une bouteille de vin. Tout cela ne plaisait pas à M. de Grivelle qui se faisait souvent conduire à la cathédrale de Tulle.

Il y avait deux messes, la première à sept heures et la deuxième à dix heures. En été, les villageois assistaient à la première, en hiver à la seconde. Les nouvelles du pays circulaient comme ça. A la sortie, le garde champêtre montait sur le billot et roulait son tambour avant de réciter d'une voix chevrotante les communications de la mairie.

A tout ce bruit, je préférais ma solitude de la semaine, des chemins déserts qui se montraient à moi tels qu'ils sont quand aucun homme ne les regarde, avec leurs herbes silencieuses, leurs froissements d'ailes, leurs bruits de brindilles remuées.

Josepha, qui avait accouché en juillet d'un superbe bébé, allait à la messe avec sa belle-mère et son beau-père. Son mari, comme beaucoup d'hommes de ma génération, n'était présent que pour les grandes fêtes religieuses, Pâques, Toussaint, Noël... Je la voyais de loin et chaque fois j'avais ce pincement au cœur et ce désir de me révolter, de crier. Elle évitait toujours mon regard, baissait la tête. Moi, j'avais une folle envie de lui parler, mais je ne la trouvais jamais seule, même à Roumillac-la-Montagne.

L'hiver passa. Après la fonte de la neige, l'eau suintait partout. Chaque trou de taupe gargouillait comme une source. Les chemins creux étaient transformés en ruisseaux et dans les bas-fonds bien abrités, des plaques vertes apparaissaient dans les prairies jaunes de gel. Le temps changeait aussi. Le calme froid de l'hiver était entrecoupé de coups de vent. Il y avait un grand remue-ménage de nuages dans un ciel dont le bleu pur virait au vert transparent. Des vols de grands oiseaux voguaient vers le nord. Je les regardais longuement en me demandant pourquoi, chaque fin d'hiver, ils suivaient ainsi des routes invisibles. Les jours grandissaient. Allant d'un hameau à l'autre, j'avais le sentiment d'appartenir à un grand manège dont je ne savais qui actionnait les rouages. Je pensais souvent à mon grand-père et je me disais que les hommes n'étaient pas très différents des animaux et si ces oies sauvages connaissaient leur chemin entre les nuages, quelqu'un ou quelque chose au fond de nous devait connaître le nôtre.

Aux Rivières-Hautes, je ne me sentais plus chez moi. Mon père ne me parlait que très rarement des travaux du domaine. A la veillée, j'étais triste de ne pas pouvoir éplucher les châtaignes avec lui et Alfred. Je restais toujours en dehors de ces petits travaux qui soudaient la famille. Ma mère reprisait les vêtements. Tante Agathe somnolait sur sa quenouille... Je ne pouvais même pas casser les noix à la bonne cadence, alors, je lisais. Ce goût de la lecture pris au collège me vaudrait tout au long de ma vie — et me vaut encore — des heures d'oubli total, de bonheur presque parfait. J'achetais des livres à Saint-Marcel et les échangeais avec Maurice Legal qui en faisait venir des cartons entiers de Tulle pour sa femme toujours malade.

Un jour, mon père me dit :

— Et si l'idée te prenait de te marier ?

Je compris ce que cela signifiait. Mon père fit quelques pas et continua :

— Quand ton frère va revenir du régiment... Et puis tu n'es plus tout jeune.

J'allais sur mes vingt-huit ans et il était temps, en effet, de songer au mariage et surtout de laisser la place à Alfonse dans cette maison trop peuplée. Je n'avais guère pensé à cela. Moi, me marier ? Prendre une autre femme que Josepha ? Non, ce n'était pas possible, d'ailleurs, je ne pensais qu'à elle, je n'avais qu'elle dans le cœur et au bal, les dimanches avec Lucien, je me sentais ridicule. Les regards qui se posaient sur la manche vide de ma veste me faisaient mal. La danse ne m'intéressait plus.

A cette époque, les mariages étaient souvent « arrangés ». Quelques-uns se faisaient bien par amour, mais la plupart par intérêt. Si les garçons avaient, en principe, leur mot à dire, les filles se pliaient toujours aux exigences de leur père qui se décidait en fonction du bien, du voisinage ou d'une dette à éponger. Une fille était une excellente monnaie d'échange.

Ma mère me regardait souvent en soupirant. Elle passait devant moi en baissant la tête, ces dimanches soirs quand, après ma tournée, je refusais de suivre Lucien au bal. Je restais alors assis devant la porte à regarder l'horizon. Ces soirs-là, elle parlait peu et ne levait pas les yeux de son tricot. Mon père devait avoir une idée, mais il n'en dit rien de tout le printemps.

La tournée me procurait un grand bonheur. Le temps changeait plusieurs fois par jour. Des rouleaux de vent brassaient les nuages, arrachaient les branches sèches, bousculaient les troupeaux de corbeaux au-dessus des champs. Chaque fois que je le pouvais, je m'abritais dans le tronc creux du gros noyer du Verdiet. Il y régnait une odeur de bois pourri et de mousse que j'ai toujours aimée. Les collines revivaient. Un vert tendre courait sur les prairies. Les aubépines se couvraient de fleurs blanches. Chaque coup de soleil réveillait des odeurs fortes qui me grisaient. Certains jours, l'air était si doux et le chant des tourterelles si languissant que je m'asseyais au bord du fossé et restais ainsi très longtemps à ne penser à rien, à me laisser caresser par le soleil. Marcher, vivre, respirer dans cette fête continuelle me semblait un privilège. J'avais été privé de printemps pendant si longtemps !

C'était l'époque où l'on conduisait les brebis dans les pâturages abrités pour profiter de la première herbe. Les enfants ou les femmes accompagnaient les troupeaux que la nouvelle saison rendait nerveux. Si le chien connaissait son travail, tout se passait bien, sinon, c'était infernal. Les moutons grisés par les pousses tendres couraient partout...

Ce matin-là, le temps était magnifique : un vent doux du sud caressait le visage. La lumière coulait en torrents légers entre les feuilles minuscules qui se dépliaient. Les oiseaux piaillaient dans les branches, les bergers s'appelaient, des voix d'hommes encourageaient les attelages. Dans les haies, toute une vie furtive se dissimulait à mon approche : bruits à peine audibles, herbes qui bougeaient après le passage d'une bête invisible.

J'arrivai à la Solane. Du chemin haut, j'apercevais le toit du moulin de la Gane. Jandillet, l'œil droit fermé, devait partager de la farine : une grosse part pour lui et une petite pour le client, cela en racontant une histoire drôle. Tous les meuniers avaient la réputation d'être des voleurs, mais Jandillet surpassait les autres en roublardise.

Sur le pont, je m'arrêtai un instant pour regarder l'eau claire qui coulait sur des galets dorés. Une truite postée sous la surface surveillait les insectes qui dérivaient. Des vairons se chamaillaient près de la berge, tout au fond, une grosse écrevisse, les pinces dressées, rejoignait de son pas mécanique un trou de la pile. Un papillon tout neuf volait sur les clochettes roses d'une plante plus grande que moi. Dire que j'avais oublié cela durant ces années de guerre, que je n'avais eu que haine et envie de tuer dans le cœur ! Toute cette vie incitait à la bonté et là, accoudé à cette pile de pont, j'avais la certitude qu'un jour l'amour triompherait de la haine.

Je pris le chemin de Saillat qui suivait le ruisseau pour aller saluer le meunier, quand, dans le pré voisin, par un trou entre les aubépines, j'aperçus une bergère enroulée dans sa cape noire. Cette silhouette, je la reconnus d'emblée. Josepha se tourna vers moi et, cette fois, ne baissa pas les yeux. Je m'arrêtai. D'un coup, le printemps se tut. Je ne voyais que ce visage un peu amaigri, creusé par quelques rides que je ne connaissais pas. Ses yeux gris étaient toujours aussi beaux. Je fis un pas vers elle. Personne ne pouvait nous voir dans ce coin de pré caché par deux hautes haies. Le soleil giclait entre les branches.

— C'est comme ça ! dit-elle en baissant enfin les yeux. On n'y peut rien, c'est le destin !

— Non, on n'y peut rien.

— Maintenant, il faut que tu te maries. Tu comprends que...

Elle ne finit pas sa phrase, cria à son chien d'aller chercher les moutons qui s'éloignaient dans le chemin puis, se tournant de nouveau, ajouta en frissonnant :

— J'ai toujours froid aux mains !

Tant de choses se bousculaient en moi que je m'assis près de la haie. Josepha était déjà à la source de Roumillac avec son troupeau. Tout était dit. Le destin n'avait pas voulu de notre union ; il avait déclenché une grande guerre et tué des millions d'hommes pour nous séparer. J'avais le vertige. De telles pensées me laissaient sans force.

Je finis la tournée avec moins d'entrain que les autres jours. La résignation dans le regard de Josepha me faisait mal. Je rêvais de scandale, de fuite avec elle, très loin, en Amérique où personne ne pourrait venir nous chercher... Mais non, il n'y avait rien à faire qu'à se plier à l'ordre général du monde. Je devais continuer de marcher le long des chemins, saluer les gens, distribuer le courrier et me satisfaire de ces petits plaisirs de chaque instant : des odeurs que le soleil réchauffait, des fleurs qui me ravissaient le regard, une nichée de pinsons, l'idée d'une bonne soupe, un verre de vin avec Lucien, un beau livre à lire le soir, au coin du feu.

Ce jour-là, je m'arrêtai plus longtemps que d'habitude à la forge de Lachaud. Je ne dis rien à Lucien de ma rencontre avec Josepha ; j'avais seulement besoin de sa présence rassurante. Nous fîmes quelques pas devant la maison. Le soir était souverain avec des bruits partout, un ciel plus lisse qu'une pomme verte. Lucien me prit par l'épaule :

— M'en veux pas, l'ami, si je suis pas venu te voir depuis quelque temps... C'est qu'elle me tient la belle et qu'elle me tient bien !

— Tu veux dire la Marie Lescure du bistrot de Merpillat ?

— Oui, la Marie Lescure. Je sais pas ce qui me prend... Tiens, elle me fait manger dans sa main et j'aime ça !

— On aura tout vu ! dis-je en riant.

Je n'y croyais pas. Lucien Guilhoux, celui que toutes les femmes attendaient, tomber amoureux d'une gamine pas très belle et qui, paraît-il, avait mauvais caractère ! La guerre l'avait donc détraqué, lui aussi !

— Pour moi, c'est la plus belle !

Il rit, un éclat sonore et joyeux dans cette nuit feutrée.

— Et le mariage, c'est pour quand ?

— Avant le 15 août ou je m'appelle plus Lucien Guilhoux.

Je terminai la tournée et rentrai aux Rivières-Hautes. La famille s'installait dans le printemps. Le souper était servi plus tard et nous ne nous rassemblions plus autour du feu pour veiller, comme en hiver. Après avoir posé sa cuiller, mon père se tourna vers moi :

— La maison qui se trouve derrière le jardin du curé, elle est bien à la Jeanne du bistrot ?

Pourquoi posait-il cette question puisque tout le monde savait que cette maison appartenait à la grosse Jeanne Relond qui y avait logé, un temps, son vieux père.

— Si elle ne l'a pas vendue, oui...

— Justement, elle est à vendre. Ce serait bien pour toi. Quand tu seras marié...

Je compris qu'il me mettait dehors.

# 14

Ce fut un printemps plein de bourrasques, de nuages pressés et d'averses brusques. Les postes m'avaient donné, en même temps que mon deuxième uniforme, une cape cirée qui protégeait bien de la pluie. Je marchais en évitant les flaques. Un coup de vent secouait la toison des arbres, on aurait dit des chiens après la baignade. De grosses gouttes s'écrasaient sur les cailloux du chemin.

A Saillat, je passais tous les jours saluer Berthe et Baptiste Ruaud. Ils m'attendaient. Je surprenais souvent Baptiste sur le pas de sa porte à regarder le chemin. J'étais revenu de là-bas, ce bout de la France qui était pour eux le bout du monde. A travers moi, c'était un peu leurs trois fils disparus qu'ils revoyaient.

Chaque matin, Baptiste m'invitait à entrer chez lui où j'acceptais un demi-verre de vin. Son fils, Henri, n'était pas revenu avec les autres après l'armistice, et il avait sombré dans un silence pesant ; il allait, les bras ballants, hors du monde, la tête baissée. Les gens venaient le chercher pour réparer les toitures que l'hiver avait endommagées, mais Baptiste disait qu'il ne pouvait plus monter sur une échelle à cause de ce vertige qui l'avait pris et qui ne passait pas. Berthe s'agitait. Son regard ardent ne se fixait sur rien. Elle s'échappait d'elle-même en parlant beaucoup. Et j'écoutais son délire.

— Notre Henri est vivant ! disait-elle presque chaque jour, tellement elle en était persuadée. Il a été vu près de Strasbourg et il sait qu'on le sait. Paraît qu'il avait trouvé une fille avant la fin de la guerre et qu'ils se sont mariés. Ils ont eu un enfant, un beau garçon, tout le portrait de son grand-père. Ça, on en est sûrs ! Il va bientôt revenir parce que c'est pas un mauvais petit !

Un jour, après le demi-verre de vin, comme je m'apprêtais à repartir, Baptiste, avec un sourire mystérieux, m'entraîna à la cave. L'escalier était si petit que je dus poser mon sac sur une chaise. Dans ce trou humide et froid, il me montra, la lanterne haute, une caisse de vin de Champagne.

— C'est pour le retour du petit ! dit-il, la figure illuminée d'un grand sourire. Ça sera la fête !

Je partis à grands pas, fuyant cet intolérable espoir. Baptiste et Berthe avaient perdu la raison. Cela me faisait mal ; j'avais envie de leur crier la vérité, de dire qu'Henri était mort, comme tant d'autres. Ils étaient si puérils, si éloignés de la monstruosité de la guerre ! Comme ils avaient rarement du courrier, je restai une semaine entière sans retourner chez eux.

La misère, je la côtoyais tous les jours. Il y en avait tellement derrière ces murs épais des fermes sombres. On ne la montrait pas, on la cachait, on en avait honte. Il y avait au Verdiet une vieille femme que les gens appelaient la Riquette. Elle vivait dans un minuscule bien de quelques ares du lait de sa chèvre et des choux qu'elle cultivait dans son potager. Un jour, en lui apportant une lettre qui venait de Tulle, je découvris, au fond de la maison, assis dans le plus sombre de la cheminée, un être au regard ardent et fixe. C'était un garçon d'une trentaine d'années, à la tête énorme, monstrueux. Quand j'entrai, il baragouina quelques sons d'animal apeuré et se mit les mains devant la figure. La Riquette sembla ne pas faire attention et soupira. Tout le monde savait qu'elle avait eu un enfant handicapé, mais depuis bien des années, personne ne l'avait vu dehors. Il passait sa vie sur ce banc à pousser des cris de bête que les voisins entendaient et à se cacher la figure dans ses mains. La vieille nourrissait cette bouche qui ne lui donnait que le spectacle hideux de la déchéance, de l'injustice et pourtant, à la messe, sa voix surpassait celle des autres pour réciter :

— Que la volonté de Dieu soit faite sur la terre comme au ciel !

Il y avait aussi les hommes des grands chemins, des vagabonds qui allaient d'un village à l'autre pour proposer leurs services. Libres, ils aimaient le changement et vivaient de petits travaux de hasard. Je faisais quelques pas avec eux. J'étais de cette grande famille de ceux qui marchent d'un hameau à l'autre.

La plupart d'entre eux passaient régulièrement à Lignac. L'un d'eux, qu'on appelait Irfa (curieux nom dont je n'ai jamais compris le sens), était grand, très brun. Il avait des cheveux longs et une barbe qu'il ne devait couper qu'une fois par an. Dans cette broussaille de poils ne se voyaient que ses lèvres d'un rouge cerise. Irfa portait un accordéon dans un sac de toile et chaque fois qu'il sortait cet instrument, les chiens se taisaient et les enfants s'attroupaient en rond autour de lui. Les hommes levaient la tête de leur outil, les femmes oubliaient leur ouvrage. Il y avait de la magie dans sa musique. Irfa ne se faisait pas de bile pour le lendemain. Comme les oiseaux du Bon Dieu, il savait qu'avec son accordéon il trouverait toujours un verre de vin, une cigarette et une table pour manger. C'était un homme heureux bien différent des demandeurs de pain ordinaires. Ceux-là se traînaient, maigres et hirsutes, parlaient en baissant les yeux, honteux de réclamer les croûtons qu'on donnait aux cochons. Les femmes étaient les pires. Sales, mal coiffées, elles ressemblaient à des bêtes maléfiques. Pour une demi-tourte, certaines rédigeaient des billets qu'on accrochait au cou des enfants et destinés à les protéger de la coqueluche. Ou bien elles proposaient des poudres d'amour, elles enlevaient les sorts dans les étables, disaient l'avenir…

Le rémouleur passait tous les ans, la première semaine d'avril. Je le trouvais au bistrot de Lignac en sortant de chez Maurice Legal. Il m'invitait à boire un verre et nous allions ensemble au Verdiet. Le père Laurent parcourait ainsi la région avec sa machine à affûter les couteaux et les ciseaux qu'il poussait devant lui en agitant une clochette. Cet homme fantasque avait toujours quelque histoire à raconter. Avec lui circulaient les grandes peurs des campagnes :

— Je vous le dis vrai comme je suis là ! Je descendais de Chaumeil quand, en arrivant dans la plaine de Barbazanges, qu'est-ce que je vois ? Deux loups debout comme des hommes. Le mâle et sa femelle qui me regardaient avec leurs yeux jaunes brillant du feu de l'enfer. J'ai serré mon bâton et j'ai fait le signe de croix. Alors je les ai vus comme je vous vois se transformer en un homme et une femme. Nus qu'ils étaient, avec des pattes de loup !

La lame luisait sur la meule qu'il actionnait avec une pédale. Un frisson parcourait les gens assemblés. La peur du loup, cet animal diabolique, était toujours présente au fond de chacun. Personne n'en avait vu depuis la fin de la guerre, mais on les entendait hurler l'hiver dans les ravins de la Solane. Ces animaux étaient aussi malins que des hommes. Ils savaient fuir, rester cachés durant des années pour, tout d'un coup, voler un mouton ou attaquer une vieille femme. Mon père racontait ce qui était arrivé à notre grand-oncle Jean, un frère d'Antonin. Jean revenait de la foire de Saint-Cyprien à une heure assez avancée de la nuit. Il marchait seul dans le chemin, la main sur son bâton, car au début du siècle, des bandes de pillards se postaient dans les endroits isolés pour voler les gens seuls. Tout à coup, il entend un bruit, se tourne le bâton levé. Il y avait un peu de lune qui lui permit de voir un énorme loup marcher sur ses talons et qui le regardait de ses yeux dont la lumière semblait venir d'un feu intérieur. Inutile de dire que l'homme avait une grande peur et que ses jambes flageolantes avaient du mal à le tenir. Il savait pourtant qu'il devait continuer de marcher, ce qu'il fit tant bien que mal. Le loup le suivit, comme un chien, jusqu'à l'orée du bois qu'il traversait, puis s'en alla. Quand l'oncle Jean arriva à la maison, il était si blanc que ma grand-mère le crut malade. Il fut incapable de dire un mot de deux jours.

Le rémouleur semait un vent de peur derrière lui. Après son passage, pendant quelques jours, les gens vérifiaient que les portes étaient bien fermées et se regardaient, la respiration bloquée, chaque fois que les chiens aboyaient dans la nuit. Ils se mettaient alors à souhaiter la visite d'Irfa et de son accordéon joyeux.

Il passait aussi des acheteurs de peaux de lapin, des « pillaros » et les bohémiens, gens mystérieux, qui arrêtaient leurs roulottes en retrait des hameaux. Les femmes allaient de maison en maison pour vendre des paniers. Bien que chaque paysan sache fabriquer des paniers grossiers en bois de châtaignier pour ramasser les pommes de terre ou les topinambours, les paniers en rotin verni des bohémiens étaient beaux et servaient aux femmes pour aller à la foire ou au marché. Elles les échangeaient contre une vieille poule qui ne pondait plus ou une demi-tourte de pain rassis... Quand je voyais les roulottes arriver, j'avertissais les gens de fermer leurs étables et leurs granges, car les bohémiens étaient chapardeurs.

Depuis que mon frère était parti à l'armée, ma mère m'attendait chaque soir avec impatience. Mon père ne se trouvait pas loin. Ils me questionnaient du regard. Mon cadet n'avait écrit qu'une seule fois en quatre mois. Mes parents ne disaient rien, mais ils étaient anxieux.

— Pas de nouvelles, bonnes nouvelles ! disait alors la tante Agathe en s'asseyant à table.

Le mois de mai arriva. Il y avait des fleurs partout ; les sarrasins sortaient de la terre humide ; les blés commençaient à fleurir. Si le temps chaud entrecoupé d'averses continuait, la récolte serait bonne.

Après la soupe, mon père se lissa la moustache et m'invita à le suivre à l'étable. La lanterne faisait une tache jaune dans cette grande bâtisse où s'alignaient les quinze vaches du domaine. Les chaînes cliquetaient. Les bêtes dérangées à une heure inhabituelle tournaient la tête vers nous. Je sentais mon père embarrassé, ne sachant pas trop par où commencer. Finalement, il s'assit sur une botte de paille et me tendit son paquet de tabac. Je n'ai jamais été un grand fumeur, même à la guerre ; il m'arrive pourtant de rouler une cigarette avec plaisir. Le regard fixé sur ses doigts qui tassaient le tabac dans la feuille, mon père me dit :

— La maison de la Jeanne Relond est à vendre. Tu peux l'avoir pour un bon prix.

Comme je ne répondais pas, il continua :

— Ton frère va revenir à l'automne prochain. Il faudrait que tu sois marié. Même s'il te manque un bras, avec ta pension de facteur auxiliaire et ta part des Rivières-Hautes qu'on te donnera en francs-or, tu peux te trouver une femme et même faire le difficile.

Me marier ! Cela me semblait impossible. J'avais pourtant vingt-huit ans, et je me sentais à côté de mon père comme un petit garçon à qui on fait la leçon. Mon cœur était mort avec l'amour de Josepha. Il n'y aurait pas de remplaçante.

— Les filles de ton âge sont plus très nombreuses, continua mon père. Tu vas en prendre une plus jeune. Tu connais l'Hélène Borzet. Elle a dix-neuf ans et tout ce qui faut pour faire une bonne mère. Et puis, tu sais que son père, le Camille, est de la même année que moi et qu'on a toujours été copains.

Bien sûr, je connaissais Hélène Borzet. Quand je partis au régiment, c'était une enfant qui travaillait les étés au château de Magnac. Elle était devenue une jeune fille et il m'arrivait de la voir au Terrioux. Ce n'était pas une de ces filles qu'on remarque d'emblée, elle avait pourtant bonne allure : des cheveux noirs qu'elle attachait en chignon, une figure ronde avec des yeux aux longs cils toujours baissés.

Mon père fumait en évitant de faire tomber les cendres brûlantes sur les brindilles de paille. Après un long silence, il continua :

— J'en ai parlé au Camille. Tu penses qu'il est content ! Le fils aîné des Rivières-Hautes ! Il pouvait pas espérer autant pour sa fille qui n'a pas une grosse dot.

— Et l'Hélène, qu'est-ce qu'elle en dit ?

— Depuis quand une fille donne son avis ? Tu penses qu'elle doit aussi être contente : prendre un homme qui va la nourrir sans rien faire !

Il éteignit sa cigarette, mit le mégot dans la petite poche de son veston, décrocha la lanterne :

— Alors, c'est entendu. Dans quinze jours, c'est la Pentecôte. Tu fais pas la tournée. On ira les voir pour les accordailles. En attendant, tu vas y passer tous les jours chez Camille et tu t'arrangeras pour parler à l'Hélène. Vous serez mariés avant l'hiver.

C'était dit. Je n'avais qu'à me laisser aller. Mon destin s'accomplissait encore une fois sans que je cherche à y changer quoi que ce soit. Mon père avait décidé pour moi comme si j'avais été un enfant ou un simple d'esprit. Je ne me révoltais pas ; je savais qu'il faisait cela non pas pour affirmer une quelconque supériorité sur moi, mais pour assurer la continuité du domaine, sa seule préoccupation. Il fallait me caser et, voyant que je n'en avais pas le désir, il le faisait pour moi.

Mon père avait dû voir Camille le jour même puisque le lendemain, tandis que je marchais dans le chemin du Terrioux, je croisai Hélène qui laissait paître ses moutons dans le fossé. J'étais un peu gêné : je n'ai jamais su faire la cour aux femmes car je me suis toujours trouvé laid et maladroit. La jeune fille n'avait pas pris sa cape, tellement l'air était doux. Elle ne me regarda pas avec mépris ni curiosité. Il y avait dans ses yeux noirs une grande douceur, une grande bonté aussi. Ses cheveux attachés faisaient ressortir ses joues rondes.

— Votre père est venu à la maison, dit-elle. Il paraît qu'on va se marier ?

Devant autant de franchise naïve, je ne sus que dire. Je me tournai sur le côté pour ne pas montrer ma manche vide, la tête basse, comme un adolescent. Elle commanda son chien qui partit chercher deux agneaux égarés et continua :

— Comme vous avez dû être malheureux pendant cette guerre ! Maintenant, c'est fini.

Les oiseaux chantaient dans la haie. Un lézard vert scintillant comme une émeraude traversa le chemin devant nous. Antonin en aurait été très satisfait, mais moi, devant cette jeune fille que j'avais connue enfant, je me sentais vieux et laid. Les mots de circonstance ne me venaient pas à l'esprit. Josepha avait occupé la première partie de ma jeunesse, la guerre et l'horreur la deuxième, et je me trouvais démuni devant autant de simplicité, peut-être définitivement inapte au bonheur, insensible à vie.

Hélène me souriait. Elle avait une disposition naturelle à la bonté, du bonheur à faire le bien autour d'elle. Cet homme handicapé qu'on lui donnait, elle le prenait sans protester, bien décidée à remettre du soleil dans son cœur qui semblait mort.

— Tous ceux qui sont revenus sont comme ça ! ajouta-t-elle. Ils ne savent plus rire ni se plaindre.

Elle marchait à côté de moi et je me sentais envahi par une douce chaleur qui venait du fond de mon être. Ce n'était pas de la joie, mais un bien-être inconnu jusque-là. Je l'aidais à rassembler ses moutons et à les rentrer à l'étable. Camille m'accueillit sur le pas de la porte et m'invita à boire un verre. Nous bûmes la bouteille entière puis une deuxième et quand je partis, mes pieds butaient sur les cailloux qu'ils ne reconnaissaient plus.

# 15

Il n'y avait pas de soleil, ce lundi de Pentecôte, ce qui me contraria. Depuis la mi-mai, le temps était gris et pluvieux. Chaque fois que le ciel se dégageait, le vent tournait à l'ouest pour apporter de nouveaux nuages. Pourtant, mon père en était content : il y avait eu assez de chaleur pour les premiers sarrasins et la pluie avait donné aux blés cette couleur vert foncé qui laisse prévoir de belles récoltes. Dans les prés, l'herbe montait au ras des haies :

— Si le soleil s'y met à temps, disait-il, on n'aura pas à se plaindre !

Le père Moncet que je rencontrais presque tous les matins devant son attelage n'était pas de cet avis :

— Bien sûr, ça fait de la grande herbe, mais elle est pleine d'eau et nourrit pas les bêtes !

C'était une manie chez lui de se lamenter sur tout. Jamais je ne l'avais vu content de ce qu'apportait le ciel, pluie, soleil ou vent. Il en voulait surtout à l'orage : « Tu sais jamais ce qu'il cache ! » Il avait raison. Un après-midi, je le rencontrai dans la côte qui précède Lignac, sur la route du Verdiet. Il transportait des grumes de chêne pour la menuiserie. L'orage grondait. De larges gouttes s'écrasaient sur la poussière avec un bruit mat. Les éclairs tranchaient le ciel à grands coups de lames. Les bœufs, exténués, n'avançaient pas et l'homme avait beau les encourager de la voix, leur piquer les cuisses avec l'aiguillon qu'il avait fixé au bout de son grand bâton de noisetier (appelé justement aiguillade), rien n'y faisait. Tout à coup le claquement sec du tonnerre nous surprit. Je vis des étincelles aux fers des bêtes. Le père Moncet n'eut plus besoin de les encourager ni de les menacer. Elles tiraient leur lourd fardeau en ouvrant de gros yeux épouvantés...

Ce lundi, mon père confia la maison à la tante Agathe et demanda à Paul Brugeaud de surveiller les étables. Il se rasa avec soin et s'habilla pour la messe. Je n'étais pas à l'aise dans mon costume civil. Il me serrait aux épaules, je n'y respirais pas librement. En quelques mois, je m'étais fondu dans l'uniforme de facteur qui, seul, me convenait, et je me sentais bizarre dans cette veste sombre que, pourtant, j'avais fait tailler sur mesure par la mère Roussange, une femme toujours de mauvaise humeur, désagréable, mais excellente couturière.

Comme nous l'avions convenu, Hélène Borzet et sa mère Roseline étaient aussi à l'église. A la sortie de la messe, nous allâmes les saluer. Elles étaient à pied et mon père les invita à monter dans la carriole. Les gens se mirent à commenter cet événement plein de sous-entendus. Ainsi donc, il allait y avoir un mariage aux Rivières-Hautes ! C'était une bonne nouvelle en cette année vingt où les garçons à marier manquaient.

Camille était resté au Terrioux avec sa sœur, Léontine, une veuve de Sarran qui était venue préparer le repas de fiançailles. Il avait chauffé le four pour cuire du pain frais et les tartes. En arrivant au village, nous fûmes accueillis par une bonne odeur de tourte craquante. La table était dressée dans la grange comme c'était la coutume. De l'étable montait le bruit rassurant des bêtes, nous étions entre deux montagnes de foin et de paille ; il faisait toujours bon à cet endroit et l'odeur de l'herbe sèche, la poussière végétale donnaient aux plats une saveur qu'ils n'avaient nulle part ailleurs.

Les menus de fête étaient toujours les mêmes, copieux et lourds à digérer. Après les entrées de cochonnailles, pieds de porc en vinaigrette, pâté de tête, venaient les andouillettes, les volailles accompagnées de haricots au lard ou de pommes de terres cuites dans la graisse d'oie. Le fromage de brebis était directement sorti du fenil. Plié dans des feuilles de noyer, le séjour de plusieurs mois à l'abri de l'air lui conférait une insoutenable odeur de cadavre. La saveur puissante de cette « cocaillade » laissait en bouche un goût suave qui durait plusieurs jours. Les pâtisseries étaient à l'image du reste : lourdes tartes bourratives couvertes de fruits, pommes, poires et surtout de prunes. Le tout était abondamment arrosé de vins locaux, aigres et peu alcoolisés. Dans les meilleures maisons, le marchand de Saint-Marcel livrait un tonneau de cahors, de bergerac ou de bordeaux. Le vin bouché avait la mauvaise réputation de donner mal à la tête quelle que soit sa provenance.

Le repas des accordailles dura tout l'après-midi. J'étais placé à côté d'Hélène. Pour la circonstance, elle avait pris une robe blanche qui rehaussait son teint, augmentait l'éclat de ses yeux et de ses cheveux noirs. Entre mon père et Camille, la conversation était animée. Ils n'étaient pas du même avis sur la manière de tailler les châtaigniers. Finalement, ils changèrent de sujet et Camille, petit homme fier et sûr de lui, me demanda comment c'était là-bas, à Verdun. Les gens qui n'avaient rien vu de la guerre l'imaginaient à leur manière. Leur curiosité me déplaisait et, comme Lucien, je n'aimais pas en parler. Je buvais beaucoup de vin pour oublier mon malaise. Chaque fois que j'entendais mon père parler de ma part des Rivières-Hautes, j'avais l'impression qu'il achetait Hélène, que j'étais une mauvaise marchandise dont il se débarrassait.

A la fin du repas, mon père et Camille allèrent voir les vaches qui étaient restées à l'attache, faute de berger. Ils s'arrêtaient devant chaque bête, commentaient sa forme, son âge... Ma mère et Roseline se mirent à la vaisselle tandis qu'on nous envoya, Hélène et moi, à la promenade.

Je n'étais pas très à l'aise avec cette enfant qui allait devenir ma femme. Je me sentais coupable de lui voler sa jeunesse et sa liberté. Elle semblait très heureuse. Je m'en étonnai :

— Hélène, vous voyez bien que je suis un infirme, que je ne peux même pas manger seul et qu'il faut m'aider à prendre ma veste !

— Vous en faites pas, Antonin, je suis là pour ça ! Nous serons heureux, tous les deux !

— Mais je suis plus vieux que vous. Vous êtes belle, vous auriez pu trouver un mari de votre âge !

— Et qui ne vous aurait pas valu ! Venez, nous allons voir la rivière.

J'étais un peu ivre. Nous marchions le long de la berge dans l'herbe humide. L'eau avait la couleur du ciel ; les arbres se découpaient avec une grande netteté au sommet des collines. Il allait encore pleuvoir. Hélène portait un chapeau de paille délicatement posé sur son chignon. Son visage rayonnait. Elle papillonnait autour de moi, coupant une fleur, s'arrêtant devant un lézard vert complètement immobile dans les herbes d'où ne se détachait que son œil d'or. Sa robe large vivait autour de ses mollets. Près d'elle, le malheur ne pouvait pas exister. Elle semblait si forte, si courageuse avec un tel besoin d'aimer, de donner. Elle s'approcha de moi, très près, puis me regarda fixement. Je me souviens qu'à cet instant précis un doigt de soleil passa entre deux nuages, baignant sa figure d'une douce lumière qui, aussitôt, se mit à courir sur le pré.

— Antonin, nous ne pourrons pas rester ici, la propriété reviendra à mon frère. Nous nous installerons dans la maison de la Jeanne. Il y a un très grand jardin. Je tricoterai et je coudrai pour les gens. Je suis habile de mes mains et le travail ne me fait pas peur. Nous ne manquerons pas d'argent !

Elle posa un rapide baiser sur mes lèvres et je dus rougir comme un jeune enfant. Après tant d'années de violence, de mépris pour les putains d'Amiens, je me découvrais une pudeur et une timidité d'adolescent. Mes illusions étaient intactes, je les retrouvais comme au temps de Josepha. Josepha ! Était-ce possible que quelqu'un prenne sa place ? Hélène a su me faire oublier les regrets et je ne garde que le souvenir d'une autre vie aperçue le temps d'une jeunesse heureuse dissoute dans le feu et le tonnerre. Pourtant, je n'ai jamais pu regarder Josepha comme les autres femmes. Un sourire d'elle pendant ma tournée me mettait de la joie au cœur, et cela durant toute ma vie. Aujourd'hui encore, chaque fois que je la revois, une lointaine lumière clignote au fond de moi. Je n'en ai jamais parlé à Hélène, mais je sais qu'elle ne serait pas jalouse.

Après le repas des accordailles, nous étions fiancés. Chaque midi, je m'arrêtais chez les Borzet. Hélène s'occupait de moi avec une sollicitude de mère. Son jeune frère, Raymond, ne me lâchait pas. Il voyait en moi le soldat de la Grande Guerre et ne cessait de me harceler de questions auxquelles je répondais par un haussement d'épaules.

Nous nous mariâmes le 26 août, une des rares journées torrides de cette année pluvieuse. Mon père avait terminé les moissons avec un mois de retard. Les blés avaient été gâtés par l'humidité et certains champs de seigle avaient dû être brûlés à cause de l'ergot. Aux Rivières-Hautes, les domestiques se relayaient la nuit dans le grenier à côté du tas de grain qu'ils tournaient à la pelle toutes les trois heures pour éviter qu'il ne chauffe et mette le feu au plancher.

Le mariage fut célébré à Lignac par le curé Vedrenne que le vin de Cahors rendait sensible à la souffrance et à la joie des autres au point d'avoir la larme à l'œil pour un rien. La manche vide de ma veste lui rappelait le calvaire passé et, dans sa foi naïve, il devait se dire que Dieu se rachetait en me donnant une épouse aussi douce. Hélène rayonnait de joie et tant de bonheur bouleversait le brave curé.

Comme le voulait la coutume, Hélène et moi n'allâmes pas à l'église ensemble. En tête du cortège conduit par son père, elle s'agenouilla sur le prie-Dieu au bas de l'autel. J'entrai le dernier, donnant le bras à ma mère. L'église était pleine d'invités et mon témoin, Lucien Guilhoux, se tenait à côté de moi avec sa cavalière, Marie Lescure, que j'avais invitée à sa demande. Je ne la trouvais pas très belle ; elle avait un œil plus grand que l'autre, des cheveux clairs, des lèvres fines. Lucien en était fou. Il m'en parlait tout le temps et allait la voir presque tous les soirs. Capricieuse, Marie jouait avec le cœur de cet homme que tant de filles auraient voulu épouser, faisait la difficile. Il lui passait tous ses caprices et souffrait de ne pas sentir en elle cet amour qui le consumait.

Tandis que le curé montait lentement les marches de

l'autel, il souriait, le Lucien, et je sentais sa présence rassurante près de moi. Sa tête à l'épaisse chevelure noire, ses épaules de forgeron dépassaient tout le monde. A son bras, la jeune fille ressemblait à une poupée. Que pouvait-il nous arriver ? Que pouvait-il lui arriver ? Il avait tout et pourtant les épreuves ne faisaient que commencer. Cette noce, où toute la commune fut conviée à boire, était le prélude d'un enterrement. Mais cela, comment aurais-je pu le prévoir ? Le temps des souffrances n'était pas loin.

Je flottais entre ciel et terre. Mon bonheur n'était pas aussi complet qu'il aurait dû. Je ne pouvais me défaire d'un regret, une épine plantée au plus sensible de mon cœur. Et pourtant, j'épousais Hélène, une fille qui répandait autour d'elle joie et bonne humeur. J'avais mon ami, mes parents, mon frère qui avait obtenu une permission, toute ma famille, les oncles, les tantes des deux côtés, Agathe qui avait déniché un antique chapeau à rubans, une multitude de cousins... Tous ceux qui m'étaient chers se retrouvaient là dans cette nef à part une femme qui, en surveillant ses moutons du côté de Roumillac-la-Montagne, devait penser à moi comme je ne pouvais m'empêcher de penser à elle. Pardonne-moi, Hélène, mais ce sentiment vif que j'éprouvais pour Josepha avant la guerre, ce pincement de chair à crier, cette douleur brûlante, je ne les ai jamais éprouvés depuis pour personne. C'est peut-être le propre de l'adolescence de connaître de tels élans, et j'ai perdu à Verdun cette naïveté qui permet d'accéder à la vérité du cœur.

A la sortie de l'église, nous nous rendîmes au bistrot qui fut pris d'assaut. Germain avait mis un tonneau de cahors sur le comptoir et les gens se bousculaient pour se servir. Le bruit était infernal. Les gens criaient dans cette pièce surpeuplée comme dans leurs champs. Ils se pressaient autour de moi. Pascal, le vieux garde champêtre, avait mis son képi et, à mesure qu'il buvait, évoquait des lois qu'il ne connaissait pas. Toute la commune défila devant nous. J'étais de toutes les familles. Le mariage du facteur était un événement public.

Nous fûmes plus de cent cinquante au banquet. Des tréteaux et des planches avaient été disposés en une immense table dans la grange des Rivières-Hautes. Mon père avait demandé à des femmes du haut de la commune de venir faire la cuisine. Irfa et son accordéon apparurent comme par enchantement. Ce vagabond avait ainsi le don de se trouver partout où il y avait des réjouissances. Il commença par vider plusieurs verres de vin, se passa la langue sur ses lèvres rouges au milieu de sa barbe noire, puis se mit à jouer. Lucien vint inviter Hélène à danser tandis que je tendis la main à Marie. La chaleur était suffocante. Ceux qui tenaient mal le vin furent bientôt ivres à rouler sous la table. Certains sortaient vomir, d'autres s'endormaient dans un coin, cuvaient puis recommençaient à boire et à manger.

Vers le soir, les jeunes de Merpillat, une commune voisine, vinrent en frappant sur des casseroles avec des bâtons. Il fallut leur donner à boire tandis qu'ils embrassaient la mariée. J'étais un peu ivre. Tout cela me semblait irréel. Je n'arrivais pas à croire que j'étais marié, que la belle jeune fille à côté de moi était désormais ma femme, et que j'allais bientôt coucher dans son lit, ce que je redoutais. Pas elle ! Hélène riait, dansait avec entrain, passait des uns aux autres, heureuse. Pour elle tout cela était naturel.

Les heures défilaient dans le bruit de l'allégresse générale. Vers minuit, Lucien s'approcha de moi :

— J'ai attelé la jument à la charrette. Vous pouvez partir.

Hélène, qui avait entendu, me tendit la main et m'entraîna. Les convives firent semblant de ne rien voir pour s'étonner, quelques instants plus tard, avec un air coquin, de la fuite des mariés.

La nuit était très douce avec beaucoup d'étoiles et cet air limpide que lui donne l'humidité d'un début d'automne. Un vent léger coulait du nord et caressait agréablement nos joues surchauffées. Hélène, qui avait mal aux pieds, posa ses chaussures. Elle s'appuyait à mon bras et je sentais son corps chaud. Sa main posée sur la mienne n'arrivait pas à me tirer de cette espèce de torpeur dans laquelle j'étais plongé depuis le matin.

J'avais l'impression de rêver et que cet homme sur la carriole, près de cette jeune fille, ce n'était pas moi.

Nous allâmes chez elle, comme c'était prévu. Un lit avait été fait dans la chambre de son frère qui resterait aux Rivières-Hautes. Quand la porte fut fermée, Hélène me regarda brusquement, grave. Sa figure ronde avait un air poupin :

— Voilà ! Tu es mon mari et je suis ta femme.

Elle éteignit la lumière pour se déshabiller en disant qu'il lui faudrait un peu de temps pour s'habituer à ma présence. Je posai mes vêtements et me glissai entre les draps, contre elle. Alors une ivresse profonde, pas celle du vin, mais celle du corps, des sens comblés, s'empara de moi et je fus vraiment heureux.

Quelques heures plus tard, un bruit de pas et de voix surexcitées troubla la nuit. Des lumières passaient derrière la fenêtre. La porte d'entrée s'ouvrit sans ménagement. Les plus valides de la noce étaient venus à pied, chantant et réveillant un concert de chiens dans chaque hameau. La mariée devait leur faire la soupe à l'oignon, sage précaution, disaient les vieux, afin que les époux n'usent pas tout leur amour en une nuit. Ils firent irruption dans la chambre, braillant des grossièretés. Je me sentais mal à l'aise d'être vu au lit avec Hélène. Lucien était là avec Marie. Il demanda à tout le monde de se retirer pendant que la mariée s'habillait. Ils avaient apporté des bouteilles et s'installèrent dans la cuisine où je les entendis mettre des assiettes sur la table.

# 16

Les jours suivants, nous restâmes au Terrioux. Il faisait beau et ce soleil tardif avait un aspect neuf. Les gens s'épongeaient le front, se plaignaient de la chaleur, mais ils étaient contents de ce bout d'été après tant de journées maussades. Le Terrioux était un assez gros hameau dont plusieurs fermes appartenaient au château de Magnac. Tous les métayers se plaignaient de M. de Grivelle, homme autoritaire et distant. Quand il venait se faire payer, gare à qui n'avait pas d'argent.

La propriété des Borzet avait été achetée par le père d'Hélène qui entendait bien régner sans partage sur ses dix-sept hectares. Camille était petit ; il avait la tête carrée, le regard franc et ne se laissait pas monter sur les pieds. Il vouait une haine puissante aux riches. Les journaux avaient longuement parlé, pendant les années de guerre, de la révolution russe. Mon beau-père avait, plus par générosité que par choix politique, adopté les idées communistes. Il haïssait les bourgeois et les châtelains opprimeurs des pauvres pendant des siècles. Seuls le partage de toutes les richesses et l'abolition de la propriété pouvaient empêcher les profiteurs de s'enrichir aux dépens des faibles. Voilà ce que pensait Camille, mais gare à qui dépassait ses bornes d'un rang de labour ou qui passait chez lui sans sa permission !

C'était pourtant le meilleur des hommes. Il m'aimait beaucoup, me respectait même, lui qui n'avait jamais vu la guerre. Il rêvait de champs de bataille et d'une armée de M. de Grivelle en face de lui. Quand il croisait le vicomte, Camille ne posait pas son chapeau comme les autres paysans et ne le saluait pas. Un jour, il le surprit dans son pré. Son sang ne fit qu'un tour. Il posa sa fourche (il était en train de nettoyer les abords de la haie) courut devant le cavalier et lui cria :

— Votre cheval abîme mon herbe ! Vous pouvez passer dans le chemin, comme tout le monde !

— Mon cheval abîme ton herbe ? C'est parce qu'elle est rase que je me suis permis de passer par ce raccourci.

— Peut-être, mais je veux pas que vous passiez chez moi ! On est en république, non ?

— Elle est belle, ta république !

Cette façon de mépriser la république finit de mettre mon beau-père en colère. Il rentra chez lui, trouva une planche assez large et écrivit dessus avec du charbon de bois : « passage interdit à Grivelle ». Puis il alla clouer le panneau à l'entrée de son pré par lequel le vicomte avait l'habitude de passer pour rejoindre la ferme des Bonnat.

Cette affaire fut longuement commentée dans tous les bistrots de la région et valut à Camille la réputation d'être un homme de caractère. Oser s'en prendre au châtelain, c'était un acte de courage dont peu se sentaient capables.

Pour mon mariage, Maurice Legal m'avait donné deux jours de congé. On s'était arrangés : il faisait ma tournée et je le lui rendrai plus tard. Nous nous entendions très bien. C'était un homme simple et toujours de bonne humeur bien que sa femme soit constamment malade.

Hélène redoublait d'attention et de douceur avec moi. Je retrouvais le véritable sommeil perdu depuis la guerre. Quand elle était blottie contre moi, rien de mauvais ne pouvait m'arriver. Nous étions seuls au monde et je me disais que je n'avais pas enduré autant de souffrances en vain. Je redécouvrais la joie, le cœur qui s'emballe de bonheur, je redevenais un homme. Ma vie, tranchée en 1912 après une nuit dans le foin avec Josepha, reprenait son cours. Et ce souvenir, jusqu'à l'image même de mon premier amour, se confondait avec Hélène. Je me disais que je ne la méritais pas.

Nous nous levions très tôt. Hélène me préparait du lait

chaud sucré au miel. Je prenais ma besace, elle m'embrassait et me regardait partir du pas de la porte. J'avais envie de chanter. Elle était si belle ma vie de facteur !

Quelques jours plus tard, en arrivant à la source de Roumillac-la-Montagne, je croisai Josepha qui remplissait son seau. Elle me sourit puis, s'arrêtant près de moi, me souffla :

— C'est mieux comme ça !

Elle était déjà au bout du chemin et appelait son chien. J'avais envie de la rattraper pour lui parler d'Hélène qui était la plus douce des femmes, mais je ne bougeai pas. Finalement, je n'avais rien à lui dire ; je n'avais pas à me sentir coupable d'être heureux.

Une semaine après notre mariage, nous nous installâmes dans la maison de la Jeanne tout près de la poste, ce qui me permettait de me lever plus tard. C'était un ancien presbytère, cossu, en bordure d'un immense potager laissé à l'abandon depuis la guerre. Hélène, voyant toute cette bonne terre envahie de ronces et d'orties, avait poussé un cri :

— Je vais le nettoyer et tu verras les beaux légumes que j'y ferai pousser !

Elle avait envie de tout faire. La maison, elle l'ordonnerait de façon que je m'y sente heureux. Elle l'égayerait en collant du papier peint aux murs. Il n'était pas un recoin qu'elle n'eût l'idée d'aménager. Le fort sentiment de propriétaire de Camille ressortait dans ma femme qui était, par bien des aspects, encore une enfant.

Les jours suivants, il y eut une intense activité chez nous. Hélène démonta et transforma en bois de feu des meubles qui ne lui plaisaient pas. Elle en commanda de nouveaux au menuisier ébéniste de Lignac, le vieil Arsène Luisot, un homme rustre, grossier, qui crachait à chaque pas le jus de sa chique, mais d'une grande habileté. Ce n'était pas être chauvin de dire qu'à Lignac nous avions, à cette époque, des artisans que nous enviaient les communes voisines, surtout à Merpillat où les gens avaient la réputation d'être maladroits. Chez nous, Lucien et son père passaient pour les meilleurs forgerons de tout le pays, et Pierrinot, le cordonnier, toujours mal rasé, sale et puant plus qu'un bouc, vendait des sabots au-delà de Tulle.

Après avoir aménagé la maison, Hélène entreprit de remettre le jardin en état. Elle loua les services du père Bonnet qui connaissait surtout le chemin du bistrot. C'était un homme très grand et très maigre au visage rouge d'un dindon. Il vivait de petits travaux que les gens lui donnaient. Hélène sut lui parler et le fit travailler comme personne. Pas question d'aller boire une chopine tant que la journée n'était pas finie. Cette petite femme grêle montrait qu'elle avait du caractère et ne se laissait pas marcher sur les pieds, même par un homme qui avait l'âge de son père. Les soirs, quand je rentrais, l'odeur du feu d'herbes flottait encore dans l'air humide. Au bout d'une semaine, la terre nue, bien nettoyée, était prête à recevoir les légumes, mais ce n'était pas la saison et Hélène décida d'attendre le printemps. Elle demanda à son père de lui greffer des fruitiers pour restaurer le verger où elle fit arracher les vieux pommiers stériles. Elle traçait des allées, plantait du buis... Tout s'ordonnait dans notre petit domaine ; elle fit construire un poulailler au père Bonnet puis une étable à lapins.

Les dimanches, nous montions « dîner » soit aux Rivières-Hautes, soit au Terrioux. Je m'arrangeais pour terminer la tournée plus tôt et nous rentrions tous les deux à Lignac à la nuit... J'ai vécu là de si belles journées ! Hélène me comblait. Elle me préparait la cuisine que j'aimais en me promettant que l'année suivante ce serait encore meilleur avec les légumes de notre potager.

Après avoir tout mis en ordre chez nous, elle emprunta la carriole de mon père pour se rendre à Tulle d'où elle revint avec une commande de plusieurs gilets qu'elle se mit aussitôt à tricoter. Elle s'occupait du matin très tôt jusqu'au soir sans un instant de répit et toujours avec ce sourire qui illuminait son visage. Je lui demandai d'où lui venaient tant de bonheur et ces mots gentils qu'elle avait pour tout le monde. Elle me répondit :

— De toi, elle me vient, cette envie de chanter toute la journée !

Je ne la crus pas. Comment un infirme de dix ans son

aîné pouvait-il donner du bonheur à une femme qui n'avait pas vingt ans ? La vérité était plus simple : Hélène avait ce bonheur en elle. Elle était née heureuse comme d'autres naissent intelligents ou beaux... Je sentais pourtant que tout cela s'arrêterait, que tant de joie ne pouvait qu'offenser ces forces sournoises qui nous veulent du mal. Comment être assez naïf pour croire que mon destin était de n'être qu'heureux ?

L'hiver fut à l'image des autres saisons, doux et humide. Je partais tôt le matin et je rentrais à la nuit. Ma petite fée s'activait. A Tulle, on avait été content des gilets qu'elle avait tricotés et d'autres commandes avaient suivi.

Je m'arrêtais moins longtemps aux Rivières-Hautes car mon beau-père me faisait la tête si je ne mangeais pas chez lui. Chaque soir, je terminais la tournée chez Lucien. Mon ami avait perdu sa gaieté : Marie se jouait de lui, multipliait ses caprices et le menaçait de rompre. Lucien suppliait : l'idée d'une rupture lui était intolérable.

— Cette fille, me dit un jour sa mère en soupirant, si je la tenais, je crois que je l'étranglerais !

— C'est surtout qu'elle est beaucoup plus jeune que lui et qu'elle veut s'amuser.

— Et ce pauvre garçon qui ne voit qu'elle ! Essaie de le raisonner, de lui faire comprendre qu'il ne sera jamais heureux...

Lucien ne voulait rien savoir. Je n'avais pas besoin de lui dire que son attitude incitait Marie à se moquer de lui, il le savait et continuait de tout lui passer, de ramper devant elle. Il était devenu un pantin dont elle tirait les ficelles ! Cette passion pour une fille quelconque le rongeait comme un cancer, poussait ses tentacules jusqu'au plus profond de son être, le détruisait. Quand il était trop malheureux, il venait chez nous. Hélène le recevait avec sa gentillesse habituelle. Parfois, il était ivre. Nous tentions de le raisonner. Il disait oui à tous nos arguments, mais une fois la porte franchie, une fois en face de lui-même dans cette nuit d'hiver, il n'avait plus de force. Quelque chose était cassé au fond de son imposante carcasse.

Le hasard voulut que, quelques jours avant Noël, je rencontre Marie qui rentrait seule de voir une de ses cousines de Lignac. Il était nuit ; la jeune fille m'aperçut dans le halo de sa lampe à huile. Elle tira sur les brides de son mulet et la carriole s'immobilisa à ma hauteur.

— Tiens, l'Antonin ! Comment allez-vous ?

— Moi, bien, dis-je, mais c'est pas une heure pour traîner les chemins creux !

— Bah, les loups-garous ne sortent pas quelques jours avant Noël et la dame blanche n'aime que les hommes, alors je suis tranquille.

Cette fille avait beaucoup d'aplomb, un fort caractère et ne cédait jamais à personne. Je profitai de l'occasion pour lui parler de Lucien :

— Et ce mariage, la Marie, c'est quand qu'ils l'arrangent vos parents et ceux de Lucien ?

— Ils l'arrangeront jamais, parce que j'ai dit à mon père que s'il me mariait à Lucien, j'irai me noyer dans l'étang de la Gane.

— Bah, vous feriez pas ça ! Lucien, c'est le meilleur homme de la terre !

— Qu'ils essayent pour voir si je le ferai pas ! Lucien, c'est un bon garçon, c'est vrai, mais je veux pas l'épouser !

— Alors, faut le lui dire franchement ! Il est malheureux et d'attendre, ça ne sert à rien.

J'arrivai à la maison de fort mauvaise humeur. Autant contre cette fille qui ne m'avait jamais été sympathique que contre Lucien dont la mollesse m'énervait : il ne voulait pas que son père aille voir Albert Lescure qui, avec six filles à charge, aurait été bien content d'en caser une dans une aussi bonne maison. Il voulait être aimé pour lui, pas pour ses sous ; Lucien avait ainsi de grandes délicatesses.

Hélène préparait le repas du soir et sut dissiper les nuages. Nous étions tous les deux dans notre maison. La nuit froide nous entourait et, chez nous, il faisait bon. Tandis que je posais ma sacoche à l'entrée, l'odeur de pommes de terre cuisant dans la graisse d'oie me mit l'eau à la bouche.

Le soir de Noël, nous allâmes à la messe de minuit.

Les gens venaient de toute la commune et l'église sombre était pleine. Les chants montaient dans l'ombre qui ajoutait de la ferveur face à ce mystère de la naissance... Mes Noëls précédents, je les avais passés dans les tranchées. Nous faisions une crèche avec une boîte de biscuits et un Jésus taillé dans un morceau de bois. Dans la boue et la vermine, le temps d'une évocation, d'une prière dite par un curé sans soutane, nous retrouvions un peu d'espoir, un sentiment humain avant de redevenir des bêtes.

Hélène avait rapporté un chapon de chez ses parents et, comme je ne faisais pas la tournée le lendemain, elle avait préparé le réveillon que nous mangerions tous les deux après la messe. Depuis quelques jours, son attitude avait changé. Je ne savais pas pourquoi, mais j'imaginais quelque surprise agréable, puisque rien de mauvais ne pouvait venir de ma jeune femme.

A la fin de la messe, les groupes de gens bavardaient devant l'église. Il y avait quelque chose de solennel, jusque dans la nuit qui n'était pas ordinaire. Nous embrassâmes nos parents et rentrâmes chez nous. Lucien m'accompagna jusqu'à la porte puis soupira :

— Comme tu as de la chance !

Je réprimai un mouvement d'humeur et l'invitai à monter prendre un verre qu'il refusa.

Chez nous, Hélène qui avait mis le couvert avant de partir attisa le feu. Elle porta un chandelier sur la table et éteignit l'électricité. C'était un réveillon, dit-elle, pas un dîner ordinaire. Lorsque je m'assis, je remarquai une enveloppe sous mon assiette. Je reconnus son écriture.

— Eh oui, dit-elle en riant, le facteur aussi peut recevoir une lettre !

Elle était radieuse. La chandelle éclairait son jeune visage qui souriait, moulait ses joues rondes et allumait ses yeux d'une lueur d'or.

Je déchirai l'enveloppe et sortis une feuille pliée en quatre sur laquelle étaient écrits ces mots : « Jésus est né ce soir et ton enfant naîtra au mois de mai. »

Je levai les yeux vers Hélène, incrédule.

— J'ai vu la Louisette, il y a trois jours.

Louisette Martin était grosse, sale et sentait la crotte

de poule à plein nez. On la disait un peu sorcière ; les femmes la consultaient pour savoir si elles étaient enceintes.

— Mangeons, maintenant, dit Hélène en apportant le poulet fumant. Tu verras comme elle sera gentille notre fille, parce que je sais que ce sera une fille.

# 17

Étais-je aussi heureux que je l'avais montré à Hélène ? Franchement non, mais je ne voulais pas assombrir son bonheur. Je n'avais aucune tendresse pour les enfants ; on m'avait habitué à les ignorer jusqu'à ce qu'ils soient en âge de travailler. Ce que je ne savais pas à cette époque, c'est qu'Hélène et moi, seuls dans notre grande maison, étions en train d'inventer la famille d'aujourd'hui, réduite aux parents et aux enfants, alors que jusque-là les maisons étaient pleines à craquer de plusieurs générations, sans oublier les oncles et les tantes restés célibataires. Tout ce monde se bousculait, se disputait et, comme chacun se mêlait de tout, l'autorité du patriarche était renforcée, mais les brus et les gendres qui n'avaient jamais la parole prenaient toujours pour les autres.

L'hiver fut gris, sans neige, ce qui me contraria. Je me faisais une joie de marcher dans les chemins blancs, d'écouter les bruits de la campagne, les faibles cris des oiseaux, et le silence presque heureux du sommeil des arbres. Les chemins que le gel durcissait parfois étaient boueux. Les paysans se plaignaient : les limaçons épargnés par le froid pullulaient dans les blés ; les prés gorgés d'eau donneraient moins d'herbe au printemps. Les fruitiers bourgeonnèrent dès la mi-janvier. Une gelée matinale suffirait pour tuer les fleurs, surtout celles des pêchers qui sont les plus fragiles.

La grossesse donnait à Hélène un teint frais, un visage lisse et superbe. Ses seins pointaient sous son tablier ;

elle avait pris un peu de poids et cela lui allait bien. Elle chantait toute la journée. Sa pensée m'accompagnait d'un hameau à l'autre et illuminait cet hiver triste au ciel trop bas. Le temps s'était arrêté : le vent était parti derrière l'horizon et les nuages restaient là, endormis sur les collines, épais, sombres. Il ne pleuvait pas franchement, mais la bruine épaississait constamment l'air qui pesait sur les épaules.

Je connaissais tous les secrets de mes chemins. Je savais des sources dissimulées sous la mousse, des touffes d'asperges sauvages que je cueillerai au printemps. Les haies nues me montraient leurs nids qui se repeupleraient bientôt, les terriers de lapins sous les herbes sèches. Dans les champs où le vert sombre des blés sortait de l'ocre terne de la terre, une compagnie de perdrix rouges me regardait passer. Les animaux n'avaient pas peur de moi. J'étais le gardien des collines. Dès que je voyais, loin des maisons, un chien efflanqué que je ne connaissais pas, je donnais l'alerte au village. Les hommes sortaient les fusils pour une battue : un chien enragé faisait courir de grands dangers à tous. L'animal, qui ne connaissait plus ses maîtres, partait, possédé par son mal, droit devant lui, sans manger, jusqu'à ce qu'il tombe de faiblesse. Gare à qui se trouvait sur son chemin : le besoin de mordre le faisait se précipiter sur ceux qu'il croisait. Je me souviens de ce jeune garçon du Verdiet, un certain Jean Millau, mordu à la cuisse alors qu'il protégeait sa petite sœur. Il fallut le maîtriser car le mal décuplait ses forces. Un docteur de Tulle lui fit une piqûre qui le guérit. De mémoire de vieux, c'était la première fois qu'un homme sortait vivant de cette horrible maladie.

Ce fut aussi durant cet hiver trop doux que je vis deux loups, probablement les derniers du pays. J'arrivais à la Solane dont les eaux noires grondaient dans la cascade du moulin de Jandillet. J'avais une lettre pour les Louisot qui habitaient au milieu des bois. Paul Louisot était un homme retors, au vin mauvais. Sa femme, la grande Albertine entourée d'une ribambelle d'enfants, était voleuse et langue de serpent. Je ne les aimais pas plus que les autres, mais je devais faire mon métier. Je remontais vers Saillat en traversant une combe pour couper au plus court. Il y avait, tout au fond, un petit ruisseau qui prenait sa source dans les bois et où mon beau-père, l'été, venait pêcher les écrevisses. En haut de la Gane, se trouvait une touffe de chênes entre lesquels partait un chemin creux. Les loups étaient là, qui me regardaient marcher avec mon gros sac de facteur. Impossible de les prendre pour des chiens : qui a vu un loup une fois dans sa vie, ne peut pas se tromper et j'avais vu, bien avant la guerre, le loup qui avait été tué à Lachaud. Les pattes avant sont plus hautes que celles de derrière, la tête est large et il y a surtout ces yeux en amande pleins d'un feu contenu.

Ils me regardaient. Le plus grand, sûrement le mâle, était le plus proche. J'étais à découvert, un frisson me parcourut en entier. Je savais qu'il me fallait suivre mon chemin sans trébucher. Les loups auraient compris que c'était par peur et qu'ils étaient les plus forts. Je m'armai de courage et je traversai la Gane sans les regarder. Alors, tranquillement, avec majesté, ces deux animaux de l'enfer se sont levés et sont partis lentement, comme pour se faire admirer.

Au Verdiet, j'avertis le père Moncet qui fit aussitôt le tour du village. En quelques minutes, une dizaine d'hommes étaient prêts, le fusil à l'épaule. Ils partirent à la Gane, battirent les bois des alentours et revinrent bredouilles. D'autres battues eurent lieu le lendemain et le surlendemain, mais les loups avaient disparu.

Je passais tous les jours chez Lucien. J'entrai directement dans la forge pour donner le journal à son père. Mon ami avait perdu le goût de la plaisanterie. Vaincu, il courbait le dos, comme écrasé par le fardeau de sa peine. Il avait vieilli d'un coup. Je ne comprenais pas qu'un homme comme lui ne puisse pas faire l'effort de se débarrasser de cette pelote d'épines qui lui transperçait le cœur. C'était ainsi : il ne pouvait pas s'empêcher de retourner voir Marie, de s'humilier, de se faire suppliant. Ce lundi, quand je tendis le journal à son père, je lui annonçai qu'il avait une lettre. Il la prit, regarda l'écriture de l'enveloppe et blêmit. C'était Marie qui lui écrivait. La chipie avait un jouet docile, elle savait le maintenir dans cet état d'incertitude qui le faisait accourir au moindre mot ambigu. Aujourd'hui encore, je me souviens de la tête qu'avait mon ami en prenant cette lettre qui lui brûlait les doigts. Je crois que je la reverrai aussi à l'instant de ma mort.

Je me décidai à rentrer au bourg en passant par Saillat où je n'étais pas allé depuis plusieurs jours. Baptiste et Berthe devaient m'attendre. J'étais le seul avec qui ils pouvaient parler en confiance de leur Henri qui s'était marié du côté de Strasbourg et qui allait bientôt revenir. Cela suffisait à éclairer leur vie pendant quelques instants.

Il faisait nuit. Pas une seule étoile ne brillait et je discernais à peine le clair du chemin. Depuis longtemps, les chiens ne m'aboyaient plus, j'étais de toutes les maisons, de toutes les familles.

— Salut la compagnie ! dis-je en entrant chez Baptiste et tapant mes chaussures sur le perron.

Le vieux s'occupait à casser des noix au coin du feu. Son visage s'éclaira ; il me fit signe de m'asseoir en face de lui. Berthe alla chercher aussitôt deux verres et une bouteille de vin. Elle avait un sourire qui tirait ses rides.

— Cette fois, dit-elle en regardant Baptiste, c'est sûr, on a des nouvelles...

— Ah bon ?

— Oui. Un gars qui a passé l'autre jour. Il rentrait chez lui, du côté de Bordeaux. Il est venu demander un morceau de pain, le pauvre vieux. Je lui ai fait une omelette...

— Ils sont pas tous encore rentrés, tu vois ! continua Baptiste. Ça dépend des régiments et de ce qu'ils ont à faire !

— Et cet homme, reprit Berthe, il nous a dit qu'à Strasbourg il a vu un homme de par ici, brun et grand, qui s'est marié et travaille dans une scierie. C'est notre Henri puisque l'homme s'est rappelé de son nom quand on le lui a dit !

— A mon avis, continua Baptiste en remplissant de nouveau les verres, il va attendre le printemps pour revenir. C'est que le travail presse en hiver dans les scieries ; c'est tout le contraire des autres métiers.

Ils parlèrent ainsi pendant quelques minutes. Je faisais oui de la tête, mais je ne les écoutais pas. Cette guerre avait donc tout cassé, même chez les gens les plus sensés ! Baptiste avait la réputation d'être un homme avisé et malin comme une fouine. Quel voile s'était formé devant ses yeux pour le rendre aussi aveugle ? En partant, au cœur de cette nuit immense dans laquelle l'univers entier était noyé, seul dans le chemin qui conduisait à Lignac, je pensais à tout cela quand je vis, là où un chemin va se perdre dans la mousse et les pierres, la vieille croix sur sa table rocheuse. Dans cette ombre épaisse, elle était éclairée d'une douce lumière qui me surprit. Il n'y avait qu'elle au monde, que cette croix qui émergeait d'un univers de nuit. Je m'arrêtai et là, les yeux fixés sur cette lumière, je me dis que j'avais tort de ne pas croire Baptiste et Berthe. La foi, c'était justement cela, accepter l'incroyable, l'impossible, c'était cette espérance folle, sans raison, cette confiance absolue. Pourquoi ne serait-il pas vivant, leur Henri ? Tout simplement parce qu'il n'était pas revenu et qu'un soldat après ce qu'il avait enduré dans les tranchées n'avait qu'une hâte, faire comme le lièvre, retourner chez lui, au gîte ! Malgré cette évidence, la croix se dressait devant moi et me disait que toutes mes questions étaient un acte d'orgueil.

Quand j'arrivai à la maison, j'étais encore tout retourné par cette clarté qui semblait naître de la pierre. J'en avais le fond de l'âme illuminé. Hélène prit ma cape qu'elle alla porter près du feu pour que je la trouve sèche le lendemain matin. C'était l'heure de dîner. Je commençais à m'habituer à ces deux couverts sur cette table trop grande. Chez nous, aux Rivières-Hautes, il y avait plus de dix assiettes serrées. C'était ça une maison, une famille ! Des vieux, des enfants, des colères, du bruit, surtout du bruit... Hélène avec sa joie, ses attentions, sa présence remplaçait tout cela, le soir, quand je revenais de visiter mon immense famille qui était la moitié de la commune.

Je m'assis à ma place en me disant qu'il n'y avait rien d'étrange dans cette lumière qui baignait la croix de pierre : le vieux granite se couvre parfois d'une poussière lumineuse. Et pourtant, je voyais là un signe, un avertissement. Seul Antonin aurait pu en comprendre la signification. Hélène apporta la soupière et tourna la louche de mon côté. Elle m'annonça que son bébé avait bougé pour la première fois et que ce serait une superbe fille.

— Si tu veux, nous l'appellerons Marie, comme ma grand-mère qui savait tant de belles histoires...

# 18

Nous étions en train de manger quand quelqu'un frappa. Hélène me regarda d'un air étonné et alla ouvrir. Parfois Lucien venait le soir, mais il était déjà tard pour une telle visite. Le père Moncet entra, tout mouillé. La lumière durcissait son visage maigre, mangé d'une barbe de plusieurs jours, aiguisait son nez sec. Il poussa son chapeau qui gouttait.

— Vous avez pas vu le Lucien ?

Hélène qui était restée à la maison toute la journée fit non de la tête. Je dis que je l'avais vu en fin d'après-midi pour lui donner une lettre.

— Justement, c'est à cause de cette lettre ! dit Moncet en tendant ses mains au feu.

— Qu'est-ce qui se passe ? dis-je. Viens t'asseoir, tu vas manger avec nous.

— Eh bien, après la lettre, il paraît qu'il avait une drôle de tête et il est parti. On l'a pas revu.

— Bah, c'est pas bien grave, il est parti voir la Marie. Il y va tous les jours...

— Sa mère dit que non. Il avait pas sa tête habituelle. Elle a peur, c'est pour ça qu'elle m'a envoyé pour savoir s'il était ici.

— Dis-lui de pas se tracasser. Lucien, c'est plus un enfant. Il est allé à Merpillat et il se sera attardé dans un bistrot ! Tiens, sers-toi.

— Tu as peut-être raison.

Il ne semblait pas convaincu. Il mangea rapidement un peu de soupe, s'essuya les lèvres avec la manche de sa veste et se leva.

— Faut que j'y aille. Demain matin, je dois partir de bonne heure.

Je dormis très mal, cette nuit-là. Je fis d'atroces cauchemars. Chaque fois que j'étais tracassé, l'enfer renaissait en moi. Je retrouvais la boue, les bombes, la mitraille et les hommes qui tombaient, qui criaient, qui tentaient de fuir déchiquetés, qui se noyaient dans leur propre sang. A côté de moi, Hélène dormait, paisible, et je prenais garde de ne pas la déranger. Sa présence suffisait à me rassurer chaque fois que je m'éveillais en sursaut. Ce serait ainsi pendant toutes les épreuves de notre vie commune.

Je me levai, la tête lourde. Un pressentiment me tenaillait l'estomac. Je commençai ma tournée à l'envers pour passer d'abord à Lachaud, tant pis pour M. de Grivelle toujours impatient d'avoir son courrier. Il n'y avait pas de lumière dans la forge, ce qui m'étonna. Je frappai à la porte de la maison ; Léon Guilhoux vint m'ouvrir. Il avait la tête de quelqu'un qui n'a pas dormi de la nuit. La mère de Lucien était au coin du feu et faisait chauffer du lait. Elle se tourna vers moi. Ses cheveux étaient défaits, son regard rouge.

— Antonin, je sais que tu as ta tournée... Mais il n'y a que toi qui peux aller le chercher, que toi qu'il voudra suivre, parce que vous êtes comme des frères.

— Qu'est-ce qui s'est passé ?

— C'est après la lettre que tu lui as donnée, hier ! dit Léon. Je l'ai vu devenir blanc comme un mort. Il tremblait de tout son corps. Et sans un mot, il est parti. Ah, cette fille !

Les flammes crépitaient. Léon me regardait, les bras ballants, les yeux pleins d'angoisse. Je devais commencer par me rendre à Merpillat voir Marie, ensuite passer dans les bistrots où Lucien était peut-être encore en train de boire pour oublier sa peine, fouiller les fossés où il aurait pu tomber une fois saoul.

— C'est bon, dis-je. La tournée attendra, je la ferai ce soir et si je ne peux pas, tant pis...

Je partis donc à Merpillat, le bourg voisin situé à moins de deux kilomètres, mais séparé d'Altillac par les gorges de la Solane. Le chemin qui descendait vers la rivière était très encaissé, raviné par les pluies. Les cailloux pointus sortaient de la terre. Le ciel s'éclaircissait ; nous étions à la fin janvier. La lumière changeait, les jours qui grandissaient annonçaient déjà le printemps. La nature allait bientôt renaître et, dans quelque temps, je pourrai ramasser les premières salades de pissenlits sous les feuilles sèches.

Je descendis jusqu'à la rivière. Rien ne bougeait autour de moi, les oiseaux se taisaient, seul le roulement du torrent occupait tout l'espace. A cet endroit, la pente était très forte. Des charmes rabougris poussaient sur la rocaille. Dès qu'ils étaient un peu hauts, un coup de vent les précipitait dans le fond. Une brume basse flottait sur la vallée. L'autre versant, moins sauvage, était couvert de taillis de châtaigniers. Je passai la rivière au pont de Merpillat. L'eau sombre coulait à plein bord.

Le bistrot des Lescure était au centre du village, en face de l'église. Quand j'arrivai, la mère de Marie préparait ses légumes de midi. Son père s'était fait une réputation de bon maçon. C'était un homme tout en force. Sa tête large, son visage renfrogné lui donnaient un air de méchanceté qu'il n'avait pas. Il était poilu comme un sanglier. Son plus grand regret était de n'avoir eu que des filles. Six filles qui se suivaient à un an et demi. Quand Marie entendit ma voix, elle vint dans la grande salle, donnant la main à sa jeune sœur qui devait avoir cinq ou six ans. Elle me regarda, inquiète, comme si je lui apportais une mauvaise nouvelle dont elle avait le pressentiment.

— On cherche le Lucien, dis-je. Vous l'avez pas vu hier ?

Marie pinça ses lèvres. Son regard s'assombrit :

— Mon Dieu... dit-elle.

Elle restait là, au milieu de la pièce, figée, les yeux pleins d'effroi. L'enfant s'en alla jouer sous une table avec le chien.

— Il m'avait dit qu'il le ferait et moi je le croyais pas. Mon Dieu, pourvu que...

Alice Lescure, une forte femme à la voix rauque, posa son panier de pommes de terre :

— Eh bien, Marie, explique-toi.

— Il avait dit qu'il le ferait... Mon Dieu, pourvu que...

Des larmes roulaient sur ses joues. Elle s'essuya la figure avec le torchon de la vaisselle.

— Qu'il ferait quoi ? demanda la femme.

— Qu'il se pendrait ! dit Marie à voix basse.

Je n'y croyais pas. Lucien aimait trop la vie pour se pendre. Je retournai à Lachaud aussi vite que je pus. Léon Guilhoux m'attendait devant la porte de sa forge qu'il n'avait toujours pas allumée. Le jour blême courait le long du chemin, laissant de vastes champs d'ombre. Il me questionna du regard :

— Personne l'a vu ! dis-je. Il est peut-être ici, dans quelque coin à dormir. Faut le chercher.

— Qu'est-ce qu'il irait dormir dans un coin ? Il a son lit à la maison !

Il soupira et partit appeler les hommes du hameau qui se mirent à fouiller les granges et les étables. A midi, nous étions bredouilles. Léon décida de suivre la route de Merpillat en battant les fossés, les bois et les taillis. Tout le monde se souvenait du père Granget qu'on avait cherché six jours d'affilée avant de le trouver au bord du ruisseau, caché par des ronces. L'homme s'était cassé une jambe et, malgré ses appels, personne ne l'avait entendu. Il était peut-être arrivé la même chose à Lucien.

— Pourquoi pas ? me dit-il pour se convaincre lui-même. Ce serait pas la première fois. Un faux pas, tu mets le pied dans un trou, tu tombes mal et voilà !

Oui, voilà ! Je souhaitais qu'il eût les deux jambes cassées, mon ami Lucien, car à mesure que nous cherchions, un pressentiment de plus en plus fort me harcelait. Un groupe d'hommes explora la châtaigneraie près de Lachaud. Je me dirigeai vers la Solane avec Léon et quelques autres. Nous avancions en ligne, rien ne pouvait nous échapper. A la nuit, il fallut rentrer, trempés et déçus.

— Peut-être qu'il est parti à Tulle ou à Brive sur un coup de tête ! me dit Léon.

Il venait d'inventer un autre argument pour espérer. Je le lui laissai. La réalité est toujours différente de ce qu'on l'imagine.

Au village, M. de Grivelle m'attendait, monté sur son cheval blanc. Il m'interpella, hautain, le regard froid :

— Facteur, vous êtes payé pour porter le courrier tous les jours, pas pour chercher les gens !

Mon sang ne fit qu'un tour. Si j'avais eu mes deux bras, je crois que je l'aurais descendu de son cheval. Un groupe d'hommes menaçants l'entouraient. Il baissa le ton :

— Passons pour cette fois, mais demain, je vous saurai gré de m'apporter mon courrier.

— Vous l'aurez à la première heure, je vous assure que vous l'aurez !

J'étais outré que cet homme méprisant, qui avait traversé la guerre à l'arrière des lignes dans un quelconque bureau, placé là par relations, fasse passer ses lettres et ses journaux avant mon ami Lucien qui, lui, s'était battu avec courage.

Le lendemain, Maurice Legal se chargea des deux tournées. Pour gagner du temps, il laissait le courrier de chaque hameau dans la première maison ou aux gens qu'il rencontrait dans les chemins. Ce n'était pas très régulier, mais il ne pouvait pas faire autrement. Je retournai à Lachaud bien avant le jour. Le père Lescure avait demandé aux gens de Merpillat de venir donner un coup de main et ils étaient une douzaine à attendre devant la forge que le jour se lève. Je passai à la maison. La mère de Lucien qui avait pleuré toute la nuit me regarda de ses yeux rouges de bête traquée. Tandis que je ravivais les flammes, elle me dit d'une voix sans timbre :

— La mort est dans l'air, Antonin. Tu ne la sens pas ?

Les recherches recommencèrent. Après les bois du versant est, il fallait fouiller ceux du versant ouest. A midi, toujours rien. Léon avait pourtant fait renifler des vêtements au chien qui passait pour un excellent pistard, mais l'animal ne sut aller plus loin que la rangée de noyers de l'autre côté de la route. Le vieux Florentin, qui avait des secrets pour soigner les bêtes et les gens, avait pris son pendule et se trouvait embarrassé.

— Je comprends pas ! répétait-il tout le temps, il y a quelque chose que je comprends pas !

A midi, nous avalâmes rapidement une assiettée de soupe chaude avant de reprendre les recherches. A mesure que le temps passait, l'espoir de retrouver Lucien vivant s'amenuisait. Nous nous rassemblâmes devant la maison du forgeron. Albert Lescure avait questionné Marie pendant des heures pour tenter de trouver quelque chose, un indice qui orienterait les recherches. Marie, en état de choc, répétait toujours la même chose :

— Je croyais pas qu'il le ferait !

La deuxième nuit tomba ; vers six heures, il fallut abandonner de nouveau. La fatigue alourdissait nos jambes. Nous avions retourné les bois et les haies des alentours. Une équipe avait suivi la Solane entre les moulins. Il n'y avait pas une touffe d'ajoncs qui n'ait été battue sur plusieurs kilomètres à la ronde. Il fallait donc admettre que Lucien était parti à Tulle ou ailleurs, puisqu'il n'était pas là.

Le vieux Florentin continuait d'agiter son pendule :

— Moi j'y comprends rien ! C'est comme s'il était là, à deux pas de nous.

Personne ne l'écoutait. On avait regardé partout, dans la forge et dans les granges voisines. L'homme se gratta la tête sous son béret fumant d'humidité et me dit :

— Comme s'il était au-dessus de nous. C'est la première fois que ça me fait ça. J'y comprends rien.

En haut ? Pourquoi pas dans le grenier ? Sans rien dire à personne, j'entrai dans la maison et ouvris la porte de l'escalier. En arrivant à la dernière marche, je restai figé. J'en avais vu des morts, des hommes déchiquetés, horriblement mutilés et pourtant là, devant le cadavre de mon ami, mes jambes ne me tenaient plus. En y pensant, j'en ai encore la chair de poule, mon sang se glace. Je me rattrapais à la rampe. La lumière que j'avais allumée d'en bas éclairait cet amoncellement de vieilles choses et, pendu à la maîtresse poutre, Lucien, le cou distendu, la langue noire qui sortait de ses lèvres comme un champignon monstrueux. Ses yeux ouverts, globuleux, conservaient une expression d'horreur. Le cœur battant, je découvris à ses pieds qui n'étaient qu'à vingt centimètres du sol la lettre que je lui avais donnée trois jours auparavant. Je la ramassai et la dépliai. La tête me bourdonnait, le sang battait à mes tempes. Je lus cette écriture ronde et un peu appuyée de Marie :

*Cher Lucien,*

*Inutile d'insister. J'ai tenté de te le faire comprendre à maintes reprises : je ne t'épouserai jamais. C'est ainsi, je n'y peux rien, J'espère que tu me pardonneras.*

*Marie.*

En dessous, Lucien avait ajouté au crayon : « Je demande pardon à mes chers parents, mais je ne peux pas vivre sans elle. »

Les sanglots m'oppressaient la poitrine. La feuille glissa de mes doigts. Cette lettre, c'était moi qui l'avais donnée à Lucien. Si je l'avais oubliée dans mon sac, mon ami serait encore vivant. Cette terrible réalité m'emplissait la tête. Les larmes roulaient sur mon visage et je ne songeais pas à les essuyer.

Quand je descendis lourdement l'escalier, Léon avait déjà compris. Devant la porte, les autres se taisaient ; le père Lescure posa son chapeau. Sans rien dire, il avança avec quelques hommes qui montèrent au grenier. La mère de Lucien gémissait près du feu comme une bête blessée. Léon était blême ; son regard s'était durci ; il serra les lèvres et ses yeux restèrent secs.

Lescure et quelques autres s'occupèrent de tout. Ils descendirent le corps, cachèrent la figure hideuse avec un tissu. Ils le portèrent dans la chambre que leur indiqua Léon. Le curé Vedrenne fut averti. Un suicidé n'avait pas droit à un enterrement chrétien. Le curé devait même lui refuser l'entrée du cimetière. Il fallait alors soulever le cercueil pour le passer par-dessus le mur. Mais Vedrenne était un homme bon. Une fois de plus, il oublierait les commandements de l'Église. Lucien aurait une messe et un enterrement normal, le curé prenait la faute pour lui, comme il l'avait toujours fait : Dieu ne saurait en vouloir à ses ministres d'être miséricordieux et de comprendre le désespoir.

Il fallut habiller le mort à qui on laissa la tête cachée par le tissu. Un silence de plomb écrasait les épaules. Quelle fatalité avait entraîné cet homme, dont la mort n'avait jamais voulu dans les pires moments de la guerre, à se pendre dans son grenier ?

J'avais mal partout et je pleurais sans retenue. Dès qu'elle apprit la nouvelle, Hélène me rejoignit. Nous restâmes toute la nuit à veiller avec les voisins qui se relayaient dans la chambre mortuaire. Léon et Louise étaient incapables de décider quoi que ce soit. La femme gémissait toujours, prostrée près du feu qui s'était éteint ; Léon s'était assis à table, à sa place habituelle, et ne bougeait pas, ses poings épais de forgeron posés sur la nappe cirée, le regard vide. Une voisine apporta du bouillon et lui en versa une assiettée. Il n'y toucha pas. Il était ailleurs, en enfer puisque ce fils tant aimé avait choisi un départ définitif. Il ne voyait rien du va-et-vient incessant autour de lui. Les gens accouraient des alentours. Les Guilhoux étaient appréciés dans le pays. Léon acceptait toujours de reporter une dette, il était arrangeant et sa bonne humeur, les dimanches matin quand il ferrait les bœufs, suffisait à égayer la journée entière.

Je me sentais coupable. Hélène me tenait la main et me soufflait des mots de réconfort qui m'agaçaient. A deux reprises, j'avais été l'instrument de ce drame. La première fois en sommant Marie de cesser son jeu avec Lucien, la deuxième en accomplissant mon devoir de facteur. J'étais le porteur de la mort. Elle transitait par mon grand sac et rien ne pouvait l'arrêter. Aveugle, sournoise, tapie dans l'ombre comme une vipère, ballottée au rythme de mes pas, elle avait frappé cinq fois avant l'armistice, elle frappait de nouveau sous la forme de quelques mots de feu dont le sens m'échappait toujours.

Vers cinq heures du matin, nous rentrâmes chez nous. Il ne pleuvait plus. Je serrais les dents. A partir de ce jour, la promenade de maison en maison ne serait plus joyeuse. Comment accepter la fatalité qui s'accomplissait par moi ? Combien d'hommes, tout au long de ma vie, seraient brisés après mon passage ? Sous mon aspect sympathique, j'étais la bête noire, le squelette grimaçant parcourant la campagne à la recherche de mes victimes ! Ma faux était dans mon sac. Je me sentais dépossédé de mon âme.

Quand nous arrivâmes à Lignac, Maurice Legal était déjà rentré de Saint-Marcel et triait le courrier. Je le rejoignis. Durant cette journée, je ne vis rien de ces premiers signes du printemps dans les fossés bien abrités, rien de ces nuages ronds et tranquilles qui s'en allaient vers d'autres collines. Je ne cherchais pas dans leurs formes bizarres des têtes de chevaux ou des chevelures de femmes. L'orage grondait en moi. Lucien, comment pourras-tu me pardonner ? Je ne cessais de me répéter cette chose horrible : la lettre de Marie, oubliée ou jetée au feu et tout aurait pu changer. Le sac pesait à mon épaule du poids terrible des destins qui s'y entassaient.

# 19

Je vins à Lachaud à la nuit tombée. La fatigue durcissait mes jambes ; je n'avais pas dormi depuis quarante-huit heures et j'avais mal aux épaules. J'entrai chez Léon, posai mon sac à l'entrée et, sans un mot, passai dans la chambre de Lucien. Le menuisier de Lignac avait fabriqué le cercueil et attendait pour la mise en bière. Les proches, les voisins étaient là, silencieux, la tête basse, crispés face à cette injustice, cette mort gratuite. Le menuisier et deux hommes soulevèrent le corps raide et le posèrent dans le cercueil. Le curé Vedrenne le bénit une dernière fois. Le couvercle se referma. Derrière ces planches vernies disparaissait mon seul ami, Lucien Guilhoux, homme gai et heureux que les femmes aimaient et mort de n'avoir pas été aimé de la seule qui lui ait jamais accroché le cœur.

Tout le monde revint en silence dans la cuisine où le feu s'éteignait. Léon, les yeux toujours secs, avait le corps agité de tremblements. Il errait depuis deux jours dans cette maison et dans sa forge, ne reconnaissant ni les lieux, ni les objets, perdu chez lui d'avoir perdu ce fils qu'il avait fait aussi forgeron que lui. Louise avait séché ses larmes. Son visage n'exprimait rien, ses yeux ne voyaient pas les gens autour d'elle. Le grand vide que la mort creusait en elle la dévorait entièrement.

Les voisins et les parents s'en allèrent sans bruit. Je restai encore un moment. Dehors, il faisait nuit, une nuit d'encre oubliée des étoiles. La lune était partie vers d'autres pays plus gais. Il était temps de rentrer à

Altillac, Hélène allait se tracasser. Pourtant, je ne bougeai pas, près de ce feu que j'avais ravivé et seul être vivant dans cette maison figée.

Tout à coup, Louise se tourna vers moi, le regard plein de haine. Des mèches s'échappaient de ses peignes. Elle cria dans ce silence de plomb, d'une voix qui avait une puissance formidable :

— C'est toi qui l'as tué, Antonin ! Pourquoi que tu lui as donné cette lettre ?

Elle poussa un cri strident de bête écorchée vive et se précipita sur mon sac qui était resté dans l'entrée. Elle le renversa avec fureur. Les lettres et les journaux se répandirent sur le parquet. La femme se mit à trépigner en rugissant des mots incompréhensibles. Léon lui prit les bras et la ramena doucement vers sa chaise :

— Allons, qu'est-ce que tu fais ?

— Pourquoi qu'il la lui a donnée cette lettre ? Pourquoi ?

— Parce qu'il est facteur et qu'un facteur doit donner les lettres. Il est assermenté ! dit Léon, calmement.

Je ramassai le courrier, le rangeai en ordre et sortis sans rien dire. Je traversai la nuit à grands pas, comme un fugitif qui se cache au fond des chemins les plus creux. J'avais de la fièvre. Hélène m'apporta une assiettée de bouillon au coin du feu et je ne pus en avaler une seule cuillerée. Alors, elle s'empressa de me préparer de la tisane que je laissai refroidir dans le bol. Elle ne réussit pas à m'apaiser comme elle savait si bien le faire en temps ordinaire.

Le lendemain, je me levai de bonne heure pour aller aider Maurice à trier le courrier, puis je passai prendre Hélène qui me suivit dans la première partie de la tournée. A Lachaud, il y avait beaucoup de monde devant la porte du forgeron où nous arrivâmes en même temps que le curé Vedrenne. Les parents de Marie étaient là, Albert, grave, les traits tirés, Alice baissant la tête comme si elle sentait des reproches dans les regards qui se posaient sur elle. Marie était absente. Depuis la mort de Lucien, elle s'était enfermée dans sa chambre et refusait d'en sortir.

Le temps était bas, sans couleur, un de ces temps d'hiver qui n'apportent même pas de pluie. Le cercueil fut chargé sur le corbillard et le cortège se mit lentement en marche vers l'église de Lignac. J'étais près de Léon et Louise. Je ne pensais à rien, j'avançais dans un nuage de coton. Une seule image hantait mon esprit : celle de ma main unique tendant la lettre à mon ami. Triste métier ! Si j'avais été valide, je l'aurais abandonné sur-le-champ, j'aurais préféré me louer dans les fermes... Mais non, si j'avais été valide, je serais à ma place, aux Rivières-Hautes. Cette mort s'était donc décidée à la guerre, le jour où un obus m'avait arraché le bras gauche. Encore cette impression que les événements s'enchaînaient dans un seul but choisi à l'avance et que j'ignorais...

La vie continuait. A Lachaud, le marteau sur l'enclume ne sonnait plus comme un carillon. Lourd, lent, c'était un tocsin dans l'air froid de cette fin février. Louise avait repris ses habitudes et faisait sa cuisine comme avant, le visage fermé, répétant sans y penser des gestes mécaniques. Le ventre d'Hélène s'arrondissait ; égoïstement, elle ne pensait plus aux malheurs des autres. Elle tricotait toute la journée un trousseau pour sa petite fille. Un soir, elle me dit :

— Finalement, notre fille, nous l'appellerons Irène, c'est plus joli que Marie.

Le mois de mars arriva. C'était le printemps. L'hiver avait été doux et la végétation avait de l'avance. Je me plaisais chaque matin à observer la progression des herbes dans le fossé, l'éclatement des bourgeons d'aubépine. Les oiseaux chantaient et s'affairaient dans les haies. Dans les champs, les hommes préparaient la terre pour les premiers sarrasins. Parfois, lorsque le soleil sortait entre les nuages, sa chaleur me surprenait et ma cape d'hiver pesait sur mes épaules. J'épiais les bruits lointains pour entendre le premier coucou, je guettais le ciel à la recherche d'une hirondelle.

Le facteur de la mort était aussi, par bonheur, celui de la vie. Un matin, je donnai une lettre à François Blanchet, du Verdiet. C'était sa fille aînée, mariée contre son gré à un Italien, qui écrivait. Les Blanchet étaient restés plusieurs années sans nouvelles. Ils ne savaient même pas si leur fille était vivante. Ils n'en parlaient pas, mais c'était une peine de chaque jour qui, avec le temps, ne s'allégeait pas. La lettre qui arriva leur donna tant de joie que je dus en écouter la lecture en buvant un verre de vin. Cécile travaillait à Paris ; elle avait un petit garçon qui s'appelait François comme son grand-père. Ce détail fit sourire le vieux Blanchet. Je partis en laissant beaucoup de soleil dans cette petite maison sombre.

Notre fille naquit le 18 mai, un superbe bébé selon la vieille Louisette Bradel qui vint assister Hélène. Le soir, j'eus la surprise de trouver un bébé grimaçant et ridé dans le berceau placé à côté du lit où Hélène me souriait. Demain, elle se lèverait si tout allait bien et pourrait de nouveau préparer mes repas.

Je ne fus pas particulièrement heureux de cette naissance. Les enfants, ce n'était pas mon affaire, d'ailleurs j'aurais préféré un garçon. Irène me dérangeait dans ma quiétude : elle pleura une partie de la nuit et je me levai le matin, fatigué, les pieds lourds.

Deux jours plus tard, Hélène était sur pied et je partis tout heureux à la tournée. Le soir, je la trouvai au lit, brûlante de fièvre. Durant la nuit, son état empira. Elle délirait, repoussait des assaillants invisibles. Je me décidai d'aller chercher le docteur Monlouis qui habitait Merpillat.

J'eus de la chance : je trouvai le docteur qui rentrait de voir un homme du Bessou gravement blessé par un taureau furieux. Il venait juste d'attacher sa jument à l'écurie quand je frappai à sa porte. Il attela de nouveau sa bête à la carriole et nous partîmes tous les deux. La nuit était légère, un peu de lumière flottait déjà sur les hauteurs.

J'accompagnai le docteur jusqu'à la malade et je me rendis chez Maurice Legal qui avait commencé le tri du courrier. Dix minutes n'avaient pas passé que Monlouis m'appela. Nous fîmes quelques pas au milieu de la route. Le jour se levait, découpant des bandes de nuages noirs sur l'horizon.

— C'est très grave ! dit-il. Vous avez été soldat, je peux donc vous parler franchement.

Je fis oui de la tête tandis qu'un flux glacé progressait en moi :

— Si la fièvre ne tombe pas...

Il ne finit pas sa phrase. Quand nous arrivâmes à la maison, Hélène donnait le sein au bébé. Le docteur me dit qu'il ne fallait pas la laisser seule toute la journée.

— Je vais dire à sa mère de descendre.

J'écourtai ma tournée en donnant le courrier aux gens que je rencontrais. De retour à Lignac, je trouvai ma belle-mère au chevet d'Hélène. Elle appliquait une serviette humide sur le front de la malade. La fièvre avait repris de plus belle ; le docteur Monlouis qui était revenu en début d'après-midi ne s'était pas montré optimiste. Hélène ne me reconnut pas ; elle roulait de grands yeux hagards, se débattait, poussait des cris qui lacéraient le silence. Elle délirait et demandait à sa mère de lui enlever cette énorme souche de chêne qu'on lui avait posée sur le ventre. Le docteur avait donné des médicaments qui restaient sans effet.

Ma belle-mère avait tout de même trouvé le temps de me préparer à manger, mais je n'avais pas faim. Chaque cri que poussait Hélène me transperçait comme une lame. Et quand le bébé grognait, une sourde révolte montait en moi : Hélène allait donner sa vie pour ce petit animal sans expression, ce rat. L'injustice continuait. J'avais envie de tout casser.

Le lendemain matin, le docteur Monlouis passa vers dix heures. C'était un homme de petite taille, assez rond, qui se dévouait entièrement à ses malades. Il prit le pouls d'Hélène et fronça les sourcils. Ma belle-mère, qui avait veillé toute la nuit, joignit les mains et se mit à pleurer en silence. Le docteur m'entraîna hors de la chambre.

— Le cœur est très faible...

Je demandai à Maurice d'assurer ma tournée et restai près de ma femme. J'en voulais au monde entier. Pourquoi frapper Hélène qui était la bonté même ? N'avions-nous pas mérité tous les deux de vivre heureux, chez nous, sans rien demander à personne ? Je serrai le poing et pourtant, au fond de moi, quelque chose me disait que j'avais tort : le bonheur ne se mérite pas par des actes, il vient et s'en va, c'est un don du ciel qu'il faut remercier quand on l'a et surtout ne pas se révolter quand il est passé.

A côté du grand lit souillé, dans son berceau, le bébé s'agitait, réclamait à téter. J'avais envie de le prendre, de l'écraser comme une larve. Non, je n'aimais pas ma fille. L'amour fou ne viendrait que plus tard.

A la tombée de la nuit, Hélène s'assoupit et je glissai malgré moi dans un sommeil lourd qui me fit beaucoup de bien. Ma belle-mère veillait, silencieuse et efficace. Un bruit dans le couloir me réveilla en sursaut. Le curé Vedrenne venait d'entrer et posait sa cape. Son corps de lutteur semblait à l'étroit dans la soutane. Grave, il me serra la main et passa dans la chambre. La malade dormait, la respiration calme, mais son front était toujours moite et brûlant.

— Que Dieu la prenne en sa protection ! dit-il à voix basse.

Il vit mon mouvement d'humeur et ne s'en formalisa pas. C'était un homme trop généreux pour ne pas comprendre ma révolte et mes interrogations. Il me dit :

— Nous ne sommes qu'une infime partie du monde, nous ne pouvons en comprendre qu'un tout petit bout, le reste nous échappe. Avoir la foi, c'est justement accepter sa petitesse, donc les questions sans réponse. C'est avoir confiance. Dieu a autre chose à faire qu'à s'occuper de nos petites maladies que, d'ailleurs, un jour, la médecine des hommes saura guérir.

Je soupirai. Hélène bougea. Dans son délire, elle pensait encore à son enfant et voulait lui donner le sein. Ma belle-mère apporta le bébé grimaçant. J'eus un mouvement de répulsion en voyant ce petit animal pomper sa vie agrippé à sa mère. J'accompagnai le curé dehors et partis marcher seul dans la nuit.

Le calvaire dura six jours entiers pendant lesquels je ne dormis pas plus de deux heures d'affilée. Ma belle-mère ne quitta pas la malade et s'occupa du bébé. Monlouis passait chaque soir, mais il avait visiblement perdu tout espoir de la sauver. Le septième jour, la fièvre tomba. Je compris au regard clair d'Hélène, à son sourire, qu'elle était guérie. Le miracle tant souhaité s'accomplissait. Jamais je ne m'étais senti aussi heureux.

Ce grand bonheur me donnait envie d'aider les autres et, ce jour-là, je passai un bon moment avec Baptiste et Berthe Ruaud à écouter leur délire. Ensuite, j'allai à Lachaud. L'air était irrespirable dans la maison du forgeron. Lucien avait emporté dans la tombe le moindre sourire, la moindre parole gaie.

Même s'ils ne le montraient pas, Léon et Louise Guilhoux attendaient ma visite quotidienne. Ma présence allégeait un peu leur fardeau : j'étais tout ce qui leur restait de leur fils. Au fil des mois, ils avaient adopté avec moi une attitude de parents. Louise, surtout, avait ces phrases de mère qui m'attendrissaient : « Couvre-toi, tu vois bien qu'il va pleuvoir. » Ou bien : « Ton Hélène peut pas te tricoter des gilets plus épais pour l'hiver ? » Léon se contentait de m'attendre pour manger. Sur la table, mon assiette était mise, à la place que j'occupais du temps de Lucien. Louise s'excusait :

— Comme c'est l'heure où tu passes... Avec ce temps de chien, on s'est dit qu'un peu de soupe te réchaufferait l'estomac.

# 20

En quelques années, Irène devint une fillette si gracieuse que personne ne lui résistait. J'en étais fou et je lui passais tout. C'était une petite brune au visage large, aux grands yeux expressifs. Hélène lui cousait de superbes robes, et cette petite coquette qui ne cessait de babiller mettait beaucoup de soleil dans notre maison. Il était bien loin le temps où je regardais avec répulsion ce bébé fripé poussant des cris de rat.

On s'habitue à tout, même à l'absence d'êtres chers. Égoïstement, je me sentais heureux, même si, de temps en temps, le souvenir de Lucien venait m'assombrir. Le porteur du destin sifflait dans les chemins, il allait de maison en maison, prenait un verre ici et là… Le soir, de retour à Lignac, c'était la fête. Irène courait m'embrasser et me racontait sa journée. Hélène avait préparé le repas et nous nous mettions à table, tous les trois. Le restant du monde n'existait plus.

Mon jeune frère était rentré du service militaire et s'était marié avec une fille d'une bonne maison de Saint-Benoît, Anette Jacquet. Ma belle-sœur me plut d'emblée. Anette était une femme assez ronde, un peu nonchalante. Elle marchait lentement et parlait d'une voix posée. Elle était allée à l'école chez les sœurs où elle avait passé son brevet supérieur. Anette s'intéressait aux nouvelles internationales et épluchait le journal de mon père. Elle redoutait que le krach banquier américain de 1926 n'ait des répercussions en Europe.

Mon père tomba malade au début de l'hiver 1925 ; le

docteur Monlouis dit à mon frère que c'était très grave. Le vieux resta alité une partie de la mauvaise saison et ne retrouva pas ses forces par la suite. Ma mère était obligée de l'aider pour marcher du lit à sa chaise, près du feu. Comme elle ne voulait l'aide de personne, elle s'usait la santé à le lever, le faire manger, le changer...

Jean Bachellerie, le mari de Josepha, se tua au printemps 1926 en sortant des grumes de chêne de la profonde vallée de la Solane. Le fardier, sorte de chariot auquel on attache les billes par-dessous, se renversa et roula sur lui. Ce fut un berger de Roumillac-la-Montagne qui le trouva coincé sous l'énorme tronc de chêne, le visage crispé dans une dernière douleur.

Ce deuil marqua définitivement la fin de la prospérité des Bachellerie. Cette famille aisée ne réussit pas à surmonter l'épreuve : Jacques, le fils aîné de Josepha, était trop jeune pour prendre en main la propriété et le vieil Honoré, brisé par cette mort, devint très vite un vieillard aigre au caractère impossible. Il allait sur ses soixante-dix ans.

Cet accident réveillait en moi d'anciens démons qui ne demandaient qu'à ressusciter. Malgré mes sentiments très forts pour ma femme et ma fille, Josepha vint de nouveau occuper mes pensées.

Je la voyais parfois qui venait chercher de l'eau à la source et nous bavardions quelques instants. Malgré le plaisir que nous avions d'être ensemble, un mur nous séparait. La mort de Jean l'écroula en partie comme si j'avais secrètement espéré ce drame pour que, n'étant pas à moi, Josepha ne fût à personne. La solitude augmentait en elle le poids du passé. Quelques jours après l'enterrement, je la trouvai derrière ses moutons sur le chemin qui dominait la vallée de la Solane. Je compris qu'elle recherchait ma présence. Elle me regarda comme elle ne l'avait jamais fait depuis mon retour. Elle était grave, drapée dans son tablier noir.

— Me voilà une étrangère dans la maison de mes enfants ! dit-elle en s'approchant.

Je me fis très rassurant :

— Le père Honoré n'est pas un mauvais homme.

— Depuis la mort de Jean, il est désagréable, surtout avec moi.

Elle appela son chien. Le soleil sortait par intermittence et sa lumière chaude brûlait le visage. Josepha tourna vers moi ses yeux qui, malgré les rides, étaient ceux d'avant la guerre quand nous nous jurions fidélité pour la vie.

— Je suis une vieille femme ! ajouta-t-elle. Sans personne. Je me demande si ce que Dieu fait payer aux uns, le diable ne le donne pas aux autres.

— La vie continue...

— Pas pour tout le monde.

Elle frémit en baissant la tête. Quelques cheveux blancs se remarquaient à la naissance du front. Elle souffla :

— Réchauffe-moi les mains.

Je pris ses mains dans mon unique main droite et les fourrai dans la poche de ma veste. Un léger sourire passa sur ses lèvres.

— J'ai peur de l'avenir ! murmura-t-elle. Jacques n'est pas un enfant comme les autres...

— T'en fais pas. Il est très jeune et il a le temps de changer.

Les mains de Josepha se réchauffaient. Le contact de sa peau sur la mienne répandait en moi un sentiment curieux, fait de joie et de révolte. Tout à coup, je pensai qu'on aurait pu nous voir. Je sursautai ; Josepha comprit et recula vivement.

— T'en fais pas, je ne te demanderai plus rien.

Étrangère chez les Bachellerie, Josepha fuyait la maison aussi souvent qu'elle pouvait et recherchait ma compagnie. Je sentais en elle une grande détresse, une solitude infinie qui la rendaient parfois amère. Quels bonheurs avait-elle eus ? Née pauvre, elle avait jeûné une semaine pour racheter une dette, vendu ses cheveux... Elle avait ensuite épousé par force un homme qu'elle n'aimait pas. Pourtant, Jean Bachellerie avait été sa seule consolation, et voilà que le destin le lui prenait ! Le comportement de Jacques la préoccupait. Autant son mari Jean était gentil et facile à vivre, autant son fils était susceptible, hargneux et sûr de lui.

En 1926, il y eut un grand changement dans la poste.

A Beaulieu-sur-Dordogne fut créé le premier circuit de « Poste omnibus rural ». Un car conduit par un postier acheminait le courrier et transportait les gens de village en village. Quelques mois plus tard, Lignac fut desservi par le car de Tulle qui passait à Saint-Marcel. Maurice Legal fut nommé correspondant postal.

Pour moi, rien n'avait changé. Chaque matin, je distribuais le courrier arrivé la veille au soir par le car. Plusieurs fois par semaine, je m'arrêtais à Saillat, chez Berthe et Baptiste Ruaud. Ils attendaient toujours leur fils qui « avait été vu » du côté de Strasbourg. Avec les années, Berthe s'était ratatinée. Elle n'était pas plus grande que ma fille de cinq ans. Dans sa figure ridée, ses yeux profonds brillaient toujours de cette flamme d'espoir qui tenait en vie son corps décharné. Baptiste, devenu un vieillard noueux, ne quittait guère son banc près du feu. Comme Berthe, il avait dans le regard cette lueur qui déroute, cette foi qui fait peur.

Il passait des heures à tourner dans sa tête ses rêves fous. Je le trouvais souvent devant la porte, regardant le bout de la route... Ma visite était la seule joie de ces deux vieillards. Depuis huit ans, ils espéraient une lettre, un signe de vie de leur Henri qui ne venait jamais. Je leur savais la force d'attendre encore des années !... Je m'asseyais en face de Baptiste. Berthe allait chercher deux verres et une bouteille de vin. Elle disait de sa voix tremblante :

— On nous a dit qu'il allait bien ! Il a été vu, même qu'il a un peu grossi. Paraît qu'il va venir au printemps !

Le printemps se passait et le retour était prévu pour l'été, pour l'automne, pour les premiers jours de janvier. En parlant, Berthe souriait. Baptiste se contentait de hocher la tête, d'approuver avec un sourire profond. Chaque jour, je m'éloignais de cette maison à grands pas, comme un voleur, l'estomac retourné. Je m'en voulais d'entrer dans ce jeu stupide et pourtant, le lendemain, je m'asseyais en face de Baptiste, mon demi-verre de vin à la main, et j'écoutais Berthe qui trottinait dans cette minuscule cuisine.

Chaque matin, je passais à Lachaud vers onze heures.

Louise Guilhoux attachait de nouveau ses cheveux avec soin. La foi lui avait donné le courage de survivre à sa douleur. Elle allait à la messe tous les jours. Deux après-midi par semaine, elle nettoyait l'église et allait faire le ménage du curé Vedrenne.

— Cette pauvre Marie, me disait-elle souvent. Je la plains ; elle a payé cher un geste d'enfant !

Curieuse Marie Lescure qui ne savait pas ce qu'elle voulait ! Après la mort de Lucien, elle parla de se suicider. Elle avait perdu l'appétit et pleurait des heures d'affilée, s'enfermait dans sa chambre et ne voulait voir personne. Ses crises de nerfs étaient incontrôlables.

Le docteur Monlouis dit qu'il fallait la changer d'air. Son père lui trouva une place dans un hôtel à Clermont-Ferrand tenu par un de ses cousins. Elle refusa d'abord de s'y rendre puis finit par accepter. On crut que tout allait s'arranger puisqu'elle travaillait normalement et avait retrouvé le sourire. Un matin, elle ne se présenta pas à l'hôtel. Le cousin s'inquiéta. Au bout de huit jours, il avertit Albert. La jeune fille était partie sans laisser d'adresse. Personne ne la revit d'un an.

J'avais de l'amitié pour Albert Lescure qui était sauvage et bougon, mais toujours prêt à rendre service. Je passais donc régulièrement à Merpillat qui était servi par un autre facteur et allais boire un verre au bistrot. Albert se faisait beaucoup de soucis pour sa fille. Il l'avait cherchée partout ; l'enquête des gendarmes de Pujolles n'apporta pas le moindre indice.

— Si elle était morte, répétait Albert, on aurait retrouvé le corps !

Puis baissant la tête, il ajoutait :

— A moins qu'il soit au fond de la mer.

Marie revint un an plus tard. Quand il la vit entrer fardée, frisée comme une femme de la ville, au bras d'un homme costumé, Albert fronça les sourcils et se mordit la lèvre inférieure jusqu'au sang. Marie parlait avec un fort accent parisien comme si elle avait passé toute sa vie à Montmartre. Elle s'installa à une table en face de son gigolo qu'elle appela Momo et alluma une cigarette. Momo commanda deux cognacs ; Albert était tellement surpris de voir sa fille tenir le porte-cigarette comme une femme de mauvaise vie qu'il servit les deux cognacs sans rien dire. Son verre vidé d'un trait, Marie se leva, fit pirouetter ses robes, embrassa son père et sa mère qui restaient figés de surprise :

— On s'en va. C'est qu'il nous reste beaucoup de route à faire avant ce soir !

Les voilà partis tous les deux dans leur auto décapotable, elle les cheveux dans le vent, lui fier comme Artaban. Cette visite qui n'avait pas duré plus d'un quart d'heure ne passa pas inaperçue. De Merpillat à Lignac, tout le monde ne parlait plus que de cette Marie qui menait la grande vie à Paris, fumait comme un homme et se promenait en auto. Alice faillit en mourir de chagrin. Albert réagit par la colère. Il assomma un jeune gars qui, pour faire le malin, lui avait demandé des nouvelles de la belle avec des sous-entendus qui ne lui plurent pas. En se suicidant, Lucien avait réussi ce qui lui tenait plus à cœur que la vie : s'attacher Marie qui, finalement, avait épousé un mort.

# 21

Je m'entendais bien avec Maurice Legal. Un peu plus âgé que moi, cet homme chauve et maigre à l'œil vif était d'une grande générosité. Bien que mon chef, il me traitait en égal et partageait le travail. Sa femme, Marguerite, vivait recluse dans l'appartement au-dessus de la poste. Elle gardait le lit un jour sur deux, mais jamais Maurice ne s'en plaignait, et Hélène qui ne savait pas retenir les élans de son cœur allait volontiers faire le ménage chez nos voisins. Nos potagers se touchaient et elle plantait des légumes dans les deux. Maurice Legal ne cessait de me faire des compliments de mon épouse. Irène était chez elle à la poste où Marguerite la gâtait beaucoup. Cette malade qui n'avait pas pu avoir d'enfant reportait son affection sur notre fille. Elle lui passait ses caprices, et la fillette allait chez nos voisins faire ce qui lui était interdit chez nous.

Mon père mourut à l'automne 1927. Ce fut un soulagement pour tout le monde. Ma mère qui s'en occupait jour et nuit avait beaucoup maigri et nous savions qu'elle n'aurait pas supporté ce bagne plus longtemps. Cette mort ne m'attrista pas beaucoup. Je m'y attendais et ma seule famille, avec les années, s'était réduite à Hélène et Irène. Après l'enterrement, il y eut, comme le voulait la coutume, un grand repas aux Rivières-Hautes.

Comme notre père, Alfonse — j'ai toujours l'habitude de dire mon petit frère — n'était pas très bavard. Il écoutait parler, en bout de table comme le voulait sa position de patron, souriait par moments. A la fin du repas, les cousins partirent en premier, puis les oncles. Lorsque nous fûmes seuls, mon frère m'emmena à l'étable, l'endroit chez les paysans où se tiennent les conversations sérieuses. Il inspecta les bêtes une à une, puis revint vers moi :

— Maintenant que le père est parti, Antonin, pourquoi que tu ne reviendrais pas aux Rivières-Hautes ? Tu vois bien comment c'est ici ?

Il baissait la tête. A cet instant, nous étions vraiment redevenus les frères d'autrefois, lui un petit garçon et moi un homme fait.

— On n'aura jamais d'héritier avec Anette, continua-t-il. C'est le docteur Monlouis qui l'a dit. Paraît que j'ai eu les oreillons et que ça contrarie tout pour les enfants. La malédiction continue.

Il secoua la tête, puis, comme je ne disais rien, ajouta :

— Les Rivières seront à Irène. Le nom des Chèze est perdu !

Le devenir du domaine n'était plus ma préoccupation. Mon père avait estimé qu'un infirme ne pouvait pas être le patron des Rivières, il fallait maintenant qu'Alfonse en supporte les conséquences. Jamais je n'accepterais sa proposition. Avec Hélène, nous avions appris à vivre chez nous, à trois dans notre maison. Je ne pourrais plus supporter les grandes tablées, les veillées bruyantes et ces cuisines trop pleines où l'on se bousculait à longueur de journée.

— Il faut qu'elle connaisse notre domaine, tu comprends, qu'elle l'aime, sinon...

— Sinon quoi ?

Il haussa les épaules, fataliste.

Je lui promis qu'Irène passerait les prochaines vacances aux Rivières-Hautes. Le soir même, chez nous, j'en parlai à Hélène qui refusa catégoriquement. Elle ne voulait pas « prêter » sa fille à son beau-frère. Irène n'était à personne, tant pis pour le domaine ! Par lâcheté, je n'en dis rien à Alfonse, comptant sur le temps pour tout arranger.

Une autre préoccupation vint rapidement chasser celle-là. Un matin, en triant le courrier, je vis une enveloppe bleue du ministère des Armées. Je sentis un long frémissement me parcourir. Je connaissais bien ce genre de courrier pour l'avoir porté cinq fois avant la fin de la guerre, message de mort, il détruisait net tout espoir, même après l'armistice où les survivants lâchés sur les routes erraient des semaines, parfois des mois, avant de revenir chez eux.

Je regardai l'adresse : « Monsieur Baptiste Ruaud ». Je la plaçai dans mon sac sans rien dire à Maurice qui continuait méthodiquement son tri. Quand je partis vers le Verdiet, il faisait encore nuit. Une brume froide épaississait l'air ; je marchais d'un bon pas pour me réchauffer. Cette lettre me préoccupait. Que voulait le ministère des Armées à Baptiste et à Berthe ? Était-ce simplement une demande de renseignements, un quelconque papier administratif ou une nouvelle grave à propos d'Henri ? Beaucoup de soldats dont le corps n'avait pas été retrouvé avaient été portés disparus à la fin de la guerre et les familles en avaient été averties. Pour lui, les parents n'avaient rien reçu, d'où leur espoir fou. Et ce matin triste où je ne voyais même pas le bout de mes chaussures, je me disais que j'avais peut-être eu tort de ne pas les croire. Et puis, non, c'était certainement l'annonce de sa mort que je transportais, mais pourquoi huit ans après la fin de la guerre ?

A mesure que je me rapprochais de Saillat, je marchais moins vite, avec moins d'assurance. Le jour s'était levé, terne, parsemé par endroits des couleurs vives de l'automne qui traversaient la brume. La plaisanterie de Jandillet ne me fit pas rire. Au Chemin perdu, je m'assis sur le rocher de la croix de Saillat et attendis là un moment. Le temps s'était levé et l'automne resplendissait. Le soleil bas répandait une lumière épaisse, molle. Mais je n'étais pas sensible à la beauté de cette saison, je buttais contre quelque chose que je n'arrivais pas à définir. Un espoir toujours contrarié.

Je décidai de retarder ma tournée du haut de la commune et, comme chaque fois que j'étais tracassé, j'éprouvais le besoin d'avoir Hélène à mes côtés. Elle fut surprise de me voir à cette heure et crut que je me faisais du souci à cause de mon frère.

— Si tu veux vraiment que notre petite passe quelques jours aux Rivières, dit-elle, eh bien, soit !

Je lui montrai la lettre. Elle fit la moue, fataliste :

— Tu n'y peux rien. Tu dois faire ton métier !

— Peut-être, mais si je n'avais pas donné la lettre à Lucien...

Hélène connaissait ce remords qui ne s'était pas atténué au fil des années. Elle avait maintes fois tenté de me disculper :

— Tu n'as fait que ton devoir !

Oui, je n'avais fait que mon devoir ! Pour moi, cette notion d'obéissance aveugle devait admettre quelques exceptions, car les hommes sont bien trop compliqués pour se laisser enfermer dans des lois strictes. Ce qui était généreux et honorable aujourd'hui pouvait devenir criminel et lâche le lendemain.

Je repartis un peu apaisé, l'estomac plein du velours de la soupe de légumes. L'après-midi était doux ; le soleil donnait du relief aux objets proches et noyait tout ce qui était éloigné. Je coupai par les bois et la vallée de la Solane pour rejoindre Saillat. La rivière charriait des feuilles mortes qui s'amoncelaient en barrages. Je m'arrêtai au pont pour regarder les truites qui remontaient vers les frayères des sources. Qu'est-ce qui les poussait ainsi à rejoindre leur gravière natale, là-haut dans la montagne, parcourant parfois plus de cent kilomètres ? Un écureuil ramassait des noisettes qu'il emportait dans le trou d'un vieil arbre. Il préparait l'hiver, et c'était comme une fête. Je me dis en face de ce petit animal aux gestes rapides que la tristesse ne devait exister que dans le cœur des hommes.

Je fus à Saillat à la tombée de la nuit qui arrive vite en cette saison sans crépuscule. Le ciel s'était dégagé ; une poignée d'étoiles brillait sur les collines. Je vis à leur éclat immobile qu'il gèlerait avant le matin.

Je rentrai chez Baptiste et Berthe Ruaud. Près du feu, le vieux pelait des châtaignes pour son cochon. Berthe préparait la soupe devant l'âtre. Une odeur de poireaux et de navets qui m'a toujours fait saliver emplissait la pièce sombre, éclairée par une lampe électrique trop faible.

— Ah, c'est toi, Antonin. Entre et ferme la porte qu'il va pas faire chaud ! me dit Baptiste. Viens donc prendre une poignée de feu. Mais dis donc, tu arrives bien tard, aujourd'hui ?

— Bah, le car du courrier était en panne, ce matin. Les gars des bureaux à Tulle ne se sont pas pressés. Ils comprennent pas que nous après il faut faire les kilomètres ! Je finirai pas avant dix heures du soir !

En parlant ainsi, je pensai à la lettre. Berthe posa la soupière sur la table et l'enveloppa d'un gros torchon de chanvre pour qu'elle ne refroidisse pas.

— Tu vas rester manger avec nous. Ça te tiendra le ventre chaud.

Je regardais les mains de Baptiste. Comme tous les hommes de ce pays de châtaignes, il avait appris à les peler tout enfant et avait acquis une extraordinaire habileté à ce travail. Il se tourna vers Berthe, comme pour chercher son approbation, et dit :

— C'est notre Henri qui est bon peleur ! Il avait pas douze ans qu'il m'en gagnait une toutes les dix.

Berthe alla chercher trois assiettes dans le placard et les posa sur la table. Je n'arrivais pas à donner la lettre ni à m'en aller.

— On a eu encore des nouvelles ! dit Berthe. Un gars qui passait... Ça m'étonnerait pas qu'on le voie un de ces jours !

Elle sourit en regardant Baptiste dont les mains s'étaient arrêtées.

— Quelque chose me le dit. Tiens, la nuit dernière, j'y ai rêvé. Il était là, devant nous ; on l'avait même pas entendu arriver.

Elle alla ouvrir la porte et sonda la nuit de son regard de fouine.

— Qu'est-ce que je suis bête ! dit-elle en fermant la porte. C'est le jour qu'il va arriver, pas la nuit.

Elle trotta jusqu'à la table et s'approcha de moi avec la bouteille de vin. Je la laissai remplir mon verre que je bus d'un trait. C'était peut-être cette arrivée tant attendue que lui annonçait la lettre !

— Bon, je m'en vais ! dis-je. C'est que je suis pas encore rendu à Lignac.

Je sortis. Une fois dans la nuit, seul entre les hautes haies du chemin qui conduisait aux Rivières-Basses et les trois étoiles qui scintillaient sur l'horizon, je me dis que je venais de commettre une faute grave en ne donnant pas cette lettre. Je repensais au gros homme de Tulle et à mon serment au tribunal, mais je ne regrettais rien.

Je marchais ainsi quand je me dis que si ce courrier annonçait, contre toute vraisemblance, le retour d'Henri, il me suffisait d'attendre quelques jours pour m'en assurer. Je me fixai un délai d'une semaine, après, je jouerais mon rôle d'exécuteur du destin.

Cette décision me donna un peu de cœur au ventre et je me promis, dès le lendemain, d'en parler à Maurice Legal. Pourtant, couché de bonne heure comme d'habitude, je ne réussis pas à trouver le sommeil. Levé bien avant l'aube, je tournai en rond dans la cuisine. Je ne dis rien à Maurice, par crainte qu'il n'approuve pas mon initiative, et je repartis en tournée avec cette enveloppe bleue dans mon sac qui pesait plus que tout le reste.

# 22

Une semaine passa. Les premiers gels avaient tassé les fougères, rougi les feuilles des ronciers, frisé la terre humide au bord des fossés. Dans les champs gris, les blés d'hiver pointaient leurs langues vertes figées entre les mottes ; les bergères appelaient leurs moutons dans le brouillard. Les vaches restaient à l'étable, cloîtrées pour la durée de l'hiver. Les gens coupaient du bois pour le feu ou l' « usine » à papier. Dans les vallons, le bruit sec des cognées contre les coins métalliques sonnait comme des cloches fêlées. Je marchais dans cette campagne déplumée, trop préoccupé pour être sensible aux charmes de cette fin de saison. Au bout de huit jours, comme je l'avais prévu, Henri n'était pas revenu et la lettre pesait toujours dans mon sac. Je passais tous les après-midi chez Baptiste et Berthe ; je m'y attardais plus qu'en temps ordinaire, et je repartais, l'esprit confus, mais content d'avoir protégé un jour de plus leur joie artificielle, d'avoir contrarié le destin. Cela dura un mois entier. Hélène eut un mouvement d'humeur :

— Tu te remues les sangs pour si peu de chose ! Puisque cette lettre te pèse tant, ouvre-la et qu'on n'en parle plus !

J'y avais pensé, mais je n'avais jamais osé. Seul en traversant un bois, il me suffisait de décoller l'enveloppe. Baptiste ne s'apercevrait de rien et je serais fixé. Du moins, je le croyais.

Un jour, après Roumillac-la-Montagne, tandis que je passais dans la forêt dense qui borde la rive gauche de la

Solane, je m'assis sur un tronc moussu et sortis la lettre de mon sac. Je l'examinai un moment à la lumière pâle de cette fin novembre. L'enveloppe était à peine collée et, de l'ongle, je réussis à l'ouvrir sans l'abîmer. Mes doigts tremblaient un peu car j'étais en train de commettre une faute professionnelle passible de prison.

Je sortis deux feuilles, un acte de décès, daté du 12 juillet 1917, et une lettre expliquant qu'Henri Ruaud avait été blessé en mai 1917. Il avait survécu dans un hôpital jusqu'au 12 juillet. Son acte de décès dressé aussitôt s'était perdu dans une pile de papiers emballés après l'armistice et ce n'était que huit ans plus tard, tout à fait par hasard, qu'il venait d'être retrouvé. Le responsable du service des archives qui avait découvert ce papier demandait à Baptiste Ruaud d'excuser le ministère des Armées de ce manquement indépendant de sa bonne volonté.

Je restai un moment sans bouger, sonné par ce que je venais de lire. Je m'apercevais que, moi aussi, j'avais cru à la belle fable de Berthe, même si je m'en étais défendu. J'étais atterré. La mort était de nouveau en marche, la mort gratuite, assenée à deux vieillards inoffensifs, la mort inutile, comme celle de mon ami Lucien.

Je fermai l'enveloppe, la collai correctement, puis repris ma route. Le brouillard s'était un peu levé sur un sous-bois immobile et silencieux. Je croisai un groupe d'hommes qui remontaient de la Gane. Les aboiements lointains de chiens qui tournaient autour d'un troupeau de moutons m'arrivaient, atténués, feutrés. Dans quelques heures, le facteur de la mort allait tendre cette lettre à Baptiste, et je serais le bourreau qui tue sans se poser de questions parce que c'est son métier de tuer.

Le courage me manqua. Je m'arrêtai comme d'habitude chez Baptiste, je bus un demi-verre de vin et je repartis dans la nuit. J'avais froid et je marchais très vite. En arrivant chez moi, j'étais de mauvaise humeur. Irène me raconta ce qu'elle avait fait à l'école. Je ne l'écoutais pas ; je pensais à la petite maison sombre où, sous la lampe trop faible, une vieille femme ridée parlait d'Henri à Baptiste qui ne disait rien mais se laissait bercer par ces paroles de réconfort.

Après le dîner, je m'installai près du feu pour lire le journal. Hélène était montée à l'étage coucher notre fille. Les flammes dansaient devant moi sur des bûches de hêtre. Dans quelques instants, il n'en resterait plus que des cendres. J'eus une idée. Pour une fois, j'allais maîtriser le destin, stopper sa marche inexorable. Le bourreau devenait un sauveur. Ce que je m'étais tant reproché après la mort de Lucien, j'allais le faire. Qui pourrait prouver que ce courrier était arrivé jusqu'à moi ? Sans réfléchir plus longtemps, je pris le pli bleu dans mon sac et, d'un geste rapide, le lançai dans la cheminée. Les flammes l'engloutirent et il n'en resta qu'un peu de cendre fine dont les débris plats montaient avec la fumée. J'étais libéré, mais je savais bien que Berthe et Baptiste n'étaient que momentanément sauvés. La vérité leur parviendrait forcément par d'autres circuits et en particulier par l'allocation qui était versée aux familles des disparus. Je ne les avais protégés que pour quelque temps, quelques mois au plus, en laissant le soin à d'autres de leur annoncer la terrible nouvelle. Le destin s'accomplit toujours.

Eh bien, non. Pour une fois, je fus le plus fort ou presque. Le lendemain, j'arrivai à Saillat vers six heures du soir, un peu en retard sur mon horaire habituel, le meunier de la Gane m'ayant retenu pour me montrer un banc d'anguilles qui avait élu domicile à la bonde de son étang. Je fus accueilli à la porte par un Baptiste blême, tremblant, le regard perdu. Il me fit signe de ne pas faire de bruit :

— Le docteur vient de sortir... On attend le curé. C'est la fin.

Il éclata en sanglots. Sans son chapeau, il paraissait plus maigre que d'habitude. Des épis de cheveux blancs se dressaient au sommet de son crâne plat. Je n'osais y croire : Berthe, qui hier encore trottait dans la maison, était mourante. Dieu lui évitait donc le désespoir... J'entrai. Baptiste poussa la porte sur le mur de la nuit.

— Cette pauvre femme, comme si elle avait été malhonnête dans sa vie ! Partir comme ça, du jour au lendemain. C'est trop dur.

Il se moucha. Les larmes roulaient sur son visage

maigre, suivaient le sillon des rides. Devant moi, il pouvait se laisser aller ; j'étais de la maison.

— Viens la voir, Antonin. Ça lui fera plaisir.

— Mais qu'est-ce qui s'est passé ?

— Elle est tombée, d'un coup, hier au soir, vers les dix heures. On était là, tous les deux au coin du feu. Moi, je taillais des éclisses de châtaignier pour faire un panier, elle tricotait des chaussettes pour notre Henri... Alors, elle s'est tournée vers moi, les yeux blancs, elle est tombée comme une masse, la tête dans les cendres. Je l'ai portée sur le lit et elle s'est réveillée. « Mon Dieu, qu'elle m'a dit, je vais rejoindre nos deux petits. Dire que je serai pas là quand Henri va revenir ! »

Je pensai que Berthe avait eu son attaque au moment même où je brûlais la lettre. Une coïncidence ?

— Tu es allé chercher le docteur ?

— Oui. Il est venu ce matin, vers six heures, c'est te dire que la pauvre femme aurait eu le temps de passer. Il m'a dit que c'était la fin. Faut que tu viennes la voir.

J'entrai dans la petite chambre. Le visage de la malade s'éclaira, elle me sourit et dit, d'une voix résignée, presque heureuse :

— Faut pas se faire de bile pour moi. Le Bon Dieu m'attend. Dis-moi, Antonin, toi qui es facteur, tu iras avertir l'Henri. Je serais si heureuse qu'il vienne à mon enterrement. Si heureuse...

Elle souriait.

— Promets-moi que tu iras le chercher !

Je promis, les yeux baissés, conscient de m'enfoncer un peu plus dans le mensonge et une situation sans issue.

— Alors, je meurs heureuse.

Elle ferma les yeux, conservant ce sourire qui, dans la pénombre, donnait comme une lumière à son visage craquelé. Elle venait de glisser dans la mort, comme dans un bon sommeil après une rude journée de travail. Baptiste pleurait comme un enfant. Je le ramenai près du feu. Il se laissa tomber sur le banc, vide de force.

— Qu'est-ce qui me reste, maintenant ? dit-il en regardant les flammes. Cette pauvre femme...

Je décidai d'arrêter là ma tournée et de rester une partie de la soirée avec Baptiste. J'allai avertir les voisins et l'un d'eux partit avec sa mule annoncer la nouvelle au frère de Berthe qui habitait Merpillat. J'attendrais qu'il soit de retour pour rentrer à Lignac.

Deux voisines vinrent faire la toilette de la morte et l'habillèrent de sa belle robe noire. On lui croisa les mains sur la poitrine. Le curé Vedrenne arriva un peu plus tard. Le père Moncet lui avait prêté sa carriole et son âne qui était capricieux. L'homme avait perdu beaucoup de temps dans cette nuit d'encre et s'était mis en colère contre l'animal qui ne voulait pas lui obéir. Baptiste lui dit que Berthe était déjà morte.

— Dieu l'a accueillie dans son royaume, dit Vedrenne. Il suffit de voir ce sourire pour en être convaincu.

Je lui proposai de m'attendre pour rentrer à Lignac. J'avais de l'affection pour cet homme bourru, souvent grossier, mais d'une grande bonté. Vantard, cet excellent tireur éprouvait le besoin de fanfaronner ses exploits. Au bistrot, il levait le coude aussi bien que n'importe qui. Ce côté sans-gêne que n'aimait pas l'évêché le rapprochait des gens d'ici qui avaient confiance en lui.

Nous partîmes vers dix heures du soir. Le vent glacé s'était levé et annonçait de la neige pour les jours suivants. Le curé m'avait laissé les brides de l'âne, gardant le fouet qu'il faisait claquer sur le dos de l'animal capricieux. Je lui parlai de la fameuse lettre. Il me rassura :

— Tu as agi en conscience pour sauver deux vieillards du désespoir. Tu n'as commis aucune faute.

Sa voix dans cette nuit gelée avait un calme souverain, une hauteur qui m'apaisait. Je me sentis brusquement très léger.

— Il va pourtant falloir que je dise la vérité à Baptiste !

— Fais selon ton cœur, Antonin. Il se peut que Dieu, dans son immense miséricorde, te souffle ce que tu devras dire à ce pauvre homme. Il y a des cas où mentir n'est pas un péché.

Ce soir-là, je dormis en paix. Ce fut ma première bonne nuit depuis des semaines. Le curé Vedrenne avait le pouvoir d'aplanir les difficultés, de faire partager sa grande sérénité, cette profonde conviction qui, sans être fataliste, redonnait sa valeur à chaque événement.

Le lendemain, je fis la tournée jusqu'au moulin de la Gane, puis je pris un raccourci pour aller aux Rivières et à Lachaud, gardant Saillat pour la fin. J'arrivai chez Baptiste vers six heures du soir. Il y avait beaucoup de monde : la parenté et les gens des alentours qui venaient « signer » la morte. Des groupes arrivaient et, sans un mot, passaient dans la chambre où ils se découvraient et priaient. Avant de sortir, ils trempaient une branche de buis dans un bol d'eau bénite et faisaient un signe de croix en direction de la défunte. Ils revenaient dans la cuisine, saluaient tout le monde, puis se mettaient à parler à voix basse. Le sourire que Berthe avait gardé dans la mort les étonnait tous. Ils voyaient là une grâce divine. Même ceux qui ne croyaient en rien étaient troublés.

Baptiste m'attira dans un coin :

— Antonin, tu connais la maison. Viens m'aider à apporter du foin aux bêtes.

Je suivis le vieil homme, ayant compris qu'il voulait me parler en particulier. Sa lanterne se balançait au bout de son bras. Il faisait toujours aussi froid et le vent ne cessait de soulever des nuages de poussière gelée qui piquaient les joues. A l'étable, Baptiste ferma la porte, accrocha la lanterne à un clou et s'assit sur une botte de paille en face de ses quatre vaches :

— Tu as fait quelque chose pour ce pauvre Henri ? me demanda-t-il. Toi, dans les postes, ça doit être facile d'avertir quelqu'un qui est en Alsace ?

— Baptiste, il faut que je te dise : je t'ai menti !

Il sursauta et me regarda fixement. La fatigue creusait son visage et ses yeux profonds gardaient une lueur jaune qui tremblait en même temps que la flamme de la lanterne.

— Tu m'as menti ? Tu veux dire que tu sais quelque chose ?

— Oui. J'ai reçu une lettre. Et j'ai jamais osé en parler à cause de la Berthe qui croyait que son Henri allait revenir. Écoute, Baptiste, je le lui ai promis, mais je peux pas aller chercher ton fils.

L'homme s'effondra. Je vis ses épaules s'abaisser, ses mains mollir sur ses genoux. Il me demanda, la voix étranglée :

— Tu veux dire qu'il est mort ?

Je m'entendis dire, comme si quelqu'un d'autre s'exprimait par moi :

— Non, Baptiste, ton Henri n'est pas mort. Ça je te l'assure !

Un soupir de soulagement suivit. Baptiste s'emporta :

— Alors, pourquoi que tu peux pas l'avertir, puisqu'il est pas mort. C'est normal qu'il vienne à l'enterrement de sa mère, tu crois pas ? Et puis, pourquoi qu'il n'est jamais revenu nous voir ? Hein, on n'avait pas de torts envers lui, alors pourquoi qu'il a laissé partir sa mère sans lui donner ce contentement ?

Il s'emportait. Une colère profonde, accumulée depuis des années, faisait surface. Je réussis à le calmer :

— Écoute-moi, au lieu de dire des bêtises. Ton Henri est bien vivant, mais il ne peut pas venir et je vais te dire pourquoi, parce que moi, je le sais.

Je marquai un silence. Baptiste se dressa :

— Ah, tu le sais ?

— Oui. J'ai un copain en Alsace qui m'a écrit. Holder, qu'il s'appelle. Il est tonnelier parce que, là-bas, c'est le pays de la bière et qu'il faut des tonneaux plus épais que pour le vin...

— Arrête avec tes histoires de tonneaux. Dis-moi ce qu'il fait l'Henri et pourquoi qu'il n'est pas revenu voir sa mère ?

— Il a été blessé pendant la guerre. Une blessure que tu peux pas voir. Il a reçu un coup à la tête. Ça n'a même pas saigné, mais voilà, après ce coup, ton Henri ne se souvient de rien. Même pas de son nom, ni de celui de sa mère. Il s'est retrouvé seul, comme un enfant au berceau. Après l'armistice, il s'est baladé un peu partout. D'un hôpital à l'autre. Personne ne savait d'où il venait puisqu'il n'avait même pas son bracelet. Rien. D'ailleurs, ce bracelet a peut-être été retrouvé et il se peut que ton Henri soit considéré comme mort par l'armée. Un homme sans nom, sans famille, sans pays, c'est moins qu'un mort. On a tout fait pour lui rendre la mémoire, impossible.

— Alors comment tu sais que cet homme c'était notre Henri ?

— Laisse-moi te raconter... Il s'est retiré chez cet Holder qui est tonnelier. Et comme c'est un bon ouvrier, l'autre l'a gardé.

— Ah ça, pour être un bon ouvrier, notre Henri, tu as raison !

— Alors il a réappris à écrire, à manger, à vivre. Il s'est même marié, tu vois, ce qu'on avait dit à ta Berthe était vrai. Il a un garçon qui est tout ton portrait. Mais de ce qui s'est passé avant son coup sur la tête, il se rappelle de rien.

— Mais il a bien un nom...

— Oui, un de ses copains de guerre a passé chez lui par hasard et l'a reconnu. Alors, il s'appelle Henri Ruaud, mais il ne se rappelle pas d'où lui vient ce nom.

— Si tu allais le chercher. Quand il me verrait...

— Surtout pas. Les docteurs ont dit qu'il ne fallait pas le choquer, que ça pourrait le tuer. Ils ont dit aussi que la mémoire pouvait lui revenir un jour. Tout d'un coup, comme une éclaircie au milieu de l'orage. Mais il faut attendre. Voilà la vérité, Baptiste. J'ai jamais osé le dire devant la Berthe.

Baptiste se leva et prit sa lanterne. Il avait l'air rassuré. Moi, je me demandais encore comment j'avais pu inventer tout ça.

— Tu as bien fait de rien dire à la Berthe ! Ça me donne de la force de savoir qu'il est vivant. Parce que moi, il y avait des jours où je me disais que... J'y aurais pas cru si la Berthe n'avait pas été là pour me le répéter tout le temps. Peut-être que le Bon Dieu le fera guérir avant que je meure. Et puis, même s'il guérit pas, ça n'a pas d'importance. Il vit, ça suffit pour que je sois content.

Quand je rentrai à Lignac, le ciel s'était dégagé. C'était un ciel d'hiver, velouté et profond. Il y avait beaucoup d'étoiles et cette immensité me faisait prendre conscience du peu de chose que j'étais.

# 23

Tout le monde disait que Baptiste Ruaud ne survivrait pas à Berthe, qu'il se laisserait dépérir comme un tout petit enfant privé de sa mère. C'était mal le connaître. Lui qui n'avait jamais fait cuire un œuf de sa vie ne voulut l'aide de personne. Je passais le voir presque tous les jours et nous parlions d'Henri. Il reçut par la mairie un nouvel avis de décès qu'il jeta au feu en riant :

— Sûr qu'ils peuvent pas savoir ! C'est du beau, dans les bureaux de l'armée !

A force de répéter la même chose, j'avais fini par le croire moi-même et je n'aurais pas été étonné de voir arriver Henri un jour ou l'autre.

Très vite j'eus un nouveau sujet de tracas. Hélène tomba enceinte et je redoutais que les suites de l'accouchement ne lui fussent fatales. J'avais en mémoire sa terrible maladie après la naissance d'Irène. De plus, l'arrivée de ce retardataire allait bousculer nos habitudes.

Tout se passa bien et Lucien naquit le 12 avril 1927. C'était un énorme bébé complètement chauve qui ne pleurait jamais. Il réclamait à téter puis s'endormait. Cela nous changea de notre Irène capricieuse.

Helène se rétablit très vite et trois jours après elle sortait de nouveau dans le jardin. Ce garçon apporta beaucoup de joie aux Rivières-Hautes. Mon frère n'en espérait pas tant : un garçon, un Chèze pour reprendre le domaine et garder le patronyme ! Il ne fut plus question de lui prêter Irène, en revanche, il accapara le bébé et lui voua d'emblée une telle affection qu'Hélène en fut un peu jalouse. Il ne passait pas une journée sans qu'il descende avec sa moto prendre des nouvelles. Il apportait des œufs, du lait frais, du fromage... De son côté, Irène ne lâchait pas ce jouet vivant. Elle s'en occupait tout le temps, le changeait, le baignait, l'amusait. Il fallait se fâcher pour qu'elle le laisse dormir.

Les dimanches, nous montions aux Rivières-Hautes. Lucien y était le centre d'intérêt de tous. Ma mère, qui ne s'était jamais préoccupée d'Irène, ne cessait de tourner autour du berceau avec, dans le regard, un contentement qui l'illuminait. La vieille tante Agathe à qui la barbe avait poussé au menton la disputait pour prendre sa place. Mon frère était le plus touchant : il le prenait dans ses bras et l'emportait aux étables, dans les granges, lui montrait les champs :

— Il faut, disait-il, qu'il sente les odeurs des Rivières. Plus tard, il s'en rappellera !

Alfonse, qui sans ma blessure n'aurait jamais été patron de la propriété familiale, vouait un amour puissant à cette terre. Pendant l'été, il emmena Lucien dans les prés « sentir » l'odeur du foin sec des Rivières-Hautes ; il lui fit traverser les chaumes pour qu'il découvre la senteur aigrelette de la paille coupée. Les gens qui le voyaient passer avec ce bébé disaient qu'il avait perdu la tête, mais cela ne l'empêcha pas, au printemps suivant, d'être élu maire de Lignac, ce dont nous fûmes tous très fiers.

Lucien nous avait rapprochés des Rivières-Hautes. Même Hélène, qui ne se plaisait que chez elle, acceptait ces fréquentes visites et prêtait son fils à ma belle-sœur en mal de maternité. Mon beau-père, Camille, en prit ombrage. Il me fit vertement remarquer que nous n'allions plus au Terrioux et je ne sus que répondre.

Le temps se mit à passer très vite, comme chaque fois que tout va bien. Le gros noyer creux, à la cime de la côte du Verdiet, fut renversé par le vent le 26 août 1929 au cours d'une violente tempête. Le lendemain matin, en commençant ma tournée, je découvris le vieil arbre couché en travers de la route, son tronc fendu par le milieu. J'eus de la peine de voir ce témoin des siècles passés bon à faire du bois de feu. Au fil des ans, je m'étais attaché aux arbres, aux haies, aux rochers, aux croix qui marquaient mon chemin et me disaient le temps qu'il me restait avant d'arriver à Roumillac-la-Montagne ou bien à Saillat. J'entretenais avec ces compagnons silencieux une complicité que seuls les facteurs qui font chaque jour le même itinéraire peuvent comprendre. Avec le noyer du Verdiet, je perdais plus qu'un abri contre la pluie, j'avais le sentiment de perdre un peu de moi-même.

Les années trente arrivèrent avec leur cortège d'événements qui ne changèrent rien à notre vie douillette, loin des tracas des ouvriers. La terre était généreuse et nous ne manquions de rien. Lucien grandissait. Il serait digne de ce nom choisi en souvenir de mon ami : joyeux, décidé, c'était un fort garçon aux cheveux noirs et abondants. Il passait de nombreux séjours aux Rivières où il ne quittait pas Alfonse, qui était son deuxième père.

Vedrenne eut une attaque dans son jardin le 14 mars 1932. Maurice Legal et Hélène réussirent à traîner l'imposant curé jusqu'à son lit. Le docteur Monlouis arriva presque aussitôt avec sa voiture qui fumait comme une locomotive et faisait un bruit de ferraille. Il soigna le malade qui se remit lentement, mais ne retrouva jamais ses forces. Vedrenne devint très vite un vieillard qui se traînait difficilement de son presbytère à l'église. La chasse lui manquait beaucoup, aussi passait-il des heures sous sa charmille à graisser son fusil, son bréviaire posé sur le banc.

Le garde champêtre Pascal mourut en 1934. Il fut remplacé par Pierre Mirrot, le cordonnier, que nous appelions Pierrinot. Agé d'une trentaine d'années, ce garçon passait pour un des plus habiles artisans du pays. Il était sale, toujours mal rasé. Ses cheveux noirs en broussaille lui donnaient un air de bandit de grand chemin. Il puait, mais cela ne l'empêchait pas d'être serviable. Sa timidité était telle qu'il bredouillait les dimanches sur son billot pour annoncer les communications de la mairie. Il ne put se mettre au tambour et ne réussit pas, malgré un entraînement assidu, à frapper la peau à la bonne cadence. Alors, mon frère, qui avait de l'estime pour lui, acheta un tambour mécanique dont les baguettes étaient actionnées par une manivelle.

En août 1935, Pierre Laval qui était alors ministre des Finances diminua nos salaires de dix pour cent. Cela ne me toucha pas puisque Hélène et moi n'achetions presque rien. Le pain nous était gardé aux Rivières et les légumes venaient de notre potager. Beaucoup de postiers qui n'avaient pas nos facilités, dont Maurice Legal, allèrent manifester dans les grandes villes. Cela conduisit le Front populaire à la victoire et Léon Blum remplaça Laval. Le 18 juin 1936, les salaires furent rétablis. On vota la semaine de quarante heures, ce qui était impensable pour un facteur à pied comme moi. Cela n'avait pas d'importance : la marche faisait partie de mon métier et je continuai à perdre du temps dans les chemins qui étaient ma véritable place.

Les premiers congés payés furent toute une histoire à la poste. Il fallut embaucher des intérimaires qui ne connaissaient pas le travail et, chacun à notre tour, Maurice et moi devions réparer leurs bêtises.

Mes premières vacances servirent à réaliser un vieux rêve d'Hélène. Elle voulait voir l'océan, cette immensité d'eau plus grande que toutes les plaines du monde réunies. Elle avait du mal à s'imaginer un tel prodige. Mon frère nous emmena à Brive avec sa superbe voiture qu'il venait d'acheter et nous prîmes le train pour Périgueux, puis Bordeaux et, enfin, pour Arcachon. Ce fut un magnifique voyage. Irène, qui était devenue une jeune fille, retenait les regards des garçons. Toujours aussi coquette, elle avait beaucoup de goût pour s'habiller. A l'école, on lui avait appris les belles manières et on aurait dit une demoiselle de la bonne société. J'en étais très fier. Lucien, qui avait neuf ans déjà, ne cessait de regarder les rails, fasciné par ces deux lames brillantes qui ne s'arrêtaient jamais. Il aurait voulu monter dans la locomotive à vapeur ; je dus avoir beaucoup de patience pour lui faire comprendre que ce n'était pas possible. Il me posa sur le fonctionnement de cette grosse machine cent questions auxquelles je ne sus quoi répondre.

A Arcachon, nous prîmes un taxi qui nous emmena à un hôtel dont les fenêtres donnaient sur l'océan. Quand elle vit cette eau qui, au loin, rejoignait le ciel, Hélène poussa un cri de surprise. J'étais stupéfait. Je me faisais une idée de la mer plus proche d'un étang que de cette immensité qui allait au-delà du regard. Et ce grondement incessant, ces rouleaux d'écume qui déferlaient sur la plage. Lucien courait dans tous les sens. Il aimait ce sable fin, ces vagues énormes comme des murs d'eau qui se brisaient et se refaisaient. Il ramassa un plein panier de coquillages. Irène récita à voix basse un poème qui me sembla très beau. Nous restâmes plusieurs minutes sans bouger, remplis de ce spectacle que nous voyions pour la première fois. Si mon grand-père avait été là, il aurait certainement trouvé quelque chose de majestueux à dire, moi, j'étais sans voix, écrasé par tant de puissance. Je pensai à ceux qui, les premiers, avaient osé défier ces énormes vagues. Cet immense brassage de vent, d'eau, de sable me donnait le vertige. A perte de vue, frôlant les crêtes, des oiseaux aux grandes ailes blanches flottaient dans l'air sans le moindre effort. Et derrière ce mur clos par le ciel, derrière cette montagne d'eau qu'y avait-il ? L'Amérique ?

Pendant ce temps, le monde préparait une nouvelle guerre. Pour moi qui avais combattu les Allemands, rien ne me semblait plus grave que le réarmement de ce peuple qui rêvait de revanche. Hitler ne m'inspirait pas confiance. J'espérais pourtant que les hommes seraient assez sages pour éviter un autre enfer.

Maurice Legal suivait de près les événements internationaux. Pour lui, la situation était très grave. Homme de gauche modéré, il n'aimait pas les communistes et les groupes de droite de l'Action française. Il se méfiait de M. de Grivelle qui, en vieillissant, était de plus en plus désagréable. On ne le voyait plus au village. Dans sa quincaillerie, Maryse Charpentier était devenue une vieille femme que les hommes ne regardaient plus. Les scandales financiers et la fameuse affaire Stavisky donnaient à ce hobereau hautain des arguments contre ces hommes qui n'avaient pas d'idéal et se servaient de la chose publique pour s'enrichir. Maurice rétorquait qu'il y avait des bandits dans toutes les couches sociales. La guerre d'Espagne l'enthousiasmait :

— Si j'avais dix ans de moins, j'irais me battre là-bas, aux côtés des républicains, contre cet infâme Franco !

Je ne partageais pas ses enthousiasmes. Les Espagnols n'avaient qu'à se débrouiller avec leur dictateur ! C'était si loin de nous !

Maurice s'ennuyait, raison pour laquelle il avait besoin de bravoure. Il était plein d'énergie et de rêves inemployés... Devenu postier par hasard, simplement parce qu'il avait un peu d'instruction et qu'il devait gagner sa vie, il avait été mobilisé les deux premières années de la guerre, puis libéré à la suite d'une blessure qu'il ne devait même pas à l'ennemi :

— Rien n'est héroïque en moi ! me dit-il avec regret. Je pourrais dire que ces deux doigts sont tombés coupés par une balle ennemie, eh bien non, je ne peux incriminer que ma maladresse. Je les ai coupés avec une hache en voulant fendre une bûche !

Il m'enviait pour ce que j'avais supporté. J'avais beau lui dire que mon mérite n'était pas très grand, il rêvait de tranchées et de vermine. Mon bras manquant me valait son admiration. Il s'empressait pour m'aider à endosser mon sac, me rapprocher une chaise...

L'hiver 1938 et le début de l'année 1939 confirmèrent ses craintes : Hitler multipliait les provocations. Il envahit la Pologne durant ce bel été 1939 où ma campagne scintillait, gorgée de lumière. L'angoisse était grande dans les maisons qui avaient des jeunes en âge de porter les armes. Pourtant, personne n'en parlait durant ces matinées fraîches où le soleil se levait tandis que résonnait le tintement cristallin des marteaux sur le fil des faux, ces longs après-midi où tout dormait. Le foin séchait, les paysans s'abreuvaient à la source fraîche, dormaient à l'ombre des pommiers. L'orage montait, cependant, cet orage déclenché par les hommes qui allait durer cinq années et ne laisserait personne intact. Mes collines vert et ocre se donnaient pour la dernière fois à la paix sidérale de l'été.

En août, cela ne faisait de doute pour personne : la guerre était imminente. La mobilisation générale fut décrétée à la fin du mois. Mon frère, qui se croyait à l'abri, fut rappelé le troisième jour de la mobilisation. J'espérais encore un coup de baguette magique, un miracle. Je me demandais comment des hommes sensés et responsables pouvaient encore accepter pareille tuerie qui ne changerait rien. Pourquoi étaient-ils morts, mes camarades, à Verdun ? Pour que plus jamais il n'y ait de guerre et voilà que vingt ans plus tard... Quel crime général Dieu faisait-il expier à chaque génération d'hommes ?

Après la déclaration de la guerre, tout le monde reprit espoir. Il ne se passait rien. Les soldats écrivaient qu'ils seraient rentrés pour ramasser les châtaignes. En novembre, ils reportèrent leurs espoirs de libération au début de l'année 40.

Le printemps arriva. Je ne croyais plus à la guerre déclarée par simple mesure d'intimiditation. Nous n'avions rien changé à nos habitudes. Lucien passait toutes ses vacances aux Rivières-Hautes où il était chez lui. Il travaillait bien à l'école et je souhaitais le mettre au collège après son certificat d'études. Pendant l'absence de mon frère, Anette le laissa agir à sa guise et, à treize ans — comme le temps avait passé vite ! — , il dirigeait le domaine tel un véritable patron. Il était grand et osseux, comme mon grand-père. En avance sur son âge, il avait une voix d'homme tranchante et sûre. Les domestiques suivaient ce petit chef qui donnait l'exemple et poussait la charrue aussi bien qu'eux.

Irène allait sur ses dix-huit ans. Elle avait obtenu son brevet supérieur et occupait au collège les fonctions de répétitrice. L'enseignement lui plaisait : elle parlait de devenir institutrice. Elle venait nous voir toutes les semaines en prenant un autocar qui la laissait sur la route de Merpillat à moins d'un kilomètre de chez nous.

Comme il ne se passait toujours rien, mon frère benéficia d'une longue permission pour les travaux de printemps. Il resta à la maison une partie du mois de mars et tout le mois d'avril. Début mai, les Allemands passèrent à l'attaque et envahirent le nord de la France. Une guerre éclair et une défaite cuisante. L'armistice signé le 22 juin par Pétain me fit aussi mal qu'un coup de poignard dans le dos. Maurice Legal et moi pleurâmes à chaudes larmes. Notre héros, notre grand chef militaire avec qui nous avions gagné en 1918 venait de signer la défaite de notre pays. Un homme seul osa élever la voix contre cette humiliation de tout un peuple. De Londres où il se trouvait, son appel fut entendu dans le monde entier. Il s'appelait Charles de Gaulle et devint, pour Maurice et moi, un héros. Une photo découpée dans un journal fut collée au mur au-dessus de la table où nous triions le courrier.

— Quand je la regarde, disait Maurice avec émotion, je me dis que tout n'est pas perdu.

# 24

L'occupation de la moitié nord de notre pays entraîna l'exode de nombreuses familles vers la zone libre. Juifs, ouvriers échappant aux Services du travail obligatoire en Allemagne, communistes... Bien accueillis par la population, ils se cachaient dans les bois, donnaient un coup de main aux champs. Comme je passais dans toutes les maisons, je savais tout de ces réfugiés que recherchait la police. On me faisait confiance et personne ne me cachait ses secrets. A l'inverse, je me gardais de trop parler. Je connaissais les gens d'ici : faciles à enflammer, et capables, pour une fanfaronnade, de faire pendre une ville entière. Les gendarmes savaient aussi qu'ils ne devaient pas compter sur moi. Au début, ils avaient essayé de me mettre de leur côté, mais je n'avais pas cédé à leur chantage. Je faisais mon travail de facteur et je ne m'occupais de rien d'autre :

— Cette guerre, c'est pas pour moi. J'ai pas l'intention d'y laisser mon deuxième bras !

Ils savaient que je mentais, mais ne pouvaient rien faire d'autre que me menacer. Je leur en voulais de servir un gouvernement de fantoches et des lois imposées par l'ennemi. Chaque matin, les séances de tri étaient ponctuées d'élans patriotiques. Maurice et moi nous emportions contre les dirigeants successifs, des politiciens surtout préoccupés de se faire réélire. L'armée allemande qui avait capitulé en novembre 1918 prenait sa revanche sans qu'il y ait eu de réelle bataille. Nos jeunes soldats étaient-ils poltrons au point de ne pas oser les arrêter comme nous l'avions fait pendant quatre ans ? J'avais mal partout. De m'être battu, d'avoir dû défendre le sol français mètre par mètre m'avait donné un sentiment national puissant qui saignait en moi. Oui, cette France m'était chère et je n'aimais pas la voir bafouée, foulée aux pieds par l'ennemi de toujours. La bête sanguinaire renaissait en moi.

Nous n'étions pas les seuls à fulminer contre ces pleutres qui se prélassaient à Vichy. Des voix s'élevaient pour appeler à la résistance. Des tracts étaient imprimés clandestinement ; il en arriva à la poste. Nous nous fîmes un devoir de les distribuer.

Maurice, qui ne tenait plus en place, sursautait aux moindres bruits. Arrivait une moto ou une voiture et il se mettait à la fenêtre. Un soir, en rentrant de la tournée, je le surpris à bricoler un poste de radio à galène. C'était l'hiver 1941 ; il faisait froid et je m'approchai du poêle.

— C'est pour nous tenir au courant... Dans ce trou, on n'apprend les nouvelles que trop tard !

Nous parlions tout le temps de la guerre. Nous échafaudions des projets héroïques et insensés. La conclusion de Maurice était toujours la même :

— Les Allemands n'ont jamais été de bonne foi. Hitler a promis beaucoup et ne tiendra pas parole ! Si j'avais dix ans de moins...

A son regret de ne pouvoir prendre une part active dans la lutte, j'ajoutai le mien :

— Si j'avais mon bras gauche...

Qu'aurions-nous fait ? Il fallait bien justifier notre inaction qui commençait à nous sembler coupable. Fébrile, Maurice était à l'affût de toutes les informations qui venaient de Londres. Cette vieille radio, je ne savais pas où il l'avait trouvée, mais elle allait beaucoup nous servir par la suite.

— J'y connais rien... Avec un peu de chance...

Effectivement, après avoir craqué plusieurs fois, craché un sifflement aigu qui arracha un cri de douleur à Marguerite Legal, une voix lointaine, brouillée, se mit à parler. Maurice me regarda avec un air de triomphe :

— Tu vois, quand on veut...

Nous rendions des menus services aux réfugiés, mais sans jamais prendre de véritables risques. La guerre épargnait notre petite vie douillette et ne nous touchait que dans notre orgueil de Français. Je faisais ma tournée comme avant. Le dimanche, la famille se rendait aux Rivières-Hautes où Alfonse était revenu. Après la débâcle de l'armée française, beaucoup de soldats avaient été pris et emmenés en Allemagne. Mon frère avait eu la chance de s'échapper et, profitant de la pagaille, était rentré chez lui où il s'estimait plus utile qu'à courir les routes. Si on le voulait, on savait où le trouver ! Chaque jour, durant tout l'été 1940, il attendit les gendarmes qui ne vinrent pas. Ils avaient dû l'oublier et il n'entreprit aucune démarche pour régulariser sa situation : le domaine avait plus besoin de lui que l'armée française.

Irène avait demandé une place d'institutrice pour la rentrée scolaire 1941. Lucien se montrait de jour en jour plus solide et décidé. Il avait un raisonnement d'adulte et ne pensait qu'au domaine et aux transformations à faire. Nous savions bien que tout cela se terminerait d'une manière ou d'une autre et qu'il faudrait travailler, même si la présence allemande se poursuivait. Une espèce de fatalisme s'était emparé des esprits.

Cette guerre, c'était celle des autres. En zone libre, nous ne souffrions pas, bien que les armées ennemies soient presque à portée de canon puisque Angoulême, Bordeaux et toute la côte ouest jusqu'à Bayonne étaient occupés. Nous ne manquions de rien : la terre produisait ce dont nous avions besoin et le troc avec les artisans permettait de se fournir en chaussures et en vêtements. A la ville, c'était bien différent : les gens manquaient de tout. Beaucoup de paysans peu scrupuleux profitèrent de cette situation pour s'enrichir. Jamais les affaires n'avaient été si bonnes et beaucoup, sans oser le dire, souhaitaient que les choses durent ainsi le plus longtemps possible.

Après son certificat d'études en 1941, Lucien ne voulut pas aller au collège comme je le souhaitais et s'installa aux Rivières-Hautes. Je lui avais acheté un vélo, ce qui lui permettait de venir embrasser sa mère tous les jours. Irène était à la maison en attendant sa place d'institutrice. Elle espérait avoir le poste de Merpillat dont le titulaire était prisonnier en Allemagne. Je continuais ma tournée à pied et la vie coulait, finalement agréable.

Chaque soir, j'allais écouter les informations à la radio de Maurice et, chaque fois, je regrettais mon bras gauche, Maurice regrettait ses dix ans de trop. Nous faisions beaucoup de bruit pour rien, conscients de notre lâcheté.

Tout changea le 11 novembre 1942. Le matin, en sortant de chez moi, je ne vis pas le fourgon postal. Il arriva vers huit heures, très en retard. L'homme qui en sortit était un nouveau. Il dit, affolé :

— Les Allemands sont à Tulle. Toute une colonne avec des blindés, des mitrailleuses et tout... Ils ont réquisitionné la préfecture dans la nuit. Ils logent dans les maisons particulières...

Il posa le sac de courrier et repartit en trombe. Le jour se levait lentement, brumeux et froid. Le tri fut rapidement expédié et nous partîmes chacun de notre côté. Au Verdiet je vis une automitrailleuse suivie de deux camions de soldats allemands qui se dirigeaient vers Merpillat. J'en restai médusé quelques instants. Que se passait-il ?

Personne ne m'adressa la parole et je continuai mon chemin. Au château de Magnac, M. de Grivelle m'attendait et me questionna.

— Paraît que les Allemands sont à Tulle ! dis-je.

Il eut une phrase qui me choqua :

— Ils ont enfin décidé de mettre de l'ordre dans ce pays !

Le soir, nous étions devant le fait accompli : la France libre n'existait plus. Des troupes avaient circulé toute la journée sur la route départementale en direction de l'Auvergne. Cette fois, la guerre était à notre porte.

Je rentrai à Lignac vers huit heures du soir. La nuit était tombée depuis longtemps et les maisons se fermaient, se recroquevillaient sur elles-mêmes pour oublier la nouvelle menace. Je trouvai Maurice à la poste, assis, l'air grave, les coudes sur la table. Je posai le courrier de la journée et me dirigeai vers la sortie quand il me fit signe :

— Montons chez moi ! dit-il à voix basse.

Après avoir fermé la porte de la chambre où sa femme se reposait, il alla chercher une bouteille de vin, la posa sur la table et me pria de m'asseoir :

— Voilà où nous en sommes ! dit-il. Il n'y a plus de vrais soldats en France. Et ces résistants, ils vont nous mener à quoi ?

Nous savions depuis le début que des hommes courageux s'étaient joints aux réfugiés dès l'armistice signé par Pétain ou s'étaient engagés aux côtés du général de Gaulle. « La France a perdu une bataille, pas la guerre... » Cette phrase, nous ne cessions de la répéter, mais nous laissions le travail aux autres. A Brive, Edmond Michelet avait eu le courage, dès les premiers jours, d'appeler ouvertement à la résistance. A Ussel, le docteur Belcourt, Jean Sirieix et bien d'autres s'étaient lancés dans la bataille. Ils distribuaient des journaux interdits, aidaient les résistants de la zone occupée, leur procuraient de faux papiers, constituaient des stocks d'armes, de matériel, facilitaient les passages en Angleterre ou en Algérie... Maurice et moi avions pour eux une grande admiration, mais il avait dix ans de trop et mon bras gauche manquait... Ce soir-là, tandis que le bruit d'un convoi militaire arrivait de la route départementale, ces deux arguments destinés à préserver notre quiétude et à éteindre nos remords étaient vides de sens.

Dans les actions contre l'envahisseur, les employés de la S.N.C.F. jouaient souvent un rôle décisif. Ils transportaient du matériel, des passagers clandestins, des munitions. Des cheminots s'étaient distingués par leur courage, tel Léon Bronchard, ce mécanicien de Brive qui refusa de conduire un train rempli d'internés politiques.

Maurice buvait son vin du bout des lèvres. Il baissait les yeux sur la nappe, comme s'il n'osait pas me regarder en face. Son crâne chauve luisait sous la lampe. Ses épaules grêles, son cou maigre donnaient une impression de fragilité :

— Recevoir des leçons des cheminots... murmura-t-il entre ses dents. C'est le comble pour nous, les postiers !

C'était seulement le comble pour nous deux qui en étions restés aux paroles et aux fanfaronnades. Des postiers résistants, il y en avait et d'aussi courageux que les cheminots. L'engagement dans la clandestinité n'était pas une question de corporation, mais de conscience, et nous nous savions lâches, ce soir-là, raison pour laquelle je n'arrivais pas à me lever de cette chaise et que Maurice buvait beaucoup plus de vin que sa frêle constitution ne pouvait le supporter. Un peu de rouge colorait ses joues.

Ses excès de langage devenaient grandioses. Il se sentait capable de rassembler une armée entière de facteurs qui rendraient à la France son honneur perdu :

— Les cheminots, c'est vrai, conduisent les trains. Mais les facteurs, Antonin, les facteurs apportent les nouvelles !

Je rentrai à la maison où Hélène, Irène et Lucien m'attendaient pour le dîner. Nous étions tristes. L'arrivée des troupes allemandes changeait complètement le visage de la guerre. Lucien allait sur ses quinze ans et en paraissait dix-huit. La barbe lui avait poussé et les gens s'étonnaient d'une aussi grande précocité. Quand il me regarda au moment où je poussai la porte d'entrée, j'eus l'impression de voir dans ses yeux comme un reproche. Une boule de colère monta en moi, le vin bu chez Maurice n'y était pas étranger :

— Et mon bras, tu crois que je l'ai perdu en jouant à la belote ?

Il s'étonna de ma réaction. En fait, c'était contre moi que je m'emportais. Hélène posa la soupière sur la table. Lucien parla des Rivières-Hautes. Il avait de grands projets pour le domaine : il voulait planter des pommiers dans certaines parcelles trop pauvres pour le blé, adapter de nouvelles variétés de châtaignes peu cloisonnées et convenant mieux aux industries modernes. Je le laissais parler sans vraiment l'écouter. Personne ne dit le moindre mot sur la guerre. Elle nous préoccupait beaucoup trop pour ne pas tenter de l'oublier.

Le lendemain, Maurice avait les yeux rouges et le visage défait :

— Voilà, dit-il entre ses dents, c'est décidé : je vais proposer mes services aux maquis parce que, sans facteur, comment veux-tu qu'ils gagnent ?

— On sera deux ! dis-je, sans mesurer la portée de cet engagement.

Et par mesure de précaution, Maurice enleva la photo du général de Gaulle.

# 25

En apprenant ma décision, Hélène se mit en colère :

— Qu'est-ce que tu vas faire là-dedans ? Tu es trop vieux et handicapé. Nous sommes bien tranquilles comme ça, alors pourquoi chercher plus loin ?

Je finis par lui faire admettre que c'était une lâcheté de rester en dehors pendant que d'autres donnaient leur vie pour notre liberté. Ses yeux se mouillèrent :

— Tu as déjà donné un bras et quatre ans de ta vie. Tu ne crois pas que ça suffit ?

Elle partit dans la cuisine, puis revint quelques instants plus tard :

— Pardonne-moi. Je ne pensais qu'à moi !

Merveilleuse Hélène qui, encore une fois, se rangeait de mon côté... Maurice avait raison : les maquis avaient besoin de facteurs. Des groupes clandestins s'étaient formés. Des chefs mystérieux donnaient leurs ordres, souvent codés, et nous fûmes de parfaits agents de liaison. Les informations montaient de Tulle et Brive, parfois avec les sacs postaux, le préposé qui conduisait le camion étant des nôtres, et nous les acheminions au nez et à la barbe des gendarmes et surtout des Allemands qui ne se sentaient pas en sécurité dans nos collines escarpées où les embuscades étaient faciles. Aussi passaient-ils rapidement, par groupes importants. Leur arrivée était signalée longtemps à l'avance et ils ne trouvaient que des gens occupés à leur besogne. Les maquis avaient fui dans les bois profonds sur les pentes de la Solane où ils avaient aménagé une grotte dont l'entrée était naturellement cachée par un énorme rocher. Ils ne furent pas inquiétés pendant presque deux ans.

A la poste, le travail routinier continuait. Le courrier trié, les deux facteurs, Maurice et moi, partaient faire leur tournée, lui en vélo, moi à pied. Le risque m'apportait un agrément supplémentaire. A côté de ma fonction officielle, les lettres que je distribuais de maison en maison en racontant les dernières nouvelles, les petits verres de vin indispensables à l'amitié, il y avait tout le reste dont je ne parlais à personne, même pas à Hélène. Les plis pour les maquis n'étaient pas rangés dans mon sac, mais glissés sous ma chemise, vaine précaution car, si les Allemands m'avaient pris, ils n'auraient pas manqué de me fouiller et de les découvrir. Pourtant, je ne me faisais pas de bile : j'avais la certitude qu'il ne m'arriverait rien, que mon destin n'était pas de mourir dans une guerre. Et puis, en accomplissant cette tâche que je croyais salutaire pour mon pays, il me semblait que je portais le destin du monde, J'en ressentais des bouffées de joie et d'orgueil, c'était une revanche sur la mort que j'avais portée si souvent. Pourtant, la dame en noir armée de sa faux ne m'oubliait pas...

Un matin, je fus étonné de trouver dans le courrier une lettre qui m'était adressée. Sur l'enveloppe blanche, l'adresse était d'une écriture appuyée, en dents de scie et irrégulière. Dans un coin, en rouge, le mot « personnelle » m'intrigua.

— C'est pour toi ! dit Maurice sans lever les yeux de sa pile.

Je pris le pli avec appréhension. Qui pouvait m'écrire « personnellement » ? Mes chefs de Saint-Marcel ? Certainement pas, ils seraient passés par la voie hiérarchique et auraient averti Maurice Legal. Je frissonnai : un pressentiment m'agitait. Je ne sais pourquoi, je pensai à la lettre de rupture de Marie que j'avais remise à mon ami Lucien.

Je l'ouvris les doigts tremblants. L'écriture était la même que sur l'enveloppe, une écriture que je reconnus enfin.

*Cher Antonin,*

*Si je t'écris, c'est que je ne sais pas à qui m'adresser.*

*Voilà bien longtemps que je n'ai pas remis les pieds au pays et je me fais du souci pour mes chers parents. Que sont-ils devenus ? Je voudrais tant les revoir, revoir mes sœurs qui sont grandes maintenant, te revoir toi avec ton képi de facteur.*

*Je suis presque une vieille femme, maintenant, et le beau temps est fini. Comme je regrette le passé. Tu ne peux pas savoir à quel point il me pèse. J'ai essayé de faire ma vie ailleurs, d'oublier. Et je n'ai pas pu.*

*Toi seul peux m'aider. Tu étais l'ami de Lucien et je sais que tu m'en as beaucoup voulu. Je suis à Brive. Viens, tu me donneras des nouvelles des miens car j'ai tant besoin de revoir tout le monde et le bistrot où je suis née. Je te laisse mon adresse : Hotel du Midi, route de Cahors, Brive. Viens vite, je t'attends.*

*Marie Lescure*

Je levai les yeux vers la fenêtre. Le jour se levait sur la place de l'église et réveillait une multitude d'oiseaux dans les marronniers. La feuille tremblait entre mes doigts.

— Alors, Antonin, tu viens de recevoir une mauvaise nouvelle ? me demanda Maurice.

— Non, non. Ça va.

Je pliai la lettre et la glissai dans ma poche. Je la relirais tout à l'heure dans un chemin, ou assis près de la croix du Chemin perdu... Marie. Ce nom ne cessait de tourner en moi. Je revoyais une fille minuscule au bras de Lucien, une fille avec un œil plus grand que l'autre, des lèvres fines. Je ne la trouvais pas belle... Voilà qu'elle était à Brive et voulait me voir ! La dernière image que je conservais de mon ami pendu à la poutre maîtresse de la charpente, la langue violette, énorme, les yeux exorbités, remplissait mes pensées. Je partis faire ma tournée sans passer à la maison. Hélène m'appela devant la porte et me dit avec douceur :

— Fais bien attention à toi ! Je tremblerai jusqu'à ton retour.

Elle croyait que mon trouble était dû à quelque courrier important que je portais aux maquis. Je la rassurai et m'éloignai. Je ne pus attendre d'arriver au

Chemin perdu pour relire la lettre de Marie qui pesait dans ma poche plus que tout le sac postal. C'était la même écriture qu'autrefois, peut-être plus pointue, moins naïve. Que faire ? Prendre une journée de congé et descendre à Brive ou bien passer à Merpillat dès cet après-midi pour donner des nouvelles à Albert et Alice Lescure ? Tous deux avaient vieilli prématurément à la suite de la visite de Marie avec son gigolo. Les rumeurs allaient bon train sur cette fille qui « faisait la vie » à Paris et Albert supportait difficilement les regards pleins de sous-entendus qui se posaient sur lui. Avec les années, il était devenu mon ami. Ses cheveux étaient gris, l'âge l'avait légèrement voûté sans lui enlever cette impression de force que donnaient ses épaules. Bon maçon, il travaillait dur, malgré l'immense plaie toujours béante que le départ de Marie avait ouverte en lui. Alice aussi s'était ridée. Elle parlait peu, s'occupait de ses petits-enfants avec beaucoup d'attention et servait les gens qui venaient au bistrot. Moi, je savais qu'elle ne cessait de penser à cette aînée qui, après avoir détruit la famille Guilhoux, détruisait ses parents.

Albert et Alice n'attendaient qu'une chose : la revoir ou, du moins, avoir de ses nouvelles. En vingt années, ils n'avaient pas reçu la moindre lettre, rien, et ils redoutaient que Marie soit morte. Un soir qu'il avait un peu bu, Albert m'avait dit : « Tu vois, on t'en enlève un, c'est comme si on te les enlevait tous ! » J'avais dans ma poche l'espoir retrouvé, le sourire et la joie pour ces deux vieux. Au temps de mon ami Lucien, je n'aurais pas compris tout cela, mais depuis, devenu père à mon tour, je sais qu'on nourrit toujours le même sentiment pour son enfant, même s'il est le pire des criminels.

Pour une fois que j'étais le facteur de l'espoir, je n'allais pas me priver de voir la joie éclairer deux visages fermés depuis si longtemps. Arrivé au Terrioux, je m'arrêtai chez mon beau-père qui, avec l'âge, était devenu hargneux et se disputait continuellement avec ses voisins. Je mangeai rapidement et partis à Merpillat. Le ciel s'était dégagé et de gros nuages blancs, hauts comme des châteaux forts, voguaient lentement entre les collines. Dans les prairies nouvelles, les grillons chantaient et leur bruit métallique remplissait tout l'espace.

J'arrivai à Merpillat vers trois heures. Il faisait chaud et ma veste pesait sur mes épaules. Albert, qui était dans son potager, m'aperçut et me rejoignit après avoir tapé ses galoches sur le paillasson de l'entrée. De profondes rides entaillaient son visage ; sa moustache blanche couvrait ses lèvres fines. Il passa derrière le comptoir et me servit un verre de vin. J'étais grave, il s'en aperçut :

— Quelque chose qui va pas ? Avec cette guerre, il faut s'attendre à tout !

Sans un mot, je sortis la lettre. Il fronça les sourcils, recula pour ajuster son regard et, à mesure qu'il lisait, son visage changeait. La peau des joues semblait se tendre, son front devenait lumineux. Sans lever les yeux, il cria :

— Alice, nom de Dieu, viens vite !

La femme arriva en s'essuyant les mains à son tablier. Un enfant se mit à crier dans la pièce voisine. Sans un mot, Albert tendit la lettre à Alice.

— J'ai pas mes lunettes ! dit-elle. J'y vois rien que du gribouillis qui tremble.

— Va les chercher !

Elle disparut et revint avec ses lunettes qui donnaient à son visage une expression grave, presque virile.

Quand elle eut lu, elle s'accouda au comptoir, la respiration rapide. L'enfant criait toujours dans la pièce voisine. Une voix de jeune femme le fit taire.

— Bon Dieu ! dit Alice. Comme si on s'y attendait ! Pour un coup, c'est un coup !

J'étais heureux d'avoir apporté autant de joie. J'étais loin de m'imaginer que le destin jouait une fois de plus, qu'il se servait de moi pour préparer une nouvelle catastrophe.

— Bon, dit Albert, ça fait vingt ans qu'on l'attend, notre petite. On va pas attendre huit jours de plus. Antonin, tu vas me rendre un grand service. Demain, tu vas venir avec moi à Brive. On la ramènera voir sa mère, ses sœurs et tous ses neveux. Le passé est oublié. Bon Dieu, comme je suis content ! Tiens, reprends un verre !

Je ne dis rien de tout cela à Hélène. Je lui dis que j'étais convoqué au bureau principal à Saint-Marcel le lendemain et que je ne rentrerais que le soir. Comme elle me connaissait trop bien pour croire mes mensonges, je vis dans son visage qu'elle n'était pas dupe. Elle se contenta de me dire :

— Surtout fais bien attention à toi ! Pour nous, c'est le plus important !

Le lendemain je partis de bonne heure à Merpillat. Je trouvai Albert et Alice qui n'avaient pas dormi de la nuit. Ils étaient tellement énervés qu'ils allaient dans tous les sens sans savoir ce qu'ils cherchaient. Alice ne cessait de répéter :

— Dis-lui surtout que si elle a besoin de quelque chose... Et que tout le monde l'attend ici.

Le jour se levait sur l'horizon noir. Albert remplit le réservoir de sa camionnette et s'installa au volant. Ses doigts tremblaient en tirant sur le démarreur.

— Vaut mieux qu'on y soit de bonne heure. Faudrait pas qu'elle soit partie se promener et qu'on la trouve pas !

Nous rejoignîmes la route de Tulle. J'avais un vague pressentiment. Pourquoi Marie m'avait-elle écrit à moi et non à ses parents. Je me disais que j'avais peut-être eu tort d'en parler à Albert. Sa joie mêlée d'angoisse dissipa vite mon appréhension :

— Je vais lui dire qu'elle peut monter avec son bonhomme, même si ces gens de la ville me plaisent pas. Je lui dirai rien que des gentillesses. On fermera le bistrot pour parler plus tranquillement !

Nous traversâmes Tulle où les marchands s'installaient au marché sans se préoccuper des groupes de soldats allemands à tous les carrefours. Sur la route de Brive, un convoi de camions militaires nous obligea à rouler au pas. Albert frappait le volant du poing.

— Regarde-les ! Ils vont nous la faire manquer ! Si ça se trouve, je vais pas la reconnaître ! En vingt ans, on change !

Le soleil baignait Brive d'une douce lumière. Nous arrivions aux derniers tournants avant de plonger dans la vallée et la ville tout entière nous apparaissait avec ses murs blancs, ses toits, sa fumée dans l'air pur. Le convoi nous ralentissait toujours et Albert ne cessait de marmonner entre ses dents. Les rues étaient encombrées de voitures et de soldats qui demandaient leurs papiers aux passants. Nous traversâmes la ville sans difficulté et arrivâmes enfin sur la route de Cahors où devait se trouver l'hôtel du Midi. Il était neuf heures quand la camionnette s'arrêta devant un bâtiment ancien à plusieurs étages. D'autres voitures étaient garées dans la cour, des tractions, et des véhicules militaires allemands. Albert fronça les sourcils :

— Qu'est-ce qu'elle fait là, au milieu de ces Allemands ! Elle pouvait pas trouver un autre hôtel !

— Il a dû être réquisitionné !

Nous entrâmes. Dans le hall, il y avait un portemanteau avec des képis d'officiers allemands. Un homme installé à un bureau nous demanda ce que nous cherchions.

— Je voudrais voir Mlle Marie Lescure, dis-je d'une voix altérée. C'est de la part d'Antonin Chèze. Elle me connaît.

— Un instant !

Il décrocha son téléphone et parla en allemand. Ce détail fit froncer les sourcils à Albert. J'avais une pierre dans l'estomac. Quelques minutes passèrent qui me durèrent une éternité. Je n'osais pas regarder Albert dont le visage s'était fermé. Il respirait rapidement, les mains dans les poches. Par moments, sa poitrine était secouée de tremblements.

Un pas rapide, la porte vitrée s'ouvrit et Marie apparut. J'eus de la peine à la reconnaître : elle était extrêmement fardée ; ses cheveux teints en blond étaient frisés à la mode ; un rouge à lèvres vif, les yeux cernés de noir lui donnaient l'aspect d'un mannequin. Elle me sourit et, voyant son père, eut un geste de recul. Elle resta un moment sans bouger, puis s'approcha :

— Je t'avais dit de venir seul ! dit-elle.

Elle m'embrassa puis se dirigea vers son père. Albert ouvrait de grands yeux. Sa moustache bougeait, mais aucun son ne sortait de sa bouche. Il ne tremblait plus, il était transformé en statue. Enfin, il dit d'une voix rauque :

— Marie, on t'attendait.

Un bruit de bottes dans le couloir. Un officier allemand ouvrit la porte. C'était un bel homme d'une quarantaine d'années, svelte, très droit. Il dit dans un français teinté d'un fort accent germanique :

— Marie, ma chérie, nous t'attendons !

Puis se tournant vers nous :

— Excusez-moi ! Ma chérie, veux-tu me présenter ces messieurs ?

— Antonin Chèze, dit-elle avec cet aplomb qu'elle n'avait pas perdu, puis désignant Albert : mon père.

— Enchanté, messieurs ! dit l'officier. Entrez donc, vous allez prendre quelque chose !

— Ce n'est pas la peine ! dit Albert de cette même voix rauque, on ne veut pas vous déranger.

Il sortit le premier sans rien ajouter. Marie s'approcha de moi :

— Je t'avais dit de venir seul. Tu comprends pourquoi, maintenant ! Dis-lui que quand tout ça sera fini, je reviendrai...

Je sortis. Le soleil illuminait la façade de l'hôtel où une treille dépliait ses jeunes feuilles. Albert était dans la camionnette. Son visage dur n'exprimait rien. Il démarra, fit demi-tour et me dit :

— Attendre vingt ans pour voir ça ! Ma fille avec des Allemands !

Je ne répondis pas. Nous traversâmes Brive dans l'autre sens. Dans la descente de Souillac, Albert s'arrêta. Il laissa tomber sa tête sur le volant. Des larmes roulaient sur ses joues. Je tentai de le réconforter :

— Elle m'a dit qu'elle reviendrait quand la guerre serait finie. Je te jure qu'elle me l'a dit !

— Ma fille avec des Allemands ! répétait Albert. Avoir vécu si longtemps pour voir ça !

Nous n'échangeâmes plus une seule parole de tout le voyage. En arrivant à Merpillat, Alice nous attendait sur le pas de la porte. Quand elle vit le visage fermé de son mari, elle m'interrogea du regard. Albert claqua la portière et, passant devant sa femme, dit d'une voix sèche :

— Nous n'avons plus de fille.

Sans rien ajouter, il chargea des sacs de ciment dans sa camionnette et partit. J'expliquai ce qui s'était passé à Alice.

— Cette Marie ! dit-elle en soupirant, elle n'a jamais rien fait comme les autres !

— Albert s'est monté la tête ! Il faut pas se fier à ce qu'on a vu ! Elle a dit qu'elle reviendrait après la guerre !

— Si la guerre finit un jour ! soupira Alice.

Je rentrai à Lignac, la tête lourde, l'estomac à l'envers. J'avais conscience d'avoir, une fois de plus, été l'envoyé du malheur. Je regrettai amèrement de ne pas avoir écouté Marie. Je me dis que le lendemain matin, qui était un dimanche, je me ferais conduire à Brive par mon frère pour parler plus longuement avec elle. Cette décision me remit un peu de cœur au ventre.

Le lendemain, je m'apprêtais à monter aux Rivières-Hautes quand Alice arriva en vélo. Elle avait noué un foulard autour de ses cheveux qui s'en échappaient en mèches libres. Elle descendit de sa machine, essoufflée :

— Albert a pris son fusil et il est parti avec la voiture ! J'ai peur qu'il fasse une bêtise !

— Il a dit où il allait ?

— Il a seulement dit qu'il allait tuer tout le monde. J'ai pas pu le retenir. Antonin, faut faire quelque chose !

Elle pleurait. Hélène était sortie et rangea le vélo contre le mur de la poste. Elle fit entrer Alice et lui prépara un bol de café. Je partis aux Rivières-Hautes et demandai à mon frère de me conduire à Brive. Il n'était pas encore jour, on serait revenus pour sa permanence à la mairie.

— Tu connais le père Lescure. Il est capable de tout sur un coup de colère !

Quand nous arrivâmes à l'hôtel, un cordon de soldats nous empêcha de nous garer dans la cour. La camionnette d'Albert était entourée d'officiers qui parlaient entre eux. Des badauds s'étaient rassemblés au bord de la route. Il y avait un grand remue-ménage à l'intérieur de l'hôtel allumé du haut en bas. Enfin, des hommes sortirent en criant des ordres en allemand. Je vis Albert et Marie poussés sans ménagement vers l'escalier. Albert baissait la tête, mais Marie, qui n'était pas fardée et avait retrouvé son visage d'avant, parcourut la foule des yeux. Son regard s'arrêta sur moi et je n'eus pas la force de le soutenir. Elle avait dû se ranger du côté de son père et s'apprêtait à subir le même sort. J'avais mal partout.

Les soldats poussèrent Marie et Albert dans un fourgon qui démarra et partit en direction de Brive. On ne les revit plus jamais. Aujourd'hui encore, je ressens la brûlure profonde que cet événement a laissée en moi. J'étais responsable de quoi, au juste ? D'avoir voulu donner un peu de joie à deux vieux. Une fois de plus, le destin s'était joué de moi.

# 26

Avec le temps, les groupes du maquis s'étoffèrent et accueillirent des étrangers au pays qui, au nom de la guérilla, se croyaient tout permis. Les têtes brûlées profitaient de la situation pour commettre les pires excès. Ils se servaient dans les fermes ou les commerces, le revolver à la main. Malgré cela, les soldats de l'ombre étaient protégés par les villageois. Lorsque mon frère cuisait le pain aux Rivières-Hautes, il gardait toujours trois tourtes pour les six maquisards, qui, de temps en temps, venaient donner un coup de main.

La résistance à l'occupant était l'affaire de tout le monde. Il y avait aussi ceux qui s'étaient rangés du côté de l'ennemi, des acharnés de l'ordre, pour moi, des traîtres qui faisaient passer leurs affaires avant le sentiment national. La guerre servait les haines et les rivalités. On tuait sans jugement, aussi bien d'un côté que de l'autre. Les Allemands arrivaient, emmenaient l'homme qui avait été dénoncé et personne ne le revoyait. Les maquis étaient aussi expéditifs : ils abattirent, au Terrioux, Pierre Mierrit dans son lit. C'était un jeune homme turbulent qui parlait beaucoup. Son crime avait été, après avoir trop bu, de dire que sur les dix maquisards qui se cachaient dans les bois du Terrioux, deux étaient des repris de justice. Cette vérité ne plut pas aux intéressés qui se salirent les mains d'un crime au nom de la France.

A côté de ces tristes règlements de comptes, il y eut beaucoup d'actes de bravoure ; les Allemands, sans cesse harcelés par des poignées d'hommes extrêmement mobiles, surestimaient les forces de la Résistance et s'aventuraient rarement en dehors des axes routiers.

Notre action, à Maurice et moi, commençait le matin, dans la poste soigneusement fermée. Nous inspections le courrier, les plis à partir et ceux qui arrivaient. Nous ouvrions tout ce qui nous semblait suspect. Les scrupules qui m'avaient tant fait hésiter avant d'ouvrir la lettre du ministère des Armées adressée à Baptiste Ruaud étaient bien oubliés. Maurice disait que la Résistance nous relevait de notre serment qui ne reprendrait effet qu'une fois l'ennemi vaincu.

Il y avait, parfois, des dénonciations anonymes. Je découvris, stupéfait, que les Lignacois n'étaient pas meilleurs que les autres. M. de Grivelle entretenait une correspondance d'affaires avec un certain Louis Leblanc, gérant de biens à Saint-Marcel et soupçonné d'être un indicateur de la Gestapo. Nous n'avions jamais trouvé le moindre indice pouvant accuser notre châtelain dans ses fréquents courriers, mais nous savions que, comme nous, nos ennemis utilisaient un langage codé et il se pouvait bien que, sous ces comptes, ces ordres de vente et d'achat se cache quelque chose de plus important.

Maurice et moi étions devenus de véritables amis. La Résistance était sa raison de vivre. Enfin, il l'avait sa guerre et comme il se sentait débordant d'héroïsme, il partait souvent, les nuits, à vélo, poursuivre la lutte sur le terrain. Ces sorties nocturnes lui avaient donné des couleurs. Il était toujours aussi maigre, mais sous les lunettes rondes, ses yeux brillaient d'un éclat nouveau.

Tout se passa bien jusqu'au 17 février 1944. Ce soir-là, je rentrais à Lignac quand, à la hauteur du cimetière, j'entendis des éclats de voix et des aboiements. Après le bistrot, je vis deux voitures noires stationnées près de la poste. Hélène m'attendait à la porte de notre maison. Je la questionnai des yeux. Elle me murmura : « N'y va pas ! » Je ne l'écoutai pas, et me dirigeai vers la poste où je devais, comme tous les soirs, poser les lettres à partir le lendemain matin. Deux Allemands et deux civils français se tenaient debout dans la minuscule pièce.

Maurice Legal était assis à sa place habituelle, les menottes aux poignets. Il me lança un regard résigné. Un des civils, un Français à la voix rauque dont le visage était caché dans l'ombre de son chapeau, dit :

— Monsieur Legal, vous ne voulez rien dire. Eh bien Monsieur, tant pis pour vous ! On saura vous faire parler !

— Je n'ai rien à dire ! s'écria Maurice avec une voix sûre que je ne connaissais pas à cet homme frêle et doux.

— Le lieutenant David du réseau Abeille, c'est vous ! Nous sommes bien renseignés. Vous avez été dénoncé par un de vos proches ! Avouez...

— Je n'ai rien à vous dire !

Maurice, le lieutenant David dont je portais souvent des ordres codés aux maquis du haut de la commune ! Non, ce n'était pas possible. Maurice paraissait si faible, si timide. Lui qui baissait les yeux devant un enfant, un chef de la Résistance !

Le deuxième homme en civil, un blond au sourire gracieux, m'aperçut et s'écria :

— Tiens, tiens, voilà le deuxième facteur...

Je voulus prendre la défense de Maurice qui me fit signe de me taire. Son regard marquait une farouche détermination.

— Vous allez nous suivre ! dit le gros Allemand à Maurice.

— Il faut que je parle à mon collègue pour le service de demain matin !

— Faites-le devant nous...

— Bon ! dit Maurice. Antonin, tu seras seul pour trier le courrier. Je vais laisser la clef sur la porte. Fais ce que tu peux de la tournée du bas en attendant mon remplaçant puisqu'ils ne vont pas me lâcher de sitôt. Ce sera pas un gars du pays. Tu lui mettras les lettres dans l'ordre des maisons. Et puis, occupe-toi de Marguerite.

L'officier allemand eut un mouvement d'impatience. Maurice se leva lentement. Sous la lampe son crâne luisait, clair comme un œuf. Son nez un peu long augmentait la maigreur de ses joues. Ses lunettes rondes avaient glissé et il regardait par-dessus. Il ne tremblait pas.

Marguerite Legal fit tout à coup irruption dans cette

pièce déjà trop petite. Elle était en robe de chambre, pâle, les cheveux défaits. Cette perpétuelle malade arriva comme une furie. Elle se précipita sur l'homme au chapeau :

— Vous en faites un beau travail ! Vous pouvez être fier de vous ! On vous paie pour être un traître, pour vendre vos compatriotes !

Elle le martelait de ses petits poings secs. Les Allemands riaient :

— Lilasse, elle est amoureuse de vous ! dit l'un d'eux.

Marguerite fut repoussée rudement. Elle buta contre la table et revint à la charge :

— Et vous osez emmener Maurice. Lui qui n'a jamais fait de mal à une mouche !

— Assez de ces bavardages de femelle ! fit l'Allemand en ouvrant la porte. On s'en va.

Ils poussèrent le prisonnier dehors. La nuit était froide. Le vent du nord coulait au-dessus des marronniers de la place. A l'intérieur de la poste, Marguerite hurlait comme une bête que l'on égorge. Quand il arriva à la voiture noire, Maurice regarda autour de lui. Il savait ce qui l'attendait et qu'il ne reverrait pas Lignac où il avait passé plus de trente ans. Ses yeux s'attardaient sur chaque maison, le bistrot, la quincaillerie éteinte à cette heure, le clocher qui se plantait dans le ciel encore clair. Et tandis que les civils montaient dans la voiture, il cria d'une voix puissante qui traversa la nuit comme une bombe :

— Vive la France libre !

Il venait de signer son arrêt de mort. Il fut poussé sans ménagement sur la banquette arrière. Les deux voitures partirent dans la descente. Il fallait agir vite si je voulais essayer de le sauver. Les maquis d'en haut disposaient d'une voiture cachée au moulin de la Gane. Lucien avait déjà enfourché son vélo et pédalait dans la côte du Verdiet. Hélène était avec Marguerite et tentait de lui redonner un peu d'espoir. Je partis à pied au-devant de la voiture qui arriva pleins gaz, conduite par Francis Rigout, le dernier fils de Françoise, et Jules Rigout, du Verdiet, résistant de la première heure. Lucien était à côté de lui, et tenait un fusil-mitrailleur sur ses genoux.

Je montai à l'arrière où se trouvaient deux hommes que je ne connaissais pas. La voiture repartit. A la manière dont mon fils parlait et maniait le fusil, je compris qu'il ne m'avait pas tout dit et que ses nombreuses visites à Francis Rigout avaient d'autres raisons que de parler de bals et de filles. A dix-sept ans, il était entré dans le monde sordide des adultes en devenant un des plus jeunes maquisards de la région. J'aurais dû m'emporter et le renvoyer à la maison et pourtant je ne dis rien. A partir de ce jour-là, nous fûmes complices.

Les gars du bas de la commune avaient été avertis ; une deuxième voiture, tous phares éteints, nous attendait près de Saint-Marcel. Un homme nous fit signe : Maurice gisait sur le bord de la route. Exécution sommaire sous les étoiles lustrées par ce vent du nord qui ne cessait pas depuis trois jours. Que s'était-il passé ? Maurice craignant de parler sous la torture avait-il tenté de s'évader ? Une boule de colère montait en moi. Lucien serrait les dents.

— T'en fais pas, me dit Francis Rigout. On va le leur faire payer !

Je n'avais jamais vu les deux civils qui étaient à la poste, mais je me jurais de les reconnaître et de les retrouver. Les Allemands avaient installé leurs bureaux dans un hôtel à Saint-Marcel. Nous étions tenus au courant de tout ce qu'ils projetaient par deux hommes à nous qui étaient à leur service. La mort de Maurice ne resterait pas impunie, cela, nous l'avions juré devant sa dépouille ensanglantée, pourtant, les événements allaient se précipiter et nous apporter bien d'autres soucis.

Nous chargeâmes le corps et partîmes au pas jusqu'à Lignac où l'on nous attendait dans l'anxiété. En apprenant la mort de son mari, Marguerite, qui avait usé toutes ses forces à pleurer, s'effondra. Hélène lui fit boire un peu d'alcool et elle se reprit. Le regard fixe, les yeux secs, elle trouva de l'énergie dans son malheur. Oubliant ses maladies, elle s'occupa de l'inhumation sans la moindre défaillance. Maurice aurait souhaité être enterré à Lignac ; mon frère lui céda une concession au cimetière.

Marguerite devait pourtant quitter la poste. Elle vint habiter chez nous en attendant de trouver quelque chose. Son état de santé s'était amélioré. Maurice avait quelques économies et elle put acheter une petite maison qui se trouvait en contrebas de l'église.

Le remplaçant de Maurice vint trois jours plus tard. C'était un homme d'une quarantaine d'années, nommé par l'administration des postes ; il connaissait le travail et me sembla d'emblée sympathique, pourtant, je devais m'en méfier.

Ma position de facteur me permettait de surprendre les moindres détails des agissements de chacun. Deux semaines plus tard, je retrouvai l'homme au chapeau que l'Allemand avait appelé Lilasse chez M. de Grivelle. Il avait garé sa voiture à l'entrée du parc du château. Quand je lui apportai son courrier, M. de Grivelle parut embarrassé et fut avec moi d'une grande amabilité. Savait-il que j'étais dans la Résistance ? Lilasse me dévisagea et je soutins son regard par défi.

Je partis sans rien dire. Je n'étais pas à la première maison du Verdiet que la voiture me dépassa et tourna vers Saint-Marcel. C'était trop tard pour cueillir notre homme. Je pris alors la décision de ne parler à personne de cette rencontre. Certes, je rêvais de venger Maurice et j'en voulais plus à ces miliciens français qui avaient renié leur pays qu'aux Allemands, j'avais aussi envie de régler mes comptes avec de Grivelle que mes amis, beaucoup plus radicaux que moi, souhaitaient fusiller sans autre forme de procès, mais je pensais que c'était ajouter un drame inutile à une série déjà longue. Jusqu'à présent, le vicomte n'avait vendu personne. Il connaissait l'existence des deux groupes de maquis dans la commune de Lignac et aurait pu les faire prendre depuis longtemps. Il déclarait à qui voulait l'entendre :

— Moi la guerre, j'y comprends rien. Je fais des affaires, c'est tout !

Avec Olivier Personne, le nouveau receveur (il disait toujours avec ce sourire gracieux auquel il était difficile de ne pas céder : « Je ne suis pas là, puisque je suis Personne ! »), la surveillance du courrier demandait des précautions. Celui du bas de la commune m'échappait totalement et les lettres de M. de Grivelle se firent rares (la présence de Lilasse chez lui n'y était certainement pas étrangère). Chaque soir, je m'arrêtais au Verdiet, chez les Rigout, et là, avec Francis, et parfois Lucien, nous ouvrions tout ce qui nous semblait suspect, mais la récolte était maigre : les gens avaient appris à se méfier. Il fallait si peu de chose pour envoyer quelqu'un en Allemagne ou au cimetière.

Les ordres des chefs de Saint-Marcel arrivaient avec le sac postal. Le chauffeur du fourgon était des nôtres et me donnait des indications soit verbales que je devais rapporter aux groupes du maquis, soit par écrit et nous nous arrangions pour que Personne ne s'aperçoive de rien. Encore une fois, la poste montrait qu'elle était le moyen le plus sûr et le plus secret pour acheminer des informations. Les communications par radio et par téléphone étaient toujours interceptées. Plans d'attaque, rendez-vous, annonces de parachutages suivaient le chemin normal du courrier. Certaines lettres étaient même à l'intérieur du sac, expédiées par les fonctionnaires de la sous-préfecture qui travaillaient pour nous. Elles provenaient généralement des services des Ponts et Chaussées, de la Direction départementale de l'agriculture, et étaient adressées à mon frère, à la mairie. C'était par goût du défi, mais aussi parce qu'il ne serait jamais venu à l'esprit des Allemands de se méfier des lettres à l'en-tête de leur propre administration. J'étais chargé de la réception. Pour faire le tri entre le faux et le véritable courrier de la mairie, je dus faire admettre à Personne qu'il fallait me le confier pour l'apporter aux Rivières-Hautes plutôt que de le laisser attendre une semaine sur la table de la mairie puisque Alfonse ne venait que le dimanche matin.

Un jour, il m'arriva une aventure à laquelle je n'ai toujours rien compris. Après Roumillac-la-Montagne, je pris le chemin de traverse pour me rendre à une vieille grange qui servait de boîte aux lettres avec les résistants. Je n'avais pas un grand détour à faire et l'endroit était suffisamment caché dans la forêt pour échapper aux regards indiscrets. Lorsque j'arrivai, je trouvai la porte entrebâillée. Je poussai sans me méfier le lourd battant de bois gris. Devant moi, deux Allemands (les mêmes qui avaient assassiné Maurice Legal) pointaient leurs revolvers. L'un était gros, le visage rouge, l'autre maigre et strict, le regard bleu et froid comme un ciel d'hiver.

— M. Antonin Chèze, me dit le gros de sa voix claire avec un fort accent. On vous a vu venir ici très souvent... Lieu de rencontre avec les terroristes, n'est-ce pas ?

Mes pensées se bousculaient dans ma tête. Il me fallait trouver quelque chose de vraisemblable, sinon, je risquais de subir le sort de Maurice. Les Allemands de Saint-Marcel n'étaient pas réputés pour leur clémence et préféraient supprimer un innocent que laisser en vie un résistant.

— Alors, on ne répond pas ? Rendez-vous avec les terroristes ? On va les attendre avec vous !

Une idée, il me fallait trouver une idée et j'avais la tête complètement vide.

Tout à coup, j'entendis un bruit de pas rapides. Je me tournai. C'était Josepha qui avait laissé ses moutons dans le chemin. Ses yeux allaient des Allemands à moi. Elle s'approcha de l'homme qui braquait son revolver sur moi :

— Je vous en prie, ne répétez rien à personne ! dit-elle d'une voix qui n'était pas sa voix habituelle. Je suis une honnête femme !

Le visage du gros officier s'éclaira d'un sourire coquin :

— Ah ! rendez-vous galant ! Je vois...

— Faut pas que ça se sache ! dit Josepha en baissant les yeux, comme honteuse.

— Le facteur est un gros malin ! reprit l'Allemand en me regardant. Comme celui de la chanson !

De quelle chanson voulait-il parler ? Cela n'avait pas une grande importance. Josepha m'avait fait gagner un temps précieux. Vite, je devais inventer quelque chose.

— Un rendez-vous galant dans cette grange ! répéta lourdement le gros homme. Je ne dirai rien ! Le facteur est un malin comme dans la chanson !

Il fit un signe à son acolyte et ils s'éloignèrent en riant.

Leurs motos étaient cachées en retrait contre un châtaignier. J'aurais dû les voir de la route. Je m'en voulais de mon manque de précautions.

Le bruit des moteurs deux temps s'éloigna. Josepha était toujours en face de moi. J'étais persuadé que les Allemands n'avaient pas cru au rendez-vous galant. La soupçonnaient-ils d'être un agent de liaison et voulaient-ils la faire surveiller pour démanteler ce réseau qu'ils croyaient important ? Je ne l'ai jamais su.

Josepha me regardait, grave. Moi, je mesurais la chance inouïe que j'avais eue. Une douce chaleur me montait dans la poitrine. Josepha s'approcha de moi, si près que j'en fus troublé :

— Antonin, j'ai bien du souci...

Ses yeux étaient pleins de larmes. Un sanglot lui souleva la poitrine. Elle se mit à pleurer ; sa tête pesait contre mon épaule :

— C'est pour Jacques... Tu sais qu'il court les bistrots et qu'il parle beaucoup trop...

Le fils de Josepha avait fait quelques mois de service militaire en 1940 et, à la débâcle, comme beaucoup d'autres, était entré chez lui. Emporté, bagarreur, peu intelligent, il ne s'entendait pas avec son grand-père et s'en était allé travailler à Saint-Marcel dans une usine de produits chimiques. Cela n'avait pas duré longtemps. Ce bon à rien était revenu à Roumillac après avoir failli aller en prison à la suite d'une rixe dans un bistrot.

Le silence de la grange était immense. Josepha leva ses yeux mouillés sur moi. A qui d'autre pouvait-elle confier ses angoisses ?

— Il écoute ceux qui lui promettent de l'argent. Au fond c'est pas un mauvais petit... C'est moi qui n'ai pas su l'élever et puis on lui a tout passé...

Ses sanglots redoublèrent. Je pris ses mains froides.

— Tu te fais de la bile pour rien ! C'est pas un si mauvais petit.

Au bout d'un moment, elle s'éloigna, la tête basse. Le temps était gris ; ses moutons faisaient des taches claires dans le sous-bois. Je regagnai la route. Ce soir, j'irais chez Francis Rigout. Il faudrait trouver un autre moyen pour acheminer le courrier qui, pendant quelque temps, ne devrait plus passer par moi.

# 27

Au début de l'année 1944, Lucien passait ses journées aux Rivières-Hautes. Il participait de temps en temps à des actions de sabotage qui se multipliaient à mesure que l'annonce d'un débarquement américain se précisait. Je tremblais pour lui ; Hélène pleurait chaque fois qu'elle le voyait partir, le soir, avec Francis Rigout pour faire sauter quelque pont ou couper une route. Les ordres qui venaient de Saint-Marcel étaient toujours les mêmes : détruire toutes les communications, sauf les grands ponts dont les Alliés pourraient avoir besoin et qui demanderaient trop de temps pour être remis en état. Ces expéditions nocturnes n'étaient pas sans risques.

L'hiver se termina sans événement marquant. Mon handicap m'interdisait de suivre les hommes valides dans leurs sorties nocturnes ; facteur avant tout, j'étais agent de liaison, rôle essentiel à un moment où la coordination des différentes actions devenait vitale. Les miliciens et les équipes d'ouvriers réquisitionnés par l'envahisseur passaient leurs journées à remettre en état des lignes téléphoniques aussitôt coupées. L'instauration du couvre-feu de vingt-deux heures à cinq heures du matin pendant lequel aucun véhicule (pas même les vélos) n'était autorisé à circuler à l'exception des gendarmes en uniforme donnait à mon action toute son importance. Ma parfaite connaissance des collines me permettait de me déplacer de nuit sans aucun éclairage. Ainsi, jamais les maquis de Lignac ne furent isolés du poste de commandement de Saint-Marcel. J'exultais. Malgré les soupirs d'Hélène quand je partais, ces missions me rehaussaient enfin au niveau des autres. Dans l'ombre la plus forte, devenu facteur de la nuit, j'étais aussi agile qu'un chat.

L'arrivée du mois de mars soulagea tout le monde. L'hiver avait été rude et les maquis, continuellement harcelés, ne pouvaient pas rester trop longtemps à la même place. Dispersés la journée, ils se retrouvaient à la nuit tombée pour des opérations ponctuelles de plus en plus importantes. Nos moyens augmentaient : les parachutages de matériel et d'hommes étaient désormais quasi quotidiens. Nous n'étions plus isolés dans nos collines...

Un matin, en sortant de chez moi, je vis deux voitures devant la mairie éclairée. Je pensai aussitôt à mon frère et à Lucien qui devait avoir passé la nuit aux Rivières-Hautes. Le soleil se levait, ocre sur les collines de l'est. Une belle journée de printemps s'annonçait, le vent tiède du sud sentait l'herbe nouvelle.

Je me dirigeai vers la mairie pour rejoindre le Verdiet. En passant devant le portail, j'entendis des éclats de voix. La porte était restée ouverte et je vis mon frère qui parlementait avec un officier d'une taille impressionnante. Je crus comprendre que l'homme le menaçait de faire brûler Lignac avec ses habitants si les maquis ne se livraient pas : la nuit précédente, un détachement avait intercepté et incendié une voiture de la Gestapo, faisant quatre victimes. Je m'étais arrêté. Un homme sortit et je reconnus le gros officier allemand qui m'avait surpris dans la grange, le meurtrier de Maurice Legal.

— Et puis, si nos renseignements sont exacts, il y a un dépôt d'armes près de la rivière... Tiens, le facteur de la chanson ! dit-il en m'apercevant. Nous allions descendre vous voir ! Entrez donc !

Je fis remarquer que la tournée me prenait toute la journée et que je n'avais pas de temps à perdre.

— On ne parle pas de tournée pour l'instant. Entrez donc, facteur de la chanson.

Le deuxième officier devait être nouveau à Saint-Marcel. Il me dévisageait du haut de ses deux mètres avec ses yeux d'aigle. Il me dit dans un français impeccable :

— Il y a un camp du maquis au bord de la Solane en dessous de Roumillac et un dépôt d'armes. Qui a prévenu les terroristes de notre arrivée ? Hein, qui ?

— Je ne suis au courant de rien ! dis-je. J'ai passé la nuit chez moi. Vous pouvez le vérifier.

C'était vrai. Mon frère me jeta un bref regard qui échappa aux autres.

— Nous allons brûler le village avec ses habitants ! Il vous faut une leçon, vous allez l'avoir... dit le gros homme à mon frère qui s'était assis sur son fauteuil de maire.

Puis, se tournant vers moi :

— Et vous, facteur de la chanson, vous ne savez rien, je suppose !

Je fis non de la tête.

— Vous allez nous suivre !

L'officier laissa quelques hommes à la mairie et fit signe à son grand acolyte de l'accompagner. Il m'ouvrit la portière arrière de la voiture. Je savais ce que cela voulait dire : la mort ou la déportation. Je me tournai vers mon frère qui resta de marbre.

— On va faire une petite promenade ! dit l'Allemand en s'installant au volant.

D'habitude, pour l'exemple, les Allemands fusillaient sur la place du village après avoir rassemblé la population. Où allions-nous ? Peut-être voulaient-ils me faire parler. Pourvu que les maquis ne tentent rien ! Je pensai surtout à Lucien, agile comme un chat, et certainement en embuscade à proximité, prêt à me délivrer. La voiture démarra, traversa Lignac où j'eus le temps d'apercevoir Hélène en larmes sur le pas de la porte. Pour moi, il n'y avait plus de secours possible. Pourvu qu'Alfonse s'en tire !

La voiture roula dans le petit matin clair, traversa Roumillac et s'arrêta à la Gane à une centaine de mètres du moulin. Le chien du meunier aboyait, mais Jandillet resta prudemment à l'intérieur. L'officier me fit signe de sortir.

Le chemin qu'il m'indiqua conduisait aux gorges de la Solane où les maquis avaient caché une réserve d'armes et de munitions dans une grotte dont je leur avais indiqué l'entrée. C'était à ce dépôt que le gros homme avait fait allusion tout à l'heure. Je pensai à Maurice Legal. Comme lui, je ne dirais rien. J'allais donc mourir.

Pendant cette marche qui dura moins d'un quart d'heure, je cherchai un moyen de me tirer de ce mauvais pas, puis, à mesure que nous approchions des rochers de la Solane, comprenant qu'il n'y avait aucune issue, je me sentis apaisé. Mon ancienne expérience de la guerre me revenait. Je respirai fort l'air de ce matin de printemps. Dans le fossé, sous les ronces aux jeunes pousses vineuses, des minuscules violettes s'ouvraient dans la lumière limpide. Il montait de la terre une odeur d'humus qui me serrait la gorge. J'étais donc en face de ma propre mort. Le bourreau devenait la victime.

L'officier me fit signe de m'arrêter :

— Vous êtes un soldat, facteur de la chanson. Vous avez fait la Grande Guerre ?

— Trois années...

Nous reprîmes le chemin et passâmes à moins de cinq mètres de l'entrée de la grotte cachée par un rocher plat, facile à déplacer. Nous arrivâmes au bord de la rivière qui rugissait dans le chaos de son lit. Des nuages blancs traversaient l'étroite bande de ciel. Je pensai à Hélène qui pleurait sur le pas de la porte. Je pensai aussi à Irène qui, à cette heure, commençait sa classe. Elle apprendrait avant midi la mort de son père. Je ne regrettais rien et n'avais pas peur : le cri patriotique de Maurice résonnait encore en moi et me réconfortait. Les deux Allemands étaient inquiets. Ils ne cessaient de scruter les rochers, le canon pointé, prêts à tirer. J'attendais ; mon calme les étonnait :

— Les terroristes sont cachés quelque part ici ? C'est ce qui vous rassure ?

— Je ne sais pas de quoi vous voulez parler. Moi, je fais mon métier de facteur sans m'occuper de la politique.

Les deux hommes se mirent à parler en allemand et je ne compris rien. Je me demandai ce qu'ils attendaient, là, à guetter le chemin et les environs.

Un puissant bruit de moteur fit vibrer les arbres. Un avion passa très bas, s'éloigna, revint. Du chemin creux, j'entendis rouler des cailloux. Une vingtaine de soldats allemands arrivaient, fusil au bras.

— Alors facteur de la chanson, dit l'officier d'une voix qui avait retrouvé son assurance, il y a ici un dépôt d'armes. Vous en connaissez l'emplacement. Montrez-le, sinon...

Il souleva le canon de son fusil vers ma poitrine. Je ne bronchai pas.

— ... Sinon, pan-pan !

— Je sais rien. Je suis un facteur, rien qu'un facteur.

J'attendais sans baisser les yeux qu'une balle m'éclate le cœur. Rien ne vint.

Les Allemands se mirent à fouiller le sous-bois. Ils sondaient les fourrés, roulaient les rochers. Ils les déplacèrent tous, sauf un, celui qui cachait l'entrée étroite de la grotte et qui se trouvait un peu en retrait. Je me gardais bien de regarder dans sa direction.

Au bout d'un moment, bredouilles, les soldats arrêtèrent les recherches. J'étais toujours tenu en joue par le grand officier.

— Bon, dit le gros Allemand, vous avez de la chance... On se retrouvera.

Le fusil s'abaissa et l'homme me dit de m'en aller. Je ne comprenais toujours rien à ce qui venait de se passer. Pour la deuxième fois, j'avais la vie sauve. On avait fusillé des quantités de gens pour des motifs futiles et, moi, j'étais épargné. Pourquoi ? Par respect pour le mutilé de la Grande Guerre ? Certainement pas ! Antonin disait : « On n'échappe pas à son destin ; si tu dois mourir noyé, tu peux traverser le feu sans te brûler ! » Je ne devais donc pas finir d'une balle en plein cœur, voilà tout ! Le diable se frottait les mains en me voyant partir, guilleret, distribuer mon courrier. Je m'en allais d'un pas léger vers le comble de la souffrance et c'était certainement pour cela que, par deux fois, il m'avait sauvé la vie.

Je rentrai à Lignac par des raccourcis. Il était environ midi quand j'arrivai. Hélène me tomba dans les bras en pleurant de joie. Les Allemands étaient partis, ordonnant à Alfonse de rester à la mairie. Elle venait de lui apporter à manger. Lucien était revenu : il avait passé la nuit à l'école de Merpillat chez sa sœur et avait ainsi échappé à la fouille des Rivières-Hautes qui avait duré une partie de la nuit. Notre fils et Francis Rigout devaient se rendre à Ussel pour la journée. Tout se finissait bien pour nous mais, après cette alerte, il y en aurait d'autres. Hélène n'en pouvait plus de trembler, de se réveiller en sursaut au moindre bruit. Quand tout cela finirait-il ?

# 28

Terrible printemps 1944, plein de sang et de larmes. La guérilla qui se contentait de quelques victimes isolées allait prendre d'autres proportions. L'horreur arrivait, une guerre de lâches qui s'en prenaient aux innocents. La division Das Reich partait de Montauban par compagnies séparées, avec ordre de nettoyer le Massif central de ses résistants et d'atteindre la Normandie où le débarquement des Alliés était imminent. Elle allait laisser sur son passage haine, mort, supplice. Les résistants avaient pour mission de retarder sa progression ; ils réussirent, mais à quel prix !

La ville de Tulle était connue comme étant un important centre de résistance. Les Tullistes s'étaient fait remarquer dès novembre 42 en participant à une manifestation massive contre l'envahisseur. Après l'arrestation de Roubinet et Brigouleix, puis de Michelet à Brive, les résistants avaient fait sauter la gare, détruit cinq locomotives et miné le château d'eau.

Avec l'inconscience de son âge, Lucien se croyait invincible. Jusque-là, il n'avait participé qu'à des actions de sabotage. Le baptême du feu approchait et je le redoutais car, comme beaucoup de jeunes embrigadés dans la Résistance, il n'avait aucune formation militaire.

Quelque chose de décisif se préparait. Des milliers d'avions traversaient le ciel de la Corrèze, faisant un roulement incessant, jour et nuit. Le débarquement des Alliés tant attendu se produisait enfin. Après avoir pendu quatre-vingt-dix-neuf hommes aux balcons de la ville de Tulle, la division Das Reich poursuivait sa route vers le nord, incendiait Oradour-sur-Glane...

Je faisais ma tournée bien que le courrier fût très perturbé. Il n'y avait pratiquement plus de liaisons ferroviaires. Les sacs postaux arrivaient parfois par camion, mais il n'y avait personne dans les postes pour les trier. C'était la pagaille.

Dans les fermes, il fallait parer au plus pressé. Alfonse et Lucien avaient fauché et se préparaient à moissonner. Mon fils avait été jugé trop jeune pour participer à des actions directes contre l'ennemi, ce qui me rassura. Les maquis continuaient de couper toutes les communications entre le Sud-Ouest et le Nord afin d'empêcher les renforts de rejoindre la Normandie où les combats faisaient rage. En juillet, il y eut d'importants parachutages de matériel. L'avantage changeait de camp. Pour démoraliser les Allemands, nous faisions courir des bruits, des chiffres grossissant considérablement nos effectifs et la quantité de matériel parachuté. Brive fut libéré le 15 août, le 16, Ussel. Lucien trépignait d'impatience. Quand il apprit l'attaque à Saint-Marcel de l'usine Grange où les Allemands s'étaient réfugiés, rien ne put le retenir et il resta sourd aux prières et aux larmes de sa mère. Je voulus lui faire entendre raison ; il me bouscula et je me laissai bousculer comme si j'avais voulu, moi aussi, y être. Il partit à vélo. Je montai aux Rivières-Hautes alerter mon frère. Nous prîmes sa voiture pour le rattraper, mais j'avais perdu trop de temps. A Saint-Marcel, tandis que les mitraillettes crépitaient au-dessus des maisons, des gens empilaient leurs affaires dans des voitures, d'autres s'enfuyaient avec presque rien. Ils redoutaient de nouveaux bombardements de l'aviation allemande qui avait incendié la mairie et plusieurs maisons. Nous nous arrêtâmes à la gare. Il n'était pas question de nous rapprocher de l'usine, le tir nourri des Allemands nous laissait fort peu de chances d'arriver vivants jusqu'aux abris des maquis. Un groupe d'hommes et de femmes nous fit signe de fuir avec eux. Ils nous assurèrent que la brigade allemande Jesser se trouvait à quelques kilomètres sur la route nationale 89 et qu'elle avait pour mission de tuer tous les maquisards et d'exercer des représailles sur la population.

Nous rentrâmes à Lignac conscients d'avoir agi poussés par la peur. La journée passa, torride. Je n'avais pas fait la tournée, le sac attendait dans le couloir. Personne ne proposa de me remplacer. Hélène ne vivait plus ; prostrée sur sa chaise derrière la fenêtre, elle regardait la route éclatante de soleil. Les mains jointes, elle priait. Je ne me mis pas à prier avec elle, retenu par une espèce d'orgueil mal placé. La lourdeur de l'air, le silence de la maison seulement ponctué par la pendule semblaient une menace suspendue au-dessus de nos têtes. Nous attendions une mauvaise nouvelle. L'angoisse nous rongeait les tripes. Il était quatre heures de l'après-midi et nous n'avions rien mangé de la journée. La soif me brûlait la gorge.

Mon frère arriva de nouveau et gara sa voiture devant la poste. Il était dans un état de nervosité extrême. Lucien était autant son fils que le mien. A cette heure, il ne pensait pas au domaine qu'il aurait volontiers sacrifié pour voir arriver notre jeune homme dans la descente du Verdiet. La soirée était superbe, pleine d'oiseaux et d'insectes brillants comme des étincelles.

Nous décidâmes de repartir à Saint-Marcel. Pour quoi faire ? Nous n'en savions rien. Pour bouger, pour oublier la lourdeur du silence. Les tirs continuaient. Les maquisards étaient toujours sur leurs positions et attendaient du secours de l'aviation anglaise qui ne venait pas. A la gare quelqu'un nous dit qu'il y avait eu des morts des deux côtés. Nous ne réussîmes pas à entrer à l'hôpital où les corps avaient été ramenés avec les blessés. J'avais les jambes en coton, mon cœur me faisait mal à chaque battement.

Mon frère décida de tenter le tout pour le tout. Au mépris des balles qui sifflaient, il prit la route de l'usine, arrêta la voiture derrière une touffe d'arbres et continua à pied. Au bout de quelques pas, il fut contraint de faire demi-tour, les Allemands, en position haute, tiraient sur tout ce qui bougeait. Une balle lui frôla l'épaule, faisant une raie sanglante.

Nous repartîmes vers Lignac. Au Verdiet, personne n'avait de nouvelles de Francis. Le père Rigout voulut nous rassurer en disant que son fils veillerait sur Lucien et qu'il ne fallait pas se faire de bile. Il nous offrit un verre de vin frais que je ne réussis pas à boire malgré ma bouche pâteuse.

Lucien revint vers neuf heures, tout fier sur son vélo. Quelle joie ! Je pleurais, Alfonse pleurait ; Hélène partit aussitôt faire brûler un cierge à l'église pour remercier saint Laurent, le patron de la commune. Lucien avait une légère blessure à la main. Il nous rassura : ce n'était pas une balle, il était tombé de vélo. Il voulait manger et repartir en profitant de la nuit. Sa mère le supplia de nouveau. Mon frère soupira. Je me taisais. La détermination de ce garçon qui n'avait pas encore dix-huit ans était exemplaire. Si j'avais eu mon bras gauche, je serais allé avec lui. Cela, Alfonse et Hélène ne pouvaient pas le comprendre. Il mangea rapidement une omelette et repartit alors que la nuit tombait :

— Je vais avec Francis qui est redescendu lui aussi. On va y aller en auto. Je veux pas manquer le moment où ces rats vont sortir de l'usine. Les avions anglais arrivent dans quelques heures.

Personne ne lui demanda d'où il tenait ces renseignements, qui étaient exacts. Il enfourcha son vélo et se tourna vers moi avant d'appuyer sur les pédales. Ce regard, je l'ai encore au fond de moi. Jamais nous n'avions été aussi proches, aussi semblables.

Le lendemain, la nouvelle circula que Saint-Marcel était bombardé et que les Allemands avaient quitté l'usine, vaincus. Je respirai mieux en prenant mon sac. Cela ne dura pas longtemps.

Dans la côte du Verdiet, une camionnette arriva à toute vitesse, soulevant un nuage de poussière blanche. Elle s'arrêta à ma hauteur. Francis sortit, le visage épouvanté, les cheveux en broussaille. Son bras droit était couvert de sang séché par plaques.

— Antonin... Antonin...

Francis pleurait en faisant une grimace affreuse. Je fus glacé sur place, incapable de bouger. Des tonnes de plomb liquide coulaient en moi. Je chancelai :

— Il est à l'hôpital. C'est grave...

Je crus comprendre qu'il n'était pas mort. Un espoir insensé me gonfla la poitrine.

— Qu'est-ce qui s'est passé ?

— Une connerie ! La dernière balle... La toute dernière qu'ils ont tirée en s'enfuyant, elle a été pour lui ! Vraiment pas de chance... Un sacré gars que tu as, Antonin !

Sans réfléchir, je montai dans la camionnette. Nous partîmes sur la petite route où les gens qui avaient fui revenaient chez eux. Il faisait une chaleur suffocante. Le ciel se chargeait de gros nuages, l'orage éclaterait avant la nuit.

A l'hôpital de Saint-Marcel, il régnait un grand désordre. Des soldats couraient dans tous les sens, des brancardiers apportaient des blessés. Je cherchai Lucien partout en demandant aux personnes de la Croix-Rouge. Personne ne l'avait vu. Nous le découvrîmes dans une salle transformée en morgue. Lucien avait succombé quelques instants auparavant. Sa blessure était trop profonde, il n'y avait aucun espoir de le sauver, nous dit, à voix basse, un médecin.

Le sol se dérobait sous mes pieds. Je ne voyais plus rien que ce visage, curieusement paisible, ce visage qui était si vivant hier au soir encore. Sa chemise était raide d'une plaque de sang qui lui couvrait la poitrine. J'avais envie de m'allonger à côté de lui et de rester là une éternité, de mourir. Francis pleurait à gros sanglots, sans la moindre retenue. Un infirmier de la Croix-Rouge me prit le bras. C'était un homme mûr à la moustache grise. Il ne me dit rien, mais je me souviens de la douceur de sa main sur mon bras.

Je ne sais pourquoi, je pensai à cet instant à Léon Guilhoux, à son visage raide et sans larmes tandis qu'on descendait son Lucien du grenier. Je suivais Francis comme un automate, la tête remplie d'une nuit visqueuse. Il avala un sanglot et demanda à un responsable l'autorisation d'emmener le corps. Elle fut accordée et des brancardiers l'apportèrent jusqu'à la camionnette. Ils le posèrent délicatement sur le plancher et je montai à côté de lui, ne pouvant détacher mon regard de ce visage jeune et frais qui semblait sourire. Où était-il, maintenant, mon Lucien ? Non, il n'était pas mort. Il allait se réveiller bientôt, et ce serait un miracle, comme moi en

1917. Pourtant, sa main que je tenais dans la mienne était froide et raide malgré la chaleur suffocante. Un mur infranchissable s'élevait devant moi. J'aurais voulu me vider de mon sang. Le pire venait de m'arriver.

La camionnette partit au pas. Le tonnerre grondait sur les Monédières. L'énorme orage tournait. Les premières gouttes frappaient la route. Je ne les voyais pas, j'étais perdu au plus profond de mon esprit noir. Au volant, Francis sanglotait de nouveau. Il cria :

— C'est trop con ! C'est trop con !

Je n'avais plus la force de la révolte. Mes larmes tombaient sur le visage de Lucien et roulaient sur ses joues dures. Mourir, tout de suite, et rester avec lui, serré contre lui. Je n'avais donc été épargné que pour en arriver là !

Il y eut un éclair et une détonation violente. La voiture fit un écart, passa dans un trou. Mon sac se renversa, les lettres se répandirent autour de moi. Tant pis. Je n'étais plus facteur, je n'étais rien qu'un morceau de chair informe pétri de douleur. Francis criait toujours en montrant le poing aux nuages :

— C'est trop con !

# 29

Pour nous la guerre était finie. Nous apprîmes la débandade de l'armée allemande, la libération de Paris, la capitulation d'Hitler avec indifférence. Hélène était devenue une vieille femme et se mettait en colère pour un rien. Elle négligeait le potager et restait dans un coin sombre de la maison, le regard perdu dans le vague, ses aiguilles à tricoter arrêtées sur une maille. Olivier Personne montra qu'il était un véritable ami et sut nous soutenir. Je m'en veux encore de l'avoir soupçonné d'être un espion de la Milice. Je repris ma tournée sans entrain. Je pensais continuellement à Lucien, allongé pour toujours dans le caveau de famille à côté d'Antonin et d'une foule d'ancêtres. Tout ça pour déloger une poignée d'Allemands qui seraient partis seuls. Pourquoi lui ? Cette question revenait constamment à mon esprit. Lucien, la gentillesse même, le courage poussé par un idéal, la liberté. Je repensai à Baptiste et Berthe Ruaud. J'avais été parjure pour éviter de transformer en calvaire leurs vieux jours, j'avais voulu porter la joie chez les Lescure et j'y avais semé la désolation... On ne pouvait donc rien contre le destin ! Si j'en parlais à Camille qui était devenu un vieillard noueux et toujours de mauvaise humeur, il haussait les épaules, fataliste, et disait : « Tu n'y peux rien, c'est comme ça ! » En cela, il ne faisait que traduire une croyance fortement ancrée dans l'esprit des campagnes. Pour les paysans attentifs aux moindres détails de la nature, le monde avait un sens vers lequel il allait de jour en jour avec la sûreté d'une mécanique bien huilée. Nous n'étions que des pions dans cette construction gigantesque.

Josepha m'attendait presque tous les jours dans le chemin de Roumillac. Elle marchait à côté de moi, silencieuse. Quand les moutons s'arrêtaient, elle glissait ses mains froides dans ma poche. Mon cœur battait plus fort. Le passé gommait un bout du présent. Jamais je n'ai parlé de ça à Hélène.

Mon frère avait perdu le goût au travail et se désintéressait du domaine. Lucien était peut-être la seule personne qu'il ait aimée pour de bon. Il allait d'un endroit à l'autre, errait dans les chemins, traversait les champs sans voir les labours après la récolte, oubliait les travaux urgents. Je passais de longs moments avec lui. Ensemble nous avions plus de courage.

— Tu vois, me dit-il, on n'y a pas échappé à cette foutue malédiction !

Les soirs, je rentrais tôt. Hélène avait tant besoin de moi. Elle ne pleurait plus. Ses cheveux avaient blanchi. Elle était très maigre et son regard dur n'avait plus de vie. Les après-midi, le vieux curé Vedrenne oubliait ses douleurs de jambes pour traverser son jardin et venait lui tenir compagnie. Elle avait commencé par se rebeller, par s'en prendre à Dieu, par lui en vouloir. Vedrenne avait su l'écouter, la comprendre. Sa sincère compassion avait réussi à semer en elle une petite graine d'espoir qui, peut-être, avec le temps, germerait. Il lui demandait du café, non parce qu'il en avait envie, mais pour l'occuper et, quand il rentrait, elle raccompagnait le vieillard presque impotent qui pesait à son bras.

Pendant les mois qui suivirent la mort de Lucien, Irène rentra tous les soirs de Merpillat et sa présence fut pour nous un grand réconfort. Elle passa les vacances d'été chez nous et ne quitta pas sa mère. Son entrain redonna du courage à tout le monde. Elle allait au jardin, sarclait les légumes avec tellement de bonne volonté qu'Hélène se sentait obligée d'en faire autant. Les après-midi, quand il faisait beau, la mère et la fille partaient à la promenade. Elles marchaient dans les chemins, s'asseyaient à l'ombre, cueillaient des mûres pour faire de la confiture. Hélène reprenait des couleurs. Son regard se fixait de nouveau sur son entourage ; elle redécouvrait ces mille petites occupations qui lui redonnaient le goût de vivre. Elle alla chercher du travail à Tulle ; le potager retrouva son aspect d'antan.

Une année passa. La capitulation de l'Allemagne ne me donna pas autant de joie que je l'avais espéré. Les saisons défilaient, au rythme de mes pas, de jour en jour, de maison en maison. Un dimanche du printemps 1946, Irène nous parla longuement de son nouveau collègue, un jeune instituteur qui avait été nommé à l'école des garçons. Il s'appelait Pierre Brezin, il était brun et très beau. Ses parents avaient une quincaillerie à Brive... Le regard brillant d'Irène quand elle parlait de ce jeune homme, la rougeur de ses joues nous firent penser qu'elle en était amoureuse. Hélène sourit : c'était la première fois que je voyais son visage exprimer la joie depuis deux ans.

— Et tu nous le présentes quand, ton gentil collègue ?

— Dimanche prochain, si vous voulez !

J'étais impatient de rencontrer ce Pierre Brezin et je ne pensai qu'à ça en faisant ma tournée. Irène n'avait jamais été une fille soumise. Son passage au collège, son instruction l'avaient modelée autrement que sa mère, docile, acceptant d'emblée l'homme beaucoup plus âgé qu'elle et mutilé qu'on lui destinait. Dès le début, Hélène s'était fait un devoir de m'aimer. Irène n'avait jamais voulu écouter les moindres suggestions à propos de son mariage. Elle vivait seule dans son appartement au-dessus de l'école de Merpillat, elle gagnait sa vie, son indépendance lui donnait tous les droits.

Le dimanche suivant, nous vîmes arriver une automobile noire, dont les chromes brillaient au soleil printanier. Irène en sortit et tendit la main à un jeune homme très brun. Il avait les cheveux plaqués à l'arrière, des yeux noirs, vifs, le visage maigre, une bouche souriante, un peu grande. Il portait un costume sombre rayé. Il salua Hélène, puis vint me serrer la main, un peu gêné. Irène nous le présenta. Pierre avait été mobilisé en 1939, puis fait prisonnier et emmené en Allemagne où il avait travaillé dans une ferme. A la Libération, il avait obtenu le poste d'instituteur à Merpillat où il se plaisait beaucoup. Le regard qu'il lança à Irène me fit penser que notre fille n'était pas étrangère aux charmes de cet emploi.

Ce jeune homme apportait du soleil dans notre maison sombre, trop grande pour nous deux et nos souvenirs. Le repas se passa à bavarder de tout et de rien, chacun racontant son histoire. Je me dis que j'inviterais Alfonse et Anette le dimanche suivant pour leur faire partager ce court moment de répit. Pierre nous parla de ses cinq années de détention en Allemagne ; je lui parlai de la Résistance, la pensée de Lucien assombrit le visage d'Hélène. Il dut s'en apercevoir et changea de sujet. Son père avait deux passions : le violon et le bricolage. Il les avait forcés, lui et son jeune frère, à étudier la musique dont ils avaient horreur. Les dimanches, il infligeait aux jeunes garçons toutes sortes de travaux dans leur maison de campagne sur la route de Turenne. Ils décidèrent de faire du sport pour échapper aux corvées.

La semaine suivante, nous montâmes aux Rivières-Hautes avec la voiture de Pierre. Hélène assise devant à côté du chauffeur n'était pas qu'un peu fière en traversant le Verdiet et Roumillac. Ce fut un superbe dimanche. Le soleil brillait ; Alfonse et Anette étaient heureux. Pierre nous redonnait la joie et le goût de vivre que la mort de Lucien nous avait pris. Le charme de ce garçon agit sur nous tous à tel point que le lendemain, pendant ma tournée, je m'en voulais un peu d'avoir oublié Lucien durant quelques heures, comme si Pierre était venu le remplacer dans mon cœur. Il me fallut quelque temps pour y voir clair et comprendre qu'il ne remplaçait personne, mais apportait l'espoir sans lequel la vie n'est pas possible.

Les fiançailles eurent lieu au domaine le 26 mai. Nous montâmes en voiture avec Olivier Personne qui était devenu mon ami. Ce célibataire endurci était un extraordinaire boute-en-train. Il connaissait toujours une histoire nouvelle qui nous faisait rire aux larmes. Les parents de Pierre vinrent en voiture. Son père était petit et chauve. Assez rond, il avait un air bonhomme qui le rendait sympathique. Sa mère était grande et maigre. Ses cheveux gris, frisés sans manière, son regard froid, ses lèvres pincées inspiraient la méfiance. Mme Brezin parlait sèchement et ne riait pas. Elle s'entendit pourtant très bien avec Hélène car elle avait la passion du jardinage.

Encore une belle journée ! Alfonse avait tué un cochon. Il y avait à manger pour cent convives... Mon frère dit que ce n'était qu'un mince aperçu de ce qu'il y aurait pour le mariage... M. Brezin trouva la cuisine de la tante Agathe à son goût. A mesure qu'il mangeait et buvait, son visage devenait pourpre. A la fin du repas, tandis que nous avions l'esprit un peu embrumé par le vin de Bordeaux, il alla chercher son violon dans la voiture et voulut en jouer. Pierre nous fit un clin d'œil, et tout le monde se tut. Je ne connais rien à la musique et ce qu'il joua ne me plut pas beaucoup. En plein morceau, la chienne de mon frère qui dormait sous la table se mit à hurler à la mort. Tout le monde éclata de rire et nous levâmes nos verres à la santé de l'artiste. Olivier Personne raconta des histoires drôles. Parfois, j'entendais Hélène soupirer tout près de moi, alors une violente douleur me déchirait l'estomac. Nous étions là à rire, et... Pourquoi nos joies ne sont-elles jamais complètes ?

# 30

Un nouvel événement vint me rappeler la terrible réalité de mon métier de facteur, porteur de la destinée implacable de gens que je voyais chaque jour depuis presque trente ans. Je portais aussi la joie, mais cela me semblait naturel et, avec le temps, je ne me souviens que du désespoir.

J'avais mauvaise conscience chaque fois que je devais remettre une lettre recommandée. Son caractère obligatoire en soulignait la gravité : dette à payer, impôts, assignation à comparaître au tribunal... Avec les années, j'avais fini par acquérir une sorte d'instinct, un sixième sens. Je savais voir dans l'écriture de l'adresse la haine, l'intérêt ou la détresse. Je connaissais tous les secrets de ceux que je visitais chaque jour et, la plupart du temps, je n'avais pas besoin d'ouvrir leur courrier pour savoir ce qu'il contenait.

Ce matin-là, il y avait un pli recommandé pour Gervais Ardent, un vieux métayer du Verdiet. Ce pli avec ses timbres, ses tampons, sembla d'emblée chargé de malheur. Je soupirai. Olivier Personne comprit :

— Un bien fichu métier qu'on fait là ! Dans les villes, ils ont mis des boîtes avec un numéro. C'est plus pratique pour les facteurs qui connaissent pas les gens. Nous, on les connaît trop bien.

Gervais habitait dans une ferme assez importante un peu en retrait du Verdiet. Son père y était déjà métayer. Il y était né lui-même, s'y était marié. Ses enfants y avaient grandi. Sa femme morte, son fils tué en 1916 et ses deux filles mariées dans des communes voisines, il vivait seul. Le propriétaire, M. Guichard, qui était avoué à Tulle, estimait qu'il ne pouvait plus s'occuper du domaine et devait s'en aller. Gervais refusait : il voulait mourir dans cette maison qu'il considérait comme la sienne. M. Guichard porta l'affaire devant les tribunaux, et eut gain de cause.

— Ils peuvent faire ce qu'ils voudront, m'avait dit Gervais, moi, je reste ! Si je dois partir, c'est les pieds devant !

Gervais était un brave homme, apprécié dans toute la commune. Il boitait légèrement d'une hanche, ce qui ne l'avait pas empêché de travailler aussi dur que les autres. Il avait une figure assez large et rouge, un regard vif. Il connaissait les plantes, en ramassait des bouquets qu'il faisait sécher dans sa grange. Il avait des remèdes pour tout, les rhumatismes, la grippe, les verrues :

— Le Bon Dieu a mis dans la nature tout ce qu'il faut pour nous guérir ! Les hommes sont bêtes de pas savoir le trouver ! disait-il.

Je passais de longs moments à l'écouter, peut-être parce qu'il était un des rares à ne pas m'offrir du vin. Il ne buvait que de l'eau et du bouillon de légumes. Beaucoup le prenaient pour un original, mais ne manquaient pas d'aller le trouver chaque fois qu'ils ne se sentaient pas bien. Hélène lui rendait visite assez souvent : Gervais avait un immense potager et cultivait toutes sortes de légumes anciens ou rares.

La lettre dans mon sac, il me fallait partir. Je n'étais pas très fier, mais je n'avais pas le choix. Je ne pouvais pas la brûler comme celle de Baptiste et Berthe Ruaud, elle était recommandée avec un « accusé de réception ». Tout cela ne me concernait pas et pourtant, une fois de plus, je me sentais coupable d'apporter le malheur. Olivier comprit mon embarras :

— Tu veux que je la porte à ta place ? Je le connais pas, alors, c'est pas pareil !

Non, je ne pouvais pas laisser faire le sale travail à mon collègue. Gervais lui-même n'aurait pas compris ma lâcheté. Je partis donc, d'un pas peu sûr, vers le Verdiet. Je passai d'abord dans les autres maisons. Quand j'arrivai chez Gervais, il était onze heures du matin. Une grosse averse courait sur l'horizon. Le vieil homme faisait cuire du bouillon de légumes et ça sentait bon dans sa grande cuisine aux murs sombres.

— Alors l'Antonin, me dit-il quand j'entrai, ça va comme tu veux ?

— On peut pas dire que ça n'aille pas, mais dans ce fichu métier de facteur, il me faut faire des choses qui me plaisent pas beaucoup !

— Bah, qu'est-ce que tu y peux ?

— Rien, mon pauvre Gervais. J'ai une lettre recommandée pour toi !

Je fouillai dans mon sac. Gervais avait levé sur moi un regard anxieux. Il avait ouvert la bouche et restait là, médusé.

— Tu veux parier que c'est... Je croyais pas qu'ils oseraient !

Je lui tendis la lettre.

— Il faut que tu signes à deux endroits, là et là...

Gervais signa rapidement avec le crayon que je lui tendais. Ses gros doigts tremblaient sur l'enveloppe qu'il déchira maladroitement. Il en sortit une feuille timbrée, parcourut le texte.

— Les salauds ! Ils me donnent huit jours pour faire mon baluchon et partir ! Tu entends, Antonin, huit jours pour quitter cette maison !

Un gros soupir souleva ses épaules.

— C'est bien ma maison puisque j'y suis né, puisque mon pauvre père et ma pauvre mère y sont morts... Tu crois qu'ils peuvent comprendre, eux...

Je baissais la tête. Gervais me dit d'une voix désespérée :

— Ils peuvent pas comprendre que c'est chez moi ! Et puis, mon jardin et mes plantes... Je vais pas les déplacer. Mes pommiers, Antonin, comment tu veux que je les emmène et pourtant, ils sont à moi ! Et puis, où je vais aller ?

Je ne savais que répondre. Je regardais les flammes s'allonger sur une bûche de hêtre.

— A mon âge, Antonin, où tu veux que j'aille pour être chez moi... Et puis ailleurs, j'aurai pas mes souvenirs. Comment tu veux que je les emporte ? C'est comme les pommiers, ça à des racines, les souvenirs... Je voudrais être mort !

— La petite maison à côté de la poste est vide. Elle appartient à Melnaud, le marchand de vins de Saint-Marcel. C'est un copain, tu veux que j'aille lui en parler ? Tu pourras travailler le jardin de la poste, Personne te le laissera, je te le garantis !

Il se leva, me prit par le bras et m'emmena dans un long couloir sombre. Il poussa une porte qui grinça en raclant le parquet. Ça sentait la poussière humide, le vieux bois. Nous entrâmes dans une chambre glaciale aux papiers jaunis. Des photos dans des cadres gris étaient accrochées au mur.

— C'est là qu'ils sont morts, mes parents. Là aussi, dans ce lit, qu'est morte mon Adeline. Tu crois que je vais laisser ce que ces murs ont vu depuis soixante-dix ans que les miens sont là ! Comment veux-tu que j'emporte les ombres en laissant les meubles ! Antonin, je voudrais être mort !

— Parle pas comme ça, Gervais...

— Qu'est-ce qui me reste à moi, Antonin, dis ?

— Et tes enfants, ils peuvent pas te prendre ?

— Mes enfants ? Mais qu'est-ce que j'irais faire chez eux ? Moi, c'est ici que je veux rester, avec mes arbres et mes légumes. Tu comprends pas que je vois le soleil se lever toujours à la même place depuis que je suis né ? Ailleurs, je serai perdu. Il vaut mieux que je meure !

— Dis pas ça, Gervais ! Tu vas pas faire le con ?

Il haussa les épaules. Nous retournâmes dans la cuisine où le feu s'éteignait. Il fallait que je m'en aille et, pourtant, je ne pouvais pas laisser ce vieil homme seul avec son désespoir.

— Écoute, dis-je, je te promets que je vais en parler à mon frère. Il ira voir ton propriétaire et il arrangera les choses ! Je lui en parle ce soir même et il va descendre te voir. Il y a sûrement quelque chose à faire !

Gervais leva sur moi ses yeux clairs, poussa son chapeau vers l'arrière. Une lueur brillait dans ses yeux :

— Tu me dis vrai, l'Antonin ?

— Je te dis vrai, le Gervais !

Je partis, certain qu'il ne tenterait pas de se suicider

avant d'avoir vu mon frère. Je passai aux Rivières-Hautes quelques instants plus tard et expliquai la situation à Alfonse. Il m'accompagna en voiture pour finir la tournée, puis nous partîmes tous les deux à Tulle voir ce M. Guichard que nous connaissions un peu. Il avait, en effet, pris une part active dans la Résistance. Nous le trouvâmes à son bureau, avenue Victor-Hugo. C'était un petit homme rond, chauve et myope. Il portait un costume marron trop grand, et pianotait sans cesse sur le verre de son bureau. Mon frère, en sa qualité de maire de Lignac, commença à parler. L'autre prit un air ennuyé :

— Le jugement du tribunal dit que M. Ardent doit s'en aller. Ce n'est pas moi qui l'ai inventé. Il partira donc.

— Vous ne comprenez pas que c'est le tuer ! dit mon frère avec une certaine animosité.

— Le tuer ? Ce vieux têtu sait faire marcher les gens crédules comme vous. Je suis bien certain qu'il ne se tuera pas. Il a des enfants, c'est à eux à s'occuper de lui. Moi, j'ai besoin de cette ferme pour y mettre des jeunes qui ont beaucoup de projets. Croyez-vous qu'il soit bon de céder au chantage d'un vieillard aigri et laisser sans travail des jeunes qui vont avoir un enfant ?

Nous comprîmes vite qu'il n'y avait rien à espérer. Guichard se leva et se dirigea vers la porte :

— Vous m'excuserez, j'ai un rendez-vous et je n'ai pas l'habitude de faire attendre les gens !

Tout était dit. La décision du tribunal serait exécutée. Une sombre révolte montait en moi. Gervais, l'homme qui connaissait les plantes, qui vénérait la terre de ce jardin, de cette propriété comme une divinité, devrait partir. Il était donc condamné, au nom de quoi ? De la justice ?

— Il faut avertir ses enfants ! dit mon frère. Qu'est-ce que tu veux qu'on fasse de plus ?

Quand nous arrivâmes au Verdiet, Gervais nous attendait devant la porte. Il vit à notre tête que nous n'avions pas eu gain de cause. Mon frère proposa un nouvel arrangement :

— Tu connais les Rivières-Basses ? La maison a été réparée. Tu peux y venir ; je t'en demande rien. Et puis, le jardin est aussi grand qu'ici. Le Paul Brugeaud y avait planté un verger et c'est pas les bons pommiers ni les bons poiriers qui y manquent. Je te laisserai même toutes les noix que tu voudras...

Gervais avait marché en boitillant jusqu'au banc près du feu. Il s'était pris la tête entre les mains :

— Merci Alfonse, tu es bon, et je le savais. Mais tes Rivières-Basses, qu'est-ce que j'irais y faire ? Tes arbres sont des étrangers pour moi. Ceux d'ici, je les ai plantés, je les ai greffés, ils me connaissent et je suis pas sûr qu'une fois que je serai parti d'ici ils vont continuer à fleurir. Et puis, ton potager, il est sûrement bon, mais le mien, ça fait cinquante ans que je le travaille, que je lui parle tous les jours. Les légumes n'ont pas le même goût d'un endroit à l'autre et, moi, tu penses si je vais pouvoir me passer de ceux d'ici !

Mon frère alla dans la soirée avertir une de ses filles qui habitait à Brive. Elle vint aussitôt avec son mari et voulut raisonner Gervais. Peine perdue, il ne partirait d'ici que les pieds devant !

Huit jours plus tard, les gendarmes montèrent au Verdiet. Ils se saisirent d'un vieillard hébété qui n'avait pas encore compris pourquoi on l'arrachait à sa maison, à ses plantes et à ses souvenirs. Quand il sortit pour monter dans la voiture, j'étais là, devant la porte. Des larmes luisantes de soleil roulaient sur ses joues. La Françoise Rigout, qui n'avait pas sa langue dans la poche, s'approcha des gendarmes et leur dit :

— Ah, vous en faites un beau métier !

Ils n'étaient pas très fiers. Je m'approchai à mon tour :

— Vous allez l'emmener où ?

— A l'hôpital jusqu'à ce que ses enfants se décident à faire quelque chose de lui. Nous, on n'y peut rien, on exécute les ordres.

Je rentrai à Lignac, le cœur gros. Le regard de Gervais était encore en moi. Ses larmes brillantes comme des braises me brûlaient. Il fallait donc être sans cœur pour faire mon métier ! Mes jambes étaient lourdes. Je me disais que, plus tard, les hommes inventeraient une machine pour remplacer les facteurs, une machine froide distribuant les lettres et les destins d'une manière mécanique et insensible à la douleur qu'elle sèmerait autour d'elle.

# 31

Le mariage d'Irène et de Pierre eut lieu le 14 octobre 1946. C'était une superbe journée d'automne avec une lumière éblouissante. Le ciel était aussi mince qu'une voile de soie tendue par le vent du nord. Les collines flambaient et, dans cet air limpide, les bruits s'amplifiaient, se faisaient écho. Les Brezin étaient venus deux jours avant pour donner un coup de main. Anette avait décoré la maison des Rivières-Hautes et nettoyé la grange où, comme le voulait la tradition, se déroulerait le repas de noces. Hélène et moi nous nous étions mariés au même endroit, il y avait déjà vingt-six ans. Rien n'avait changé : la grange avait conservé intact ce silence lourd de foin et de paille entassés. C'étaient les mêmes toiles d'araignées qui pendaient aux poutres et que ma belle-sœur décrochait au balai...

Alfonse revivait. Il voulait une fête dont on parlerait d'Uzerche à Brive. Il s'était rendu à Tulle et avait commandé plusieurs tonneaux de vin de Bordeaux. Toute la commune fut invitée. Pierrinot l'annonça à la sortie de la messe entre deux roulements de son tambour mécanique. La table serait mise pendant trois jours entiers !

L'étang, qui n'avait pas été vidé depuis quatre ans, fut ouvert. Le poissonnier de Tulle vint chercher les carpes et les brochets après que nous eûmes pris ce qui était nécessaire pour le banquet. Mon frère tua un veau et deux cochons. Les travaux des champs ne pressant pas, tout le monde fut occupé à couper la viande, saler, préparer les terrines, les saucisses, les boudins et les andouillettes que ma belle-sœur réussissait si bien. Alfonse embaucha un cuisinier de Saint-Marcel, chauffa le four pour cuire du pain frais, des tartes et une montagne de choux farcis. Il était partout à la fois. L'avenir du domaine dont il était le gardien passait par ce mariage. Ce n'était pas la fille du facteur de Lignac qui se mariait, mais l'héritière des Rivières-Hautes. Les gens l'avaient compris et le félicitaient pour cet heureux événement comme s'il avait été le véritable père. Je n'en étais pas jaloux, bien au contraire : les événements nous avaient rapprochés, et la grande famille Chèze se ressoudait autour de la terre maternelle.

La dernière nuit, Irène la passa chez nous comme le voulait la coutume et Pierre descendit à Brive avec ses parents. Le matin, nous fûmes prêts bien avant l'heure. Olivier Personne expédia les deux tournées avec sa voiture et monta aux Rivières donner un coup de main. Il y avait déjà beaucoup de monde. La couturière de Saint-Marcel vint habiller Irène qui était resplendissante. Hélène furetait partout, anxieuse à l'idée d'oublier quelque chose. Elle n'avait presque pas dormi de la nuit, redoutant quelque malheur, quelque contretemps qui viendrait ternir ce bonheur mérité.

Le curé Vedrenne, qui avait de plus en plus de mal à marcher, tint à célébrer le mariage. D'ordinaire, il se contentait de dire sa messe du matin, le reste étant assuré par le jeune curé de Saint-Marcel destiné à le remplacer. Il ne voulut être assisté de personne : « Je l'ai baptisée, je peux la marier ! » Pierre, qui n'était pas pratiquant, se serait contenté d'un mariage à la mairie, mais Irène tenait à aller à l'église parce qu'un mariage sans le faste et le solennel de la cérémonie religieuse ressemblait à un simple arrangement de famille.

Nous étions tous très émus. Je donnais le bras à ma fille et pris la tête du cortège. La place devant l'église était pleine de monde. Je supportais mal d'être ainsi regardé comme une bête curieuse et je marchais lourdement, suivi d'Hélène qui donnait le bras à mon frère, et de toute la parenté. L'église était pleine ; il n'y eut pas assez de chaises pour tout le monde. Pierre entra en dernier, donnant le bras à sa mère, et eut beaucoup de mal à se frayer un passage. Tout le monde admira ce beau jeune homme en costume sombre et je fus très fier de lui. Il prit sa place à côté d'Irène et l'office commença. Hélène s'essuyait discrètement les yeux. Comme nous étions heureux et comme nous l'aurions été plus encore si notre Lucien avait été à côté de nous ! Je pensai à lui si fort que j'eus, pendant cette messe de mariage, le sentiment qu'il était vraiment là et qu'il partageait notre joie.

A la sortie, les époux lancèrent des dragées aux enfants qui se battaient pour les ramasser. Une épaisse lumière flottait au-dessus des collines. Les feuilles du marronnier tombaient en silence, tournoyant dans l'air doux. Le cortège monta à la mairie où mon frère prit l'écharpe tricolore et se mit à lire les extraits du Code civil ayant trait au mariage. Pour rien au monde il n'aurait donné sa place à son adjoint. Le mariage d'Irène était son affaire, sa revanche sur le mauvais sort. Avec lui, les Rivières-Hautes sortaient de cette ancienne malédiction qui devait les priver d'héritier. Ensuite, les gens se rendirent par groupes au domaine où, comme l'avait annoncé Alfonse, on mit un tonneau en perce.

Quel mariage ! La fête dura trois jours pendant lesquels la table dans la grange ne désemplit pas. Les tonneaux de vin furent bus ; il fallut, à la hâte, faire une nouvelle fournée de pain. Les gens venaient, s'installaient, buvaient et repartaient en titubant. Tel voisin qui tournait la valse ou la polka à la perfection ne pouvait faire deux pas sans trébucher. Les mariés avaient fui ce tumulte et ne reparurent qu'une semaine plus tard. Irène était radieuse, le bonheur donnait à sa peau un éclat satiné. Pendant tout ce temps, j'eus la certitude que Lucien était parmi nous.

Après la fête, il fallut tout remettre en ordre. J'avais prévu cela en prenant du congé. Les jeunes mariés s'étaient installés à Merpillat dans l'appartement d'Irène, ce qui déçut mon frère qui avait espéré, un moment, qu'ils se fixeraient aux Rivières-Basses dont la maison avait été réparée à la mort du père de Josepha. Il s'était attaché à Pierre au point de souhaiter que le jeune homme abandonnât l'enseignement pour se consacrer au domaine. Pierre n'avait pas dit non, mais il voulait attendre quelques années.

Le temps se mit à courir au grand galop. D'abord, à la mi-janvier, Irène nous annonça qu'elle attendait un enfant. Ce fut une nouvelle joie pour nous tous. La vie continuait puisque l'espoir était dans nos cœurs. Quand l'enfant naquit, qu'elle apprit que c'était un garçon, Hélène voulut le voir tout de suite et ne laissa à personne le soin de le langer. Il y avait enfin un enfant dans notre maison, j'en voulais d'autres, beaucoup d'autres. Vieillir dans le silence me semblait intolérable. Mon petit-fils s'appellerait Olivier bien que nous ayons tous pensé à Lucien, mais ce nom n'était-il pas porteur d'une malédiction ?

A la poste, on se modernisait. La distribution du courrier se faisait à moto. Je ne pouvais évidemment pas conduire un tel véhicule, mais, parce que j'étais un blessé de la Grande Guerre, mes chefs de Tulle me laissèrent continuer ma tournée à pied.

Deux ans plus tard, Olivier eut une petite sœur, Éléonore, magnifique rousse qui nous rappela Irène par ses manières et ses mimiques. Elle faisait marcher tout le monde ! Nous passions les dimanches soit chez nous à Lignac, soit aux Rivières-Hautes. Pendant les vacances, Pierre s'occupait du domaine avec Alfonse qui avait acheté deux tracteurs et une des premières machines à botteler le foin.

Moi, je m'ennuyais vite sans mes chemins et je prenais peu de vacances. La marche quotidienne m'était nécessaire. Je réfléchissais mieux dans cette campagne que je parcourais depuis trente ans que partout ailleurs. Je pensais surtout au sens des événements. J'avais de nombreuses conversations avec Pierre sur ce sujet. Je lui parlais de mon grand-père qui croyait au destin comme tous les paysans. Pierre n'avait pas assez vécu pour se demander si Antonin avait tort ou raison. Moi, si ! En pensant à tout ce que j'ai vu autour de moi, tout ce qui m'est arrivé, je sais bien que la tuile qui tombe d'un toit et fracasse le crâne du passant, la dernière balle tirée par un soldat en fuite qui rencontre sur son passage la poitrine d'un enfant de dix-sept ans existent. Et qui l'a poussée, cette tuile, avec tant de précision ? Qui a dirigé le canon du fusil ? Le Bon Dieu ? Le diable ? Les deux ensemble ? Personne n'en sait rien, mais ce n'est pas pour cela qu'on y échappe le moment venu. A moins que les signes que mon grand-père voyait partout soient, comme il le croyait, chargés de sens.

Dès la naissance de sa petite-fille, Hélène arrêta tous les travaux de couture et de tricot malgré l'insistance de ses clients de Tulle. Elle voulait se consacrer entièrement à ses petits-enfants qu'elle habillait comme des princes.

En 1950, après trente années de service, ma blessure me permit de faire valoir mes droits à la retraite. Je voulais, moi aussi, profiter de mes petits-enfants et avoir plus de temps pour lire. Et puis, des rhumatismes dans les jambes me faisaient souffrir dès que je marchais trop longtemps. Je ne dis pas que si je n'avais eu à porter que des lettres de bonheur, je n'aurais pas continué un peu plus, mais la peine des autres m'était de plus en plus insupportable. Alors, je faisais chaque jour de longues promenades pour le plaisir de retrouver ceux que je côtoyais depuis trente ans. Sans la menace du grand sac des postes, ils ne me redoutaient pas et je pouvais boire avec eux un verre de vin en racontant des choses sans importance.

Le monde changeait. Mes collines se dépouillaient. On les assassinait : le tracteur roi ne respectait rien ; les arbres gênants étaient abattus... Tout changeait et je ne me reconnaissais plus dans ce monde nouveau, dans ces collines où, à la place des chants, des appels, des aboiements des chiens autour d'un troupeau, je n'entendais plus que le bruit de moteurs. Tout allait trop vite pour moi. Je me faisais du souci pour mes petits-enfants. Comment allaient-ils vivre ? Connaîtraient-ils ces joies qu'apporte chaque saison, chaque jour ? Sauraient-ils qu'il suffit de respirer l'air frais du matin, de voir s'envoler une perdrix devant soi, de découvrir la première violette à la fin du mois de février, pour retrouver sa bonne humeur ? Je me demandais si, à force de vivre plus ailleurs qu'ici par la télévision, ils n'en oublieraient pas ce qui est à leur portée. A trop connaître ce qui se passe au bout de l'univers, ne risquaient-ils pas de délaisser pour des mirages ce regard sur les choses et les êtres qui les entourent, indispensable pour être heureux ?

Je ne suis plus d'ici. Des ruines m'entourent. Me voilà vieux. Mes rhumatismes m'empêchent d'aller me promener aussi souvent que je voudrais dans mes chers chemins. Mes cheveux et ma moustache sont blancs et quand je me regarde dans une glace, il me semble voir le lointain visage d'Antonin.

Quelle désolation ce serait pour lui, s'il était encore là ! Les châtaigneraies meurent, rongées par un mal nouveau venu de l'air. Quand je regarde ces arbres antiques pisser un jus noir et nauséabond, leurs branches maîtresses sèches, je me dis que c'est un grand gâchis, que dans ce désert que sont devenues mes collines, il ne fait plus bon vivre. Né dans un autre monde, je ne comprends pas celui qui se prépare et pourtant, si mes petits-enfants y trouvent du bonheur, ce nouveau monde sera le meilleur de tous.

*Antonin Chèze est mort le 6 février 1982, à l'âge de quatre-vingt-onze ans d'un chaud et froid. Ainsi n'avait-il échappé à toutes les embuscades de sa vie, à deux guerres, que pour céder à un courant d'air. Tel était donc son destin !*

*Josepha mourut deux jours après. Elle le rejoignit dans l'éternité où, en cachette, il lui réchauffe les mains. Seule vit encore Hélène dans une petite maison de retraite entourée de bruyère. Doyenne des pensionnaires, elle est encore très alerte et ne veut l'aide de personne pour faire le ménage dans sa petite chambre. Avec l'âge, elle est devenue gourmande et je lui apporte du chocolat que les médecins lui ont interdit à cause de son cholestérol. Elle me parle longuement d'Antonin et de Lucien qui doivent bien s'entendre, là-haut, dans le ciel. Elle sourit alors, heureuse du bonheur des siens qui a été sa seule préoccupation tout au long de sa vie.*

*Et le domaine des Rivières ? Il est tenu par Olivier Brezin qui en a fait une des plus belles exploitations agricoles du département. Avec le nom des Chèze a probablement disparu l'antique malédiction.*

Étampes, juillet-octobre 1991.

*Achevé d'imprimer en janvier 1998*
*sur les presses de l'Imprimerie Bussière*
*à Saint-Amand (Cher)*

POCKET - 12, avenue d'Italie - 75627 Paris Cedex 13
Tél. : 01-44-16-05-00

— N° d'imp. 2493. —
Dépôt légal : juin 1994.

*Imprimé en France*